漫娱文化
名家精品系列

降灵家族·贰

雌雄怪盗

下卷

楞树 著

长江出版社
漫娱文化

怪盗对我而言，是一个特别有意义的作品，在创作它的过程里，欢笑悲哀，起起伏伏。如今时过境迁，希望怪盗的再版，能让更多人看到钟家人的故事，也让我可以再一次缅怀一段回不去的时光，珍贵的过往，然后继续往前走。

——裟椤双树

目录

[下卷]

六 盗神爷 007

七 半边村 073

八 恶咒 113

九 绝战 153

十 水下皇陵 189

十一 尾声 223

六

盗神斧

跑出竹林，眼前的景象顿时开阔起来，一条平坦大道直铺远方。抬头一看，阴霾的天空不知何时竟透出了一缕难得的阳光，照得两旁的枯树衰草也有了些生气。

见到前头有一片水塘时，连天瞳立即放缓了速度，对钟晴他们说道："尚有一段路途要走，先放马儿去饮点水吧。"

到了水塘前，几人跳下马，把它们牵到了塘边。

一见到清澈的塘水，马儿们立刻埋下脖子，畅快地饮了起来。

"呵呵，辛苦你们了。"连天瞳笑着拍了拍白马的脖子，又回头对其他人说道，"我们也稍事休息吧。"

钟晴一屁股坐到了池塘边的一堆枯草上，把揣在怀里的玉佩掏了出来，呵了口气，擦了擦，乐呵呵地说："没想到捡到这么一件宝贝，赵德芳的随身玉佩，啧啧，简直是国宝！运气真是不错。"

Ken也顺势坐到了他的身边，瞟了一眼他手里的宝贝，笑道："你还真是见钱眼开之徒，连皇族的东西都不放过。"

"皇族又怎么样，既然他有求于我们，找他要点'纪念品'也不算过分吧。何况这些东西对他们这些人来说，根本不值一提。"钟晴把玉佩小心地放回了怀里，拍了拍，道，"不过这个赵德芳也实在是太容易相信人了，居然把那么重要的事情告诉给我们这些陌生人。啧啧，难怪年纪轻轻就没了，肯定是被坏人给算计的。"

"烛影斧声，千古之谜。"Ken看着微泛波澜的水面，慨叹之中带着点嘲讽，"居然跟一个杀妻杀婿的禽兽有关，世上真是无奇不有啊。"

"别提那个龌龊的老家伙了，疑心生暗鬼，连自家亲人都不放过。"钟晴咬牙切齿，"害人终害己，他万万没想到自己居然会栽在自己老婆手上。最讽刺的是，这老婆还以为是在帮他。我看，以大夫人的心机，她一定处处留意石老头的动静，否则怎么会撞到他把二夫人他们的头颅埋在桃林下呢。哼，这一对夫妻，真是天作之合。"

Ken点点头，完全赞成钟晴的话，道："人哪……一旦猜忌心与占有欲不受控制，便会变得比洪水猛兽还厉害。"

"唉，可怜了那位石大小姐喽。"钟晴突然想起了这个曾在他手心写字的女子，心头不由惋惜，"被自己亲爹害成这样……可惜了。"

"石大小姐？"刃玲珑凑了过来，蹲下身看着一脸怅然的钟晴，嘻嘻一笑，"怎么，起了怜香惜玉之心了？记得当时石小姐在你手心写了个'走'字吧，她大概在潜意识里把你当作她的傅公子了，虽然神志不清，可是她保护意中人的心，倒是没有变。唉，也真难为这个姑娘了。"

"最无辜的受害者。"Ken扼腕叹息。

"有件事我倒不明白了。"钟晴突然说道，"你说她让我走，可能是因为傅公子丧命在石府，她已经对整个石府产生了恐惧。可是她冲进来打翻我的碗，难道她知道傅公子是被毒死的？"

"或许吧。"连天瞳拔了一根长长的野草，夹在指间把玩着，"受了如此大的打击，纵使神志不清，她也会记得一个事实，便是傅公子临死前，曾饮下一碗热汤。若痛失爱侣的她不相信傅公子是'因病猝死'的话，她理所当然会把他的死因归咎到那碗汤上头，以至后来她的病情越来越严重，所以一看到你端着碗，就会把傅公子的死联想到你身上。"

"你说话的口气真像个专业的心理医生。"钟晴虽然还是没怎么想明白，但是也不打算再继续追究下去了，挠了挠头，"究竟是出于什么心思，估计也只有她本人才知道了，真是造孽……唉……算了，懒得研究了，免得又想起那些不高兴的事儿。"

连天瞳一笑，说："人死万事休，石家的事，到此为止吧。待办好了碧笙的事，我们便动身去长安。"

"小姐，你可别忘了你还对那小王爷的应承。"钟晴拍拍屁股站了起来，走到她身边，"要帮他查怪盗的下落，还要帮他寻找什么长生璧。既然答应了对方，总还是要为这两件事儿出点力吧？怪盗一直在京城活跃，你'刷'一下跑去长安，那还查个鬼啊。"

"我并未忘记自己的承诺。"连天瞳把野草摊在手心，启唇一吹，野草晃晃悠悠落进了池塘，"要找那怪盗，并非难事。至于长生璧，既是秦始皇之陪葬，那自然要去了长安，才能有所收获。"

"长生璧……"Ken 有些入神地念叨着这个名字，半晌，他抬起头，似笑非笑地看着连天瞳，"打从我们落到你家那一刻开始，每走一步，似乎都在你的掌握之中，事事洞悉先机。就拿石家这档子事儿来说，我从开始便感觉你对石家的熟悉程度，绝不是一个不相干的陌生人所能达到的。"

说到这儿，他停了停，站起身："你的身份，我委实好奇。"

"说得不错。"钟晴顿时深有同感，追问道，"你真的只是一个大夫而已吗？"

"呵呵，那你们以为，我该是何身份？"连天瞳狡黠地反问。

"我又不是神仙，怎么知道？"钟晴没好气地瞪了她一眼，旋即又看了看 Ken，"就算是神仙也未必知道你这个古怪女人的来历。"

Ken 尴尬地咳嗽了两声，片刻之后，他诚恳地对连天瞳说道："虽然跟你认识不久，可是也算是同生共死过的伙伴。到了现在，我也不妨直言相告，我们三个，都是从一千多年之后的世界掉回现在这个时间的人。另外，我跟玲珑，其实都不是人类。她是一只鱼妖，而我，是北欧神族的后裔。"

"我知道。"连天瞳面不改色，平淡不惊地说，"玲珑跟了我这么久，老早便同我说过了。"

"啊？"Ken 瞪了刃玲珑一眼，心里埋怨着这丫头嘴巴实在太快，他原还想借互相坦白身份这招来诚恳"引诱"连天瞳说出实情的。

"怎么，坦白自己的身份以示诚意么？"连天瞳一笑，"呵呵，不必如此，既然你都说过我们是共过患难的伙伴，而我在外人面前也以至亲好友来称呼你们，那……有些事我也不瞒你们了。"

"对对，朋友就应该坦诚相见。"钟晴点头如捣蒜，迫不及待地等着连天瞳的下文。

"师父，你……"刃玲珑对于连天瞳的表现有些疑惑。

"今后我们恐怕还要当很长一段时间的同伴，如果彼此间再遮遮掩掩，那便显得生疏了。"连天瞳冲刃玲珑摆了摆手，嘴角泛起一抹深不可测的笑容，道，"我身为一名游走江湖的大夫，此事不假。不过，除了当大夫之外，我还有另一份差事。"

钟晴和 Ken 都不由自主地紧张起来。

"受人之托,这些年来,我不得不作那……"她的笑容越发深邃,"秦陵守陵人。"

"秦陵守陵人?秦始皇那个秦陵?"钟晴差点被自己的口水呛死,连天瞳有本事是事实,但是打死他也不相信她的本事会大到跟秦始皇扯上关系。

"守陵人……"Ken 的表面反应没有钟晴那么强烈,只是竭力以平静的语调问,"能说说具体做些什么吗?"

"秦陵地宫,珍宝无数。尤以长生璧、传国玺与太阿剑为最。天下间觊觎之人多不胜数。为防有不轨之徒私入地宫,秦始皇的亲信们不仅在地宫内设置了巧妙的机关,更寻来一些身怀奇术的能人,代代相传,肩负起守护地宫的重任。而我,当年曾偶遇一位守陵人,此人于我亦师亦友,之后他因故离开,故而嘱我代其负起守陵之职。"

"老天,秦陵地宫即便到了我们那个年代,也是个不解之谜,据说几千年来从来没有人能进到地宫中。原来,里头还有这层内幕。"钟晴难掩心中兴奋,但马上又觉得有点不对头,狐疑地盯着连天瞳,"你既然是守陵人,地宫在长安吧,你怎么游荡到京城来了?"

"呵呵,觊觎地宫者虽多,可是大多数蟊贼连地宫的位置都不清楚,不足为患。"连天瞳颇不以为然。

"地宫的位置?不就在骊山皇陵的封土之下吗?"Ken 心生不解,"虽然在一千年之后才有考古专家们正式公开地宫所在,但是千百年来,知道这个秘密的人为数不少吧。"

"不错,在众多盗墓者中,这已是公开的秘密。不过,这骊山的地宫……"连天瞳诡秘地笑了笑,"假作真时真亦假。"

"什么?"Ken 眉头一皱,急忙抓住连天瞳问道,"难道骊山地宫是假的?"

"呵呵,怎的如此激动?"连天瞳看看他紧抓住自己的手,笑道,"且不论那地宫真假,骊山下头的无数珍宝却是真的。偶尔有些本事大的,能进去找到一些好玩意儿。传扬开来,众人便都以为骊山地宫确是秦始皇安魂之处了。"

"哦……我……我只是好奇而已。"Ken 意识到自己的失态,放开连天瞳,尴尬地笑了笑,继而又问道,"既然你有这么一个特殊的身份,那肯定知道那块长生璧的下落吧?它还在地宫中吗?没有被石老头盗走吗?"

"你似乎对长生璧很有兴趣。"连天瞳盯 Ken 一眼,转身走到已经喝得饱饱的马儿身边，一边梳理着它们的鬃毛，一边说道，"这些年来，有多少人到过骊山地宫，盗了些什么东西，我心里都有数。骊山地宫分内外数层，其内机关重重，那些盗陵者，大都只进到地宫外层，运气好的，能顺利窃走一些无关紧要的珠玉金器。运气差的，莫说盗走一星半点的宝贝，连自己都成了现成的陪葬。数年来，能进到内层并且全身而退的，只有一个人。"

"你别告诉我那个人就是石老头那个禽兽！"听得无比仔细的钟晴马上想到了这个人。

"正是此人。"连天瞳俯身拾起脚下的一块石子，抛了抛，扔进了池塘，"当我发现此人不仅能避开重重机关，并且穿过保护着地宫最里层的结界时，我是有些吃惊的。"

咚，水花四溅，一池的平静被打得粉碎。

"他有这么大的本事？"Ken的脑子里立刻浮现出石老爷在山神庙里的拙劣表现，不敢相信连天瞳所说。

"他自是没有，但，他背后的人有。"连天瞳眉毛一扬，"三年前，他从地宫中窃走了不少财物，包括那方被他认作长生璧的龙纹翠。因我对此'能人'很是好奇，故而暗中查过他的底细，知他除了手段毒辣且善于阿谀奉承之外，并无过人之处。"

"所以你怀疑石老头背后有高人帮忙？"钟晴这回反应得挺快，马上联想到山神庙里石老爷的坦白交代，说，"石老头刚才不是说过吗，他府里的诛邪阵，还有让他拿人血开封印的，都是同一个人。我看幕后黑手肯定是这个家伙！"

"当时我也曾有心寻找这个背后之人，但此人隐藏甚深，我又有他事缠身，所以未能深究。直至一年前，我得了空闲，这才来到安乐镇，落脚在乱葬岗，打算从石府中查得我要的线索。可惜，除了感到一府的怨气之外，一无所获。"连天瞳的口气里有些微的遗憾。

"这么说，碧笙母子，你也早就见过了？"Ken顺口问了一句。

"我曾在一次'夜访'中远远见过一面，并无多深印象。"连天瞳点头，"倒是没料到数月之后她们母子竟会成为我的病人。当初我知他们是石家人，也曾探问过一些事情，可是很快就发觉她们母子虽身在石府，却对石顺的事情一无所知。呵呵，世事果真难料，到头来，却是这对局外人成了导火之索。"

"哈，可不是吗，说来说去还是石老头自作孽，谁让他把老婆孩子扔在山上？没有碧笙这回事，我们也不会去石府了。活该！"钟晴啐了一口，又对着连天瞳说，

"我说你怎么对石家透着那么一股子熟悉劲儿，原来你早就盯上石老头了。"

"呵呵，我非地道的探子，不过偶尔入府看看石顺的动静罢了。诛邪阵我是知道的，可是当初我并未深究此阵之下究竟镇的是什么。那夜为了刘妈跟二夫人他们交手，我也只是凭着在府里听来的只言片语来推断此二人的身份。"连天瞳看了他们一眼，"至于之前写出二夫人的闺名，是因曾有一日经过后山，见那大夫人站在一座墓前念念有词，细听之下，原来她是在指名道姓地怒骂这墓中之人。我那时方知墓中躺的是二夫人，又见那坟墓怨气深重，知道死者死因蹊跷，可是我亦未作深究。后来以二夫人姓名作敲门砖，是我临时起念，无非是故弄玄虚，试探试探石顺罢了。二夫人是他石家的人，若死得蹊跷，他一见我们几个外人提到这个名字，定会坐卧不安。他方寸一乱，于我就是莫大的好处。"

"老天……"钟晴对她的心思简直佩服得无以复加，"这一试探，倒真把这老东西给钩住了。你也太厉害了吧。喊，在我们面前还装得跟什么都不知道似的，害我们跟没头苍蝇一样跟着你瞎转悠。"

"若早把事情抖落给你知道，难保你这聒噪之人不在石顺那老匹夫面前露了马脚。"连天瞳直言不讳，一点面子也不给钟晴。

"就是，你这个大嘴巴一嚷嚷，早晚坏事！"刃玲珑完全赞同她师父的话。

"胡说！我的保密意识强得很！"钟晴很是不服气，转而又问，"说正题，那你观察了那么久，那个幕后黑手有眉目吗？"

"这一年来，石顺一直忙于天南地北地搜寻珍宝，与他接触的人并无可疑。要查出那个不露面的高人，着实要费一番心思。石顺作恶多端，我一直没有对他出手，也是为了借他来给我引出幕后之人。若不是半道出了碧笙这桩事，假以时日，我定能找到我要的人。"连天瞳摇摇头，轻叹，"也罢，虽然没能达到我的目的，也算知道了那龙纹翠的最终下落。"

"龙纹翠？"Ken心下一动，猜测道，"难道……宋太祖真的吃了一块假的'长生璧'？"

"八九不离十。"连天瞳点头，"兴许，还是因此而送了性命呢。龙纹翠是秦始皇曾佩过的一方玉璧，其性本就至寒，又在地宫中暗埋了上千年，根本不能食用。我不明的是，既然这高人手段不俗，又怎会不知此物并非长生璧？还教石顺以人血冲开封印，使邪气渗入其中。如此一来，再让本就身染疾病的人服下……啧啧，其心可疑呀。"

"难不成有人想借献上长生璧为由，要了赵德芳他皇帝老爹的性命？"钟晴想起了刚才赵德芳所说的话，惊讶地瞪大了眼，"这胆子不小啊！"

"呵呵。"连天瞳不置可否，只说了一句，"有这样的敌人，倒是件趣事。"

"出人命了还叫趣事？"钟晴白了她一眼，然后严肃地说道，"我看哪，那小王爷还是不要知道这件事最好。"

"哦？"连天瞳对钟晴说的话很有兴趣，"为何这么说呢？"

"你想啊，自古以来弑君的主要目的是什么？还不是为了篡位？！虽然我历史知识不丰富，可是关于宋太祖跟宋太宗兄弟两个的记载还是知道一些的。宋太祖一死，得了最大好处的就是他弟弟了。搞不好那小王爷一直怀疑的，就是他的皇帝叔叔呢。如果被他知道他老爹真是被害死的，他一定不会罢休，到时候叔侄相斗，怕他占不了便宜！"

"分析得极是。"连天瞳很难得地赞了他一句，笑，"小小石府已经杀机四伏，况乎皇宫？对终是年轻气盛的赵德芳来说，这恐怕是个会引来杀身之祸的事实。所以，只得对他食言了。"

"唉，这赵德芳倒是个人物，据说当年宋太祖本来是将皇位传给他的。"Ken摇摇头，感慨道，"只可惜，死得太早了。也不知道是不是为了他父皇的事耿耿于怀才郁郁而终的。"

"各人有各人的命数，不必嗟叹太多。"连天瞳拉过白马的缰绳，看看天色，道，"该说的都说了，天色不早，动身进京吧。"

"等等，你刚才把赵德芳拉出去嘀咕什么了？"钟晴拉住她，问，"你说需要一件东西才能送碧笙入冥界，到底是什么？"

"进了京再说吧。"连天瞳拂开他的手，翻身上了马。

"哎，等等，还有事要问你！"Ken一把拉住了白马的缰绳，"你还没告诉我真正的长生璧在哪里？"

"长生璧，呵呵，自然还在地宫之中。"连天瞳一笑，"没有谁能从我手里盗走这方宝物。"

"那就好……"Ken如释重负地松开手。

刃玲珑默不作声地牵过自己的马，慢吞吞地骑了上去。拽着缰绳，她心事重重地看着一脸轻松的Ken，咬了咬下嘴唇，想说话，又始终没说出来。

走到池塘边，跳上马，钟晴用力甩了甩头，短短几天时间，灌输到他脑子里的"奇闻"简直多得要撑爆他的脑袋。一会儿来个白狼精，一会儿又钻出来个王爷，现在在自己面前的，居然还是个跟秦始皇有关系的奇女子。偶尔有点"奇遇"，叫刺激，叫兴奋，但是"奇遇"太多，恐怕就叫"遭遇"了。他不知道自己有些混乱的思维需要多长时间才能理出一个完整顺溜的头绪。

以后，肯定还会发生更多意想不到的事。

钟晴的预感很强烈。

一阵冷风吹过，池水荡起阵阵涟漪，泛着单调的白色光点。

水面上，钟晴的倒影渐渐碎开了去……

调转马头，钟晴看着已经跑到前头去的连天瞳和刃玲珑，叫住了正要开跑的Ken。

"什么事？"Ken松开缰绳。

"我……我……"钟晴抓着脑袋，"不知道怎么搞的，觉得怪怪的。"

"什么怪怪的？"

"之前我就想跟你说了……"钟晴皱着眉，"我觉得我有点不对劲儿。"

"哦？！"Ken的眼底蓦地闪过一丝不安。

"具体的我也说不上来。"钟晴像个陷入了难题的学生，有些迷茫地说，"刚才在山神庙，我用钟馗剑的时候，好像体内有股不受我控制的力量在涌动……以我的实力，绝不可能使出破坏力那么大的招术。"

"这……"Ken顿时无语，想了想，道，"也许是你还没有适应这个空间，所以身体里产生了一些变异的现象？你也知道，别说时空逆转，就算我们去另一个国家，也是需要倒时差的。"

"倒时差？身体变异？"钟晴直勾勾地盯着他，"老兄，你的分析也太经不起推敲了吧？倒时差顶多是吃不好睡不好，怎么可能会有这种现象？"

"嗯……这个……"Ken尴尬地笑了笑，拍拍钟晴的肩膀，宽慰道，"放心，过段时间应该就没事了。不要胡思乱想。"

"唉，算了算了，可能真的是没吃好没睡好。"钟晴懒得再想下去了，看了看前头，一夹马肚，"走吧，她们两个女的跑得都快没影了。"

"嗯。"Ken点点头。

二人迅即策马追了上去。

快马加鞭，一路疾驰，虽然在山神庙和池塘边已经耽误了不少时间，连天瞳他们终于还是在天黑之前赶到了京城。

尚未踏入守备森严的城门，钟晴已然感到了一国之都的熙攘繁华，与之前寂静如死城的安乐镇相比，俨然是有云泥之别的另一重天地。

千年之前的大宋京都，建筑雄浑，商贾云集，车水马龙，天子脚下的风景让初来乍到的钟晴看得眼花缭乱，真恨不得自己的头能转上三百六十度，免得漏看了任何一处此生难得一见的景象。

"难以置信……"此刻，钟晴终于对"天朝上国"这个概念有了形象的认识。

"的确很壮观啊，古人真是厉害，没有任何现代化的工具，也能造出一座如此大气精美的城池。"端坐马上，Ken 也禁不住赞叹一番。

两个男人跟进了大观园的刘姥姥似的，一边瞪着眼四处猛瞧，一边不时地交流着心得看法，一致认为此刻没有相机在手真是天大的遗憾。

"啧啧，太漂亮了，要是能拍下来，那些照片肯定值大钱！快看那边，哇，好几家金店呢，随便买一堆金器带回去，想不发都不行呀，哈哈哈。"

"别说金器了，就算是一个普通的瓷碗，千年之后也是件难得的宝贝了呢。"

"不行了不行了，这地方实在太好了！简直是个露天的宝库呀！"

"超级大宝库！"

两个人自顾自地说得热闹，全然没有注意到街上那些路过的男男女女朝他们投来的目光，尤其是年轻异性们热切却又羞涩的打量。

尽管这两天既没吃好又没休息好，但不可否认的是，风尘仆仆的钟晴与 Ken 往人堆里一扎，仍旧是极其出挑的。

"啧啧，那马上不知是谁家公子，竟生得这般俊俏。"

"姿容出色若此，实是少见。"

诸如此类的嗡嗡细语一字不差地传进了连天瞳耳朵里。

"若你们二人在京城长住下来，怕那些提亲的媒婆们会踏破门槛吧。"她俏脸含笑，戏谑地对钟晴他们说道。

"什么？"一直忙于估算身边那些东西哪些更值钱一些的钟晴回过头，不明所以地看着连天瞳。

她没回答，只朝一旁努了努嘴。

顺着她指的方向，钟晴马上看到了两个盯着自己作花痴状的女子。

"哇。"他赶紧把目光转回来，颇有些得意地对连天瞳说道，"瞧见没有，本帅哥……不是，本公子果然魅力无边宜古宜今啊！嘿嘿。"

"真是臭美！"刃玲珑不屑地撇撇嘴。

"你这死丫头，怎么一路上没见着哪个男的多看你一眼呢？"钟晴马上回击，"哼，你明明就是妒忌。"

"我才不稀罕那些无关紧要的人的关注呢。"刃玲珑白了他一眼，然后，一缕余光有意无意地从 Ken 身上扫过。

"你们两个前世定是仇家。"连天瞳不紧不慢地冒了一句，随即指了指前方某处道，"天色已晚，到那里歇脚吧。"

众人走过去，跳下马来，钟晴朝眼前这四层建筑的招牌上一看，一个字一个字地道："大……福……客……栈？！"

见有客人上门，立刻就有两个店小二殷勤地跑了过来，招呼道："各位客官是打尖还是住店呀？快快请进。"

"今夜就留宿此地吧。"连天瞳把缰绳交到了店小二手里。

进了客栈，钟晴立即被飘荡在大堂内的各种菜香吸引了，肚子咕噜咕噜一阵乱叫。

连天瞳走到柜台前，掏了一锭银子扔给掌柜的："给我们两间上房，再送些吃的上来。银子有多的话就当是打赏了。"

"多谢客官，多谢客官。"见连天瞳出手阔绰，掌柜的老脸笑开了花，忙扯着嗓子大喊，"阿五，赶紧带这几位客官上二楼上房休息！"

里头的店小二立即迎了上来，热情地引他们朝楼上走去。

走过柜台时，钟晴用力扣了扣台面，大声提醒道："快些把吃的弄上来啊！"

"是是是！客官放心，吃的马上就到。"掌柜的忙不迭地点头。

"太好了，总算有饭吃了。"钟晴边上楼边揉着肚子，不停地咽着口水。

"看你那模样，比难民还难民。"一旁的刃玲珑捂嘴偷笑。

"你成心惹我发火是不是？"钟晴一脸想杀人的表情，恨恨说道，"当妖精的当然不知道人的饿了。哼，懒得跟你这非人类一般见识！"

刃玲珑一噘嘴，不再理他。

很快，几人被领到了二楼最里头的两间上房前。

连天瞳塞给店小二一块碎银子，说道："饭菜直接送到我们这间房就好，不要酒，备一壶上好的热茶即可。"

"是是！客官们先歇着，吃的喝的马上就到。"店小二欢天喜地接过银子，乐颠颠地跑下了楼去。

"进来吧，用过晚饭之后，我们还有要事商议。"连天瞳径直走进了房间。

"先吃饭先吃饭，填饱了肚子什么都好说。"钟晴急急忙忙地跟了进去。

在宽敞整洁的客房里坐了不到五分钟，那店小二便举着满满一托盘热气腾腾的饭菜一溜小跑地进了房间。

"各位客官久等啦，这些都是本店的招牌菜。"店小二麻利地往桌子上摆着碗筷杯碟，口里自顾自说个不停，"各位都是外地来的吧，最近京城里盗贼横行，听说好些戒备森严的官府大户都没躲过，客官们的贵重物品一定要收好，免得白白受损。"

"多谢小二哥提醒，我们自会小心。"连天瞳笑了笑，目光扫过刃玲珑时，却狠狠瞪了她一眼。

刃玲珑脸色一变，像个做错了事的孩子一样吐了吐舌头，马上埋下头端起碗，大口大口扒着饭菜。

"客官慢用。"

收了可观小费的店小二从头笑到尾，提着空托盘退了出去。

"真是有钱好办事，也难怪世上贼多了。"钟晴一边抱着鸡腿大嚼，一边发着感慨。

连天瞳没动筷子，举起清香扑鼻的热茶，饮下一小口："盗贼并非个个求财。"

"可不是吗，劫富济贫的侠盗多了去了。"刃玲珑鄙视地瞪了钟晴一眼，"你以为人人都像你啊，成天想着钱钱钱。"

钟晴没理会她，扔掉鸡骨头，把一条红烧鲤鱼端到自己面前，用筷子三下五除二把鱼肉同骨架剥离开来。

大口吃完不带刺的鱼肉，他抹了抹嘴，敲着盘里完整的鱼骨架，冲刃玲珑咧嘴一笑："我不只喜欢钱，还喜欢鱼，尤其喜欢吃鱼和解剖鱼。唉呀，不好意思，忘了是你的同类了。"

"你……"刃玲珑这才反应过来，一时气急，"你尽管吃好了，吃那么急，当心哪天就被我同类的骨头卡死！"

"被鱼骨头卡死？"钟晴哈哈大笑，得意地说，"鱼身上的骨头有几根，怎么长的，我比谁都清楚，你以为我这个学海洋生物的优秀人才是吃干饭的吗？"

Ken 听得直想笑，插嘴道："你好歹也该算个未来科学家吧，怎么我在你身上就没看出半点科学家的气质呢？"

　　"喊，科学家头上有角啊？"钟晴不服气地辩驳着，"我的专业知识丰富得很，就是来了这里没我用武之地，只能在吃鱼上面表现一下了。"

　　"科学界之耻……"刃玲珑把嘴里的菜嚼得嘎嘣嘎嘣响。

　　"总比不会游泳的劣质鱼好。"

　　两个人吵，两个人笑。

　　餐桌上的气氛，难得的轻松。

　　吃饱喝足，钟晴满意地打着饱嗝，顿觉精神百倍。

　　"今夜就在此好好歇息吧。"连天瞳放下没夹几口菜的筷子，"明晚，钟晴你随我入皇宫。"

　　"什么？"钟晴慌忙把刚吞进口里的茶水咽下肚去，"我跟你去皇宫？"

　　"是。"连天瞳看着他，"我们去取盘古斧。"

　　"盘古斧？"Ken 愣了愣。

　　他身边的刃玲珑则像被茶水呛到，咳个不停。

　　钟晴一下子晕了："那是什么东西？"

　　"上古神物，相传是盘古用来劈开天地的利器，后来辗转落入了宋太祖手中。武将出身的他酷爱此物，将其秘藏于皇宫内苑，当镇国之宝一般看待。"连天瞳起身，走到窗口，看向夜空中的某个方向，"我要找的东西就是它。我并无超度亡魂的本事，故而要送碧笙魂魄入冥界，唯有为他劈开阴阳界。"

　　"你想硬劈开阴阳界？"钟晴当即跳出来反对，"开什么玩笑，那怎么行？！"

　　"你有更好的方法么？"连天瞳头也不回地问，"碧笙的魂魄被狼精容留，早已错过了进入冥界候轮回的时间。狼精已无本事再负担这个多出来的魂魄，我在木箱上下的封印能保碧笙在狼精体内四十九日安稳，此期一过，若碧笙还入不了冥界转生，便只能做个飘荡人界的孤魂。他如此年幼力弱，一旦撞上些不该撞上的危险，魂飞魄散怕是早晚的事。"

　　"我知道亡魂只有入冥界才是正道。"钟晴当然明白她的意思，"但是你这么做，实在太冒险了。阴阳界是隔绝人间与冥界的地方，一旦有个闪失，栖身在冥界里的恶灵极有可能会循着你劈开的地方跑到人间的！这……好吧，就算劈开了，你有办法把你劈开的地方复原吗？如果不能，你知道这个后果有多严重？！"

"你多虑了。"连天瞳回过头，轻描淡写地说，"只是开一个小小缝隙，一旦碧笙进入冥界，我会立即封上它。这是唯一办法。"

"小小缝隙……这……"钟晴烦恼地拍了拍自己的脑袋，考虑半天，问，"你确定能封上？"

"信我。"连天瞳给出两个字。

"那……好吧。"钟晴看着她的眼睛，妥协了。

"师父，就你们两个去？"刃玲珑隐隐有些担心。

"是。"连天瞳走回到桌前，轻轻拍了拍她的肩头，"不必担心，两人足矣。"

"真的不要我们去帮忙？"Ken并不担心连天瞳，他只是放心不下钟晴那个随时会出状况的家伙，"那盘古斧既然在皇宫里，又是镇国之宝，肯定有高人守卫，就你们两个去，恐怕……"

"无妨，我自有分寸。"连天瞳打断了他，"山神庙外，我曾向赵德芳求取此物，想他经年自由出入皇宫，行动方便，若能帮忙，自然省去大把麻烦。可惜，他亦无能为力，我们只好入宫盗斧了。既是盗，人多反生不便。"

"皇宫那么大，你知道那把斧头被藏在什么地方吗？"钟晴不放心地问了句。

"知道。"连天瞳坐了下来，悠闲地喝了口已经半凉的茶水，"怎么，怕自己再当一回没头苍蝇？"

"喊，既然是去偷东西，当然要锁定目标一击即中，最重要的是安全撤离！"钟晴认真地说着，"偷皇帝的东西，被逮着了可是砍头大罪呢！而且先前就出了皇宫失窃的案子，万一咱们被发现了，那偷皇帝玉玺和被子枕头的账肯定会算在我们头上，那时候真是跳到黄河也洗不清了！"

"你实在是杞人忧天。"连天瞳放下杯子，笑了笑，"那些守卫皇宫的凡夫俗子，根本没有机会发现我们。"

"那就好。"钟晴松了口气，"我们去的不是普通地方，偷的也不是普通东西，总之还是小心点好，把自己搭进去了还怎么救人？"

这时，Ken突然问了连天瞳一句："你跟赵德芳明说了你要找盘古斧？"

"是。"她点头，"为何问这个？"

"光是赵德芳知道，怕还没什么。"Ken双眼微微一眯，"万一被其他人知道了……"

"你指的可是赵德芳身边的温青琉？"连天瞳一语道破他暗指之人。

"不错。"Ken眼里闪过一丝疑色,"有件事我还没来得及跟你们说……"

"什么事？"钟晴从他的表情里读出了些许的不安。

"山神庙里,我的十字结界突然裂开,不是外力所致。"Ken看着他们,"是内力,是一股从结界之内传出的力量,故意毁掉了我的结界。"

"内力？"钟晴一下子懵了,"怎么会是内力呢？当时结界之内只有我们几个还有赵德芳他们啊,谁会去破坏结界呢？"

"温青琉……"连天瞳缓缓说出了一个名字。

"这温青琉非常可疑。"Ken笃定地说,"从一见到他开始,我已经感觉到这个人不一般。"

"他的折扇好厉害。"刃玲珑回想起当时的情景,一股寒意爬了上来。

钟晴一拍大腿："没错！我跟他交手的时候,虽然没过上几招,但是这个温青琉身上透出的力量,深不可测。不怕你们笑话我,如果那时候跟他硬碰硬打一场,我真的没有胜他的把握。"

"钦天监,除了推算天文历法,通常擅观星占卜,通神鬼之事。"连天瞳如是说道,"历来能够出任此职的人,多少都有些超乎常人的本事。这个温青琉,怕是其中的佼佼者。"

"我看他似乎是赵德芳的亲信呢。"Ken推测着,"如果是他出手破坏结界,原因呢？"

"暂时无从知晓。"连天瞳一笑,"你担心若赵德芳把我要取斧之事向温青琉透露,而他又心怀不轨的话,会对我们不利？"

"是的。温青琉也是皇宫里的人……"Ken毫不隐藏自己的担忧,"你们只身进皇宫,我实在放心不下呀。"

"此人是正是邪,而今无法断定。此去皇宫,未必如你想象得那么凶险。"连天瞳转动着手里的茶杯,"总之,若以后又遇此人,你我多加防备便是。"

Ken点了点头,话锋一转,再次问了一回相同的问题："你们真的……确定不需要我们一起去皇宫吗？"

"不必。"连天瞳摇头,笑道,"我们去盗斧,你们兄妹俩也有事做。"

"哦？"Ken心头一紧,"什么事？"

"你当初不是问过我,要上哪里去找一个碧笙来还给三夫人么？"她慧黠地笑笑,"你们明日就去大相国寺的莲花池中取三片荷叶一瓢池水,然后回苍戎山去。待我们得了神斧,立即前去与你们会合。"

"荷叶池水?"Ken不明白这些东西跟碧笙有什么关系。

"碧笙是三夫人心头肉,我预备以这两件东西做一个碧笙的替身,做成之后,替身外表看来却与真人无差别,且能呼吸能进食,只因无魂魄无意识,故而与痴儿无异。"连天瞳叹口气,"有个痴儿在身边,总比让她孤独终老的好……可怜的女人,碧笙的事,且瞒她一世吧。"

"这办法不错。"一想到这对母子,钟晴心里就爬过一丝难受跟惋惜,"假的总比没有好,唉……"

一声叹息取代了多余的言语,房间里顿时安静了下来。

窗外,传来清晰的更鼓之声。

翌日午后,客栈门口。

Ken握着缰绳,上马之前,他看着呵欠连天的钟晴,关切地问:"你没问题吧?精神很差呢。"

"没事,昨晚没睡好,脑子乱七八糟的。"钟晴疲倦地揉着眼睛,拍拍Ken的肩膀,"行了行了,你们快走吧,一路上多留神。"

"我们会的。"刃玲珑跳上马,不再嬉皮笑脸,很是慎重地对钟晴说,"你们去皇宫才要多小心。一切都要听我师父安排,不要莽撞。还有,不管遇到什么,你这个大男人就算拼了性命也要保护我师父的安全!听到没有?"

这个法术跟心思都远远超乎寻常的女人还需要他的保护?

钟晴心里嘀咕着,但是见刃玲珑一脸少见的严肃,他也只好拍拍胸脯:"你放心好啦,有我在,保证你师父平安去平安回。"

连天瞳瞄了钟晴一眼,想笑又忍住了,仰头对刃玲珑道:"动身吧。明日日落之前,我们当可赶回苍戎山。"

"嗯。师父你千万千万要小心!"刃玲珑一拉缰绳,忧心不减地看了看一脸从容的连天瞳,扭头对Ken说:"哥,我们走吧!"

"一定替我看好这个麻烦的家伙!"

临走前,Ken对连天瞳嘱咐了一句。

话虽简单,可话下之意,不言而喻。

"他很是关心你。"听着远去的兄妹俩留下的一串马蹄声,连天瞳笑着对钟晴说。

"哈,那是当然,我是他的救命恩人嘛。"钟晴嘿嘿一笑。

这一点他岂会不知道?尽管相处不过几天,可是Ken对他的关心与维护,显而易见。对于他的这种表现,钟晴并没有太过在意,或许这跟他神族的本性有关吧,他不是早说过他们的族就跟天使差不多吗,何况自己的母亲还跟他沾亲带故,他拿自己当亲人一样爱护也是正常。

"你还是他的救命恩人?"连天瞳边问边朝客栈里走去,似乎不太相信。

"当然!你不信?"

钟晴追上去,把他动不动就拿出来轰炸Ken的"英雄事迹"又唧唧呱呱地对连天瞳讲开了。

穿过内堂,连天瞳径直走到了客栈后的一处院落。

院落一侧,各色清洗过后的衣裳晾在竹竿上,飘飘荡荡。几个杂役抱着大捆的木柴跑进低矮的房间,很快又匆匆忙忙赶出来跑去了别处。

午后的小院,在杂役们离开后,显得格外清静。

今天的天气是钟晴到了这里所见过的最好的一次,暖人的阳光端端地晒在院子中央。地上粗糙的黄土,竟浮出了金子般的颜色。

"这里好像是客栈后院堆杂物的地方,你来这儿干吗?"钟晴打量着四周,奇怪地问。

"难得天气晴好,闲来无事,不如在此地晒晒太阳。"

说罢,连天瞳走到院中,坐到柴房前的石坎上,眯起眼,悠闲地洗起了日光浴。

"这晚上就要去办大事了,"钟晴坐到她身边,"你现在还跟个没事人似的晒太阳,真服了你了。"

对于盗斧子这件事,钟晴是看得很严重的。一来,这要去的地方是万人向往的皇宫,对于一个一千多年之后的人来说,对这个地方虽充满好奇,但难免也有几分敬畏;二来,既然是把神斧,又被皇帝视作心头宝贝,盗起来肯定不容易,下手时会遇到什么突发状况,谁都说不清。尽管连天瞳从头到尾都是一副唾手可得轻松无比的态度,但是钟晴的心,一直是高悬不下的。

"我知你在担心,怕此去皇宫出纰漏。"连天瞳睁开眼,"其实,我也无十分把握能取到那神斧。"

"啊?你也没把握?"钟晴有点急了,"我还以为你又跟以前一样,一切尽在你掌握呢，这回……"

"神斧被藏在哪里，我心中有数。"连天瞳打断他，顺手拾起脚边的一支木棍，在地上随意地比画着，"只是要将其顺利带到苍戎山，怕要费点工夫。"

钟晴越想越是不安，侧过身子问道："难道那个藏斧子的地方有玄机？既然是神斧，是不是有封印之类的东西保护着？或者是有特别厉害的高人看守？"

"封印之类倒是难不住我，至于看守之人……"连天瞳顿了顿，摇摇头，"是泛泛之辈还是个中高手，不得而知。总之，此去见机行事吧，一切都照我的吩咐去做，万万不可擅作主张！"

"明白明白。"钟晴觉得她的话简直多余，他对皇宫还有那斧头一无所知，没有她这个神奇女侠领头部署，他还能干什么？

"明白最好。"连天瞳笑笑，惬意地仰起头，伸了个懒腰。

一束阳光打在她净白的脸孔上，炽热的温度让她的两颊泛起淡淡的红晕，明媚得让人心动。

钟晴愣愣地盯了她半晌，心中突然闪过一丝特别的感觉。

"你让我想起另一个女人。"他收回目光，怔怔地看着远处，"你们两个，都是本领过人，却总是我行我素，还老爱对我作出不屑的神情。"

"哦？"连天瞳饶有兴致地看着他，"何人？"

"我堂姐。"钟晴呵呵一笑，"她也算个绝代无双的女强人了，伏鬼的本领不在你之下。只是脾气太暴躁，以前我一犯错她就老掐我耳朵。"

连天瞳盯着他的耳朵，一本正经地说："以你的性子，耳朵到现在还健在，也算是奇迹了。"

"喊，别老损我行不行？"钟晴白她一眼，接着说，"不过，她虽然凶悍了一点，却是个至情至性的善良女子。你倒是没她那么凶，但是，你似乎没她那么重的人情味儿呢，对任何人任何事都是淡然处之，好像你只是这个世界的旁观者似的。"

"呵呵，若人人都要像你这般，遇事大呼小叫，没事聒噪不停，这人世间岂不永无宁日？"听过钟晴对自己的看法，连天瞳并不认可。

"是，我承认某些时候我是比较聒噪一点，因为这个我没少被我姐狠扁过。可是那没办法，我就这个德性，有话憋着不说出来，对我来说比没饭吃还难受！"钟晴无可奈何地抓着头，旋即笑道，"话又说回来，要是你们这两个人有机会碰到一起，不知道会发生什么有趣的事呢。"

"你这么说，我倒越来越有兴趣见见你这位厉害的姐姐了。"连天瞳秀眉一挑，像是对钟晴口中这位"不在她之下"的女子产生了兴趣。

"哈，你这不是开玩笑吗？见她？她跟我可是一个时代的人，你以为个个都能有我这么幸运，抓个乌贼也能抓回千年之前。更何况……"说到这儿，钟晴的眼里流露出一抹沮丧，"就算你去了千年之后，也没法见到她。"

连天瞳睁大了眼睛，无声地表示着自己的疑问。

钟晴叹口气，说："她失踪了。我找了她数年，仍然音讯全无。"

"失踪……"连天瞳眼里闪过小小的惊讶，又道，"看来，你们姐弟感情匪浅……"

"我们打小一块长大的。"钟晴苦笑，垂下头，"我只有她这么一个姐姐……她人虽然厉害，可是我知道那都是为了我好……可惜，现在想让她掐我耳朵都成奢望了……无论如何，我都要找到她的下落。可是你看现在，我身在一千年前，纵使有天大的本事也没辙了。不知道她现在到底怎样了……"

看着钟晴落寞的侧脸，连天瞳忽然心有不忍，说了一句："若她真如你所说那般厉害……我想，这样的女子不论身在何处，也会安然无恙吧。"

"但愿如此。只是……"钟晴抬起头，奇怪一贯淡漠的连天瞳竟出言安慰自己。

"只是什么？"连天瞳问。

"只是她这个人，本事虽然高，心眼儿却不多，要是遇上个工于心计的坏人，我怕她不是对手。"钟晴不假思索地说道，"不比你，处处谨慎，步步为营，凡事都考虑周到。"

"呵呵，步步为营……"连天瞳有点哭笑不得，"你这话不知是褒是贬啊。"

"褒贬？"钟晴不解，"我当然是在称赞你啊！"

"那就多谢赞许了。"连天瞳转过头，看着蔚蓝如洗的天空，"待以后有机会，我会想办法帮你寻一寻你姐姐的下落。"

"什么？"钟晴一个激灵，一把抓住连天瞳的手，"你有办法帮我找到她吗？"

"姑且一试。"连天瞳抽回自己的手，看定他，"不过得先办妥碧笙的事再说。"

"嗯嗯！那当然！那当然！"钟晴猛点头，高兴得直想给眼前这个女子一个热情的拥抱，"你实在太好了！如果你能帮我找到她，简直就是我钟晴的头号大恩人呢！我发誓，以后我再也不会在背后说你坏话了，如果再说，我……"

刚说到这儿，高兴过头的钟晴马上捂住了嘴。

"在背后讲我坏话……"连天瞳脸一沉，故作考虑状，"怕是得考虑要不要帮一个说我坏话的人……"

钟晴见势不对,马上蹲到连天瞳面前,拱手讨饶:"我错了我错了,美女你大人不计小人过,我以后绝对不再犯同样的错误,我什么都听你的,我只对你一个人好,我……"

慌不择言的钟晴一下子停住了,嘀咕着自己怎么会说出只对你一个人好之类的话出来。

连天瞳看着他,澄亮的眸子有些许的闪烁,被太阳晒出的红晕,更深了一些。

两人之间的气氛,突然有了些小小的尴尬。

"其余的事,暂时莫要挂心了。"连天瞳很快恢复了常态,"取回神斧方是当务之急。"

"唔……我知道。"钟晴坐回到原位,夸张地摆出一副享受阳光的懒惰样子,掩饰着内心小小的波动。

阳光在小小的院落中移动着,院中那一白一蓝两个人影,被阳光拉出了长长的影子,斜斜地挨在了一起。

夜晚早早地来临了。

钟晴盯着面前高耸的宫墙,咽了咽口水,小声问:"又穿墙吗?"

连天瞳一笑,拉起他的手就朝着红色的墙壁撞了上去。

甚至来不及呼吸,再睁眼时,钟晴发现自己已然身在一片茂密的树木背后。

透过枝叶间的缝隙,是处处晃人眼目的明亮灯火,流光溢彩中,巍峨的宫殿群矗立于夜空之下,大宋皇朝,天子居所,处处是直捣人心的气势,令观者无不肃然起敬。

钟晴小心扒开层层叠叠的树叶,惊叹于眼前所见。

连天瞳拍拍他的肩头,小声道:"走!"

"哦……"钟晴眨眨眼,闭上张大的嘴,跟着她悄悄朝左边走去。

借着树木的遮挡,二人猫着腰,一路摸到了一条横贯东西的廊道前。

这时,一阵整齐有力的脚步声从廊道一侧的偏殿处传来。钟晴扭头一看,来者正是一队全副武装的巡夜侍卫。

见状,二人忙闪身躲到了暗处,屏息静气地等着这队人马走远了,才又探出头来。

"往哪边走啊……"看着嵌在难以计数的大小宫殿中的道路,曲直弯环,复杂难辨,钟晴晕头转向。

连天瞳四下张望了一番,闭上眼,放缓了呼吸,像在静心感应着什么似的。

很快,她睁开眼,笑:"原来在大庆殿下头……"

"什么大庆殿?"钟晴完全听不懂她在说什么。

"神斧所在。"

连天瞳一边说,一边伸出手去,在他们所站的地上画了一个奇形怪状的符号,然后嘀嘀咕咕念了一串咒语,轻喝了声:"开路!"

只见他们脚下赫然冒出一个容得下两人进出的黑洞,几缕幽蓝的光覆盖在洞口上,缓缓流动。

"你挖个洞干吗?"对于连天瞳种种出人意料的"戏法",钟晴已经能勉强做到见惯不惊了,只是她这么做的意图,他还是猜不到。

"遁地。"连天瞳抓住他的手,"中途一定屏住呼吸,记住了?"

"啊?!"钟晴大吃一惊,看着脚下的大洞,赫然明白了连天瞳这回是打算走一条"地下捷径","我们遁……遁地?"

"是,这样最方便。"连天瞳一笑,"走吧。"

说完,她纵身朝那黑洞跳了下去,钟晴来不及多说一个字,被她一拉,一个倒栽葱摔了进去。

黑洞无声地收缩成了一个黑点,很快消失在地面上。

耳畔噼啪有声,身体像被一层绵软却不透气的塑料布包裹着,隔绝了与外界的一切交流,只能感觉,感觉到有一堆一堆的泥土般的物体铺天盖地砸在自己身上,鼻子里,灌满了湿湿的土腥味。

钟晴似是照足了连天瞳的吩咐,从头到尾一直憋着一口气,不是不敢呼吸,而是根本忘了呼吸。

片刻之后,钟晴突然觉得一道亮光大闪,眼前顿时豁然开朗,同一时刻,刚才那种不断被挤压的紧迫感也荡然无存,他只觉身子一轻。

扑通!

钟晴稀里糊涂地栽倒在了地上,下巴重重磕在了不硬不软的泥地上。

"哎哟……"

他一声大叫,猛一下睁开了眼。

一片绿幽幽的颜色迅即映入了他的眼帘。

"还赖在地上作什么？"

身边传来连天瞳没好气的声音。

钟晴这才发觉，自己到现在还紧紧抓着连天瞳的手没有放开。

"哦……"他赶紧松开手，两下从地上爬了起来，揉着磕得生疼的下巴，他顾不得检查自己是从哪个地方哪个高度降落下来的，只满脸惊奇地打量着四周，"这里是什么地方？"

四方房间，构造与普通房屋并无差别，不同的是，此处的四壁同天花板都是白玉为面，雕刻在上头的繁琐花纹，细看之下，其内容尽是以龙为主，要么飞龙踏云，要么苍龙戏水，每条龙无不精美逼真，似要从壁上钻出来一样。

最令人惊讶的，就是充盈满室的幽幽绿光，这照亮房间的唯一光源，竟是来自四颗摆放在墙角处的圆珠。

钟晴的目光被黏住了似的，紧盯着这四个如小孩子的拳头一般大小、光润夺目、散发着奇特色彩的珠子，吞了吞口水，道："这个……难道就是传说中的夜明珠？"

"正是。"连天瞳瞟了墙角一眼，淡然说道，"为防火烛惹灾，以夜明珠作照明之用，是为上策。"

"好奢侈……这到底是什么地方。"钟晴越看眼睛越直，恨不得立刻把这些可爱的珠子揣入囊中。

"此地是赵匡胤收藏盘古斧的密室。"连天瞳看了看天花板，"这上头，应当就是大庆殿。"

"你肯定斧子在这里？"钟晴暂时压下了对夜明珠的妄想，看着空荡荡的房间，"这儿除了几面墙壁和夜明珠，我好像没看到别的东西。"

"神斧身上有不同于凡品的'气'，我可以感觉到。"连天瞳在室内走了一圈，停在朝东的一面墙壁前，笑着敲了敲，"就在此墙之后。"

"在墙壁后头？"钟晴走了过去，学着她的样子敲了敲，又把耳朵贴上去听了听，而后直起身子，皱眉道，"怎么开呢……不会又要穿墙过去吧？"

"穿墙倒是不必了。"连天瞳盯着这堵白玉墙，"墙上定有开启的机关。"

"机关？"钟晴抓着头，一时不知道该从哪里下手。

"找一找吧。"连天瞳伸出手，仔细地在墙上摸了起来。

钟晴见状，忙跟着她一起在墙上拍拍打打。

找着找着，钟晴突然觉得掌下有点不对劲儿。

他停下来，挪开自己的手掌，掌下，恰好是龙头上的眼睛所在。

钟晴拿手指轻轻碰了碰那只略显凸出的龙眼，这才发现这部分是从外头镶嵌进去的，触碰之下，竟觉得有些微微转动之感。

他心头一喜，对准龙眼用力一摁。

"噌"一声响，那龙眼立刻陷进了墙壁里头。

"哈，找到了！"钟晴兴奋地一拍手，赶忙拉着连天瞳往后跳了一步，等着看下头会有怎样的收获。

果然，墙面上瞬间生出了一条不规则的裂缝，原本完整无缺的白玉墙壁当即一分为二，缓缓朝两旁滑去。

钟晴连眼都不敢眨，生怕漏掉了即将出现在自己眼前的惊人一幕。

上古神器的出场，不知道会是怎样的一种光芒万丈震人心魄。

可是，钟晴完全想错了。

没有声响，没有光彩，在墙壁完全打开后，如果没有外头的夜明珠，甚至看不清墙后那团黑黑的东西到底是个什么形状。

钟晴凑近点一看，出现在墙后的，只是个约一米见长的案台，台上搭着一块红布，一只类似黄金质地的架子上，端端插着一把通身漆黑的斧子。

"这就是盘古斧？"钟晴的口气里似乎有点失望。

也难怪他会这样，面前这把不到两尺的斧子，看来是以玄铁打造而成，普通之极，除了斧刃处亮出的那一抹银白的利光略略显出一点霸气之外，跟世上任何一把斧头摆在一起，都不会有半点突出的地方。

"正是它。"连天瞳走上前，"帮不帮得了碧笙，就看它了。"

说罢，她一步进到了案台前，小心翼翼地伸出了手去。

突然，她脸色一变，在就要碰到斧子前的一刹那，触了电似的把手缩了回来，紧紧捏成了拳头。

"不好……"她退了出来，暗暗低语，眼神警惕地扫向四周，而她紧握的右手一直没有松开。

"出什么事了？"钟晴的神经顿时绷紧了，当他的目光无意中滑过连天瞳手上时，他大惊，"你的手怎么了？"

连天瞳眉头微微一皱："我没事。"

"没事？都冒烟了！"钟晴上前一把拉起她的手，一阵淡淡的白烟正渗过她紧闭的指间，"给我看看！"

见他一脸慌张，连天瞳无法，只得摊开了手掌。

一块铜钱大小的灼伤，清楚地印在她的掌心。

连天瞳这样的强人也会受伤，是钟晴完全没有料到的。

"怎么弄成这样？"他握着她的手，狐疑地看向那把盘古斧，问，"斧子有问题？"

"有人在斧前布下了结界。"连天瞳咬了咬牙，忍着手上传来的灼痛感，说，"恐怕我们已经惊动了守斧之人。"

"啊？"钟晴立即如临大敌地看向四周。

"竟可布下隐之结界，连我都未能觉察……"连天瞳看着自己手上的伤，冷冷一笑，"这回倒遇上个好对手了……"

"好对手……"钟晴定了定神，看向那把岿然不动的神斧，道，"既然都来了，不拿到东西怎么行。不管那么多了，你等等，我去拿。"

"哎……"连天瞳似乎想阻止他，可是钟晴已经转身快步进了墙里。

"什么结界这么厉害……"站在案前，钟晴嘀咕着，试探着伸出了手去，果然，在离斧子不到一寸的地方，他已然感到了一阵热气，掌下如有一堆燃在三伏天的熊熊柴火，干猛灼人。

"火性结界……"钟晴收回手，万分疑惑，"可是……没道理完全看不见呀……"

根据钟晴所了解到的"专业知识"，结界会根据施展之人的法术，呈现出水木金火土五种完全不同的特质。五类结界之中，火性结界一旦形成，会现出如火焰一般的外在表象，就如同 Ken 所布下的分属水性结界的十字结界一样，会在四周形成水流一般的波光。任何一种结界都不能完全匿藏它的属性。但是这一个，明明属于火性结界，却没有露出半点应有的形态，如同透明的空气一样，悄悄隐藏在斧子周围，阴险地恭候着任何一个入侵者。

想了想，钟晴心一横，将灵力汇集到掌上，对准那盘古斧，闭目低念了一句："天禁地锢，勿阻我行，开！"

这一招是他们钟家专门用来破解结界的，钟晴之前不是没有用过，只不过他只用在了破解一些低级灵体所设的简单结界上，对于眼前这个"好对手"所布下的"非正常"结界，他并没有多少把握。

念罢咒语，钟晴一掌劈向了那层只能感觉不能看的障碍物。

轰！

一股更为强大的热浪突然从前方反扑了过来，一圈火焰一样的光纹一跃而出，将盘古斧严密地封在其中，汹汹之势似要吓退所有想取走此斧的人。

钟晴的脸，在红红的"火焰"的映照下变换着颜色，而他击出的手掌，也被热浪弹了回来。

"啊！"

钟晴低吼了一声。

这波热浪不仅带给他刺骨的灼痛，更在他的手掌上添了一条又深又长的伤口，如同被极锋利的利器划过一样，太快的一击，竟不见血。

"露出原形了吗？"他浓眉一竖，不顾发疼的手掌，咬牙道，"再来一次，不信轰不开你。"

"你……"连天瞳见他又举起了手掌，心头一紧，叫道，"你不要太勉强，这个结界不简单！"

钟晴回过头，露齿一笑："放心，我肯定能解开。钟家人可是解结界的高手。"

说罢，他回过头，刚刚要落掌下去，就听得连天瞳一声大喊："小心！"

来不及转头，钟晴只觉得耳边"嗖"地刮来一阵比三九寒风还要凛冽的气流。

他本能地将身子朝旁边一斜，一把黑色的纸扇擦着他的右耳飞了过去。

鬓角的一缕头发，轻飘飘地落到了地上。

纸扇打了个旋儿，回旋标似的划了个完美的弧形，"刷"一下又从钟晴的头顶上飞了回来。

"两位似乎对这盘古斧有心无力呀。"

低沉的语气里，带着几分讥诮的笑意。

钟晴与连天瞳的背后，不知何时出现了一个黑衣加身的男子，那杀气四溢的纸扇，稳稳地回到了他的手中。

"是你？！"猛转回身的钟晴，看着身后的不速之客，惊讶不已。

连天瞳冷冷看着来人，嘴角微扬："温大人，没想到这么快又见面了。"

"呵呵，是啊，在下也没想到呢。"温青琉轻轻晃着纸扇，"二位本事不小啊，王爷当你们是正人君子，怎料你们竟打起了先帝遗物的主意。真是令人汗颜哪。"

"你怎么在这儿？"钟晴顾不得计较他话里的讥讽，大声喝道。

"我？"温青琉收起折扇，秀目虽含笑，却藏不住利若刀锋的眼神，"守护盘古斧，历来便是钦天监之责,在下身为钦天监中的一分子,责无旁贷。"

"神斧四周的结界,也是你下的吧。"连天瞳将受伤的右手背到身后,镇定地问道。

"是。"温青琉爽快地承认了,"想那些平常人,连密室的大门都无法进入。呵呵,亏得我加了这小小结界,否则也不知二位大驾光临了。"

"果然被人不幸言中……"连天瞳看了钟晴一眼,自嘲地笑了笑,"这结界怕是温大人赶着时间匆匆布下的吧,在你家王爷向你透露了我要寻盘古斧之后?"

温青琉笑而不答。

闻言,钟晴恼怒地一踩脚:"咳,那个赵德芳真是坏事!把这事儿说出去干什么?"

"王爷岂是如你们一般心机深沉。"温青琉话中带刺。

"心思单纯倒未必,说王爷视温大人为知无不言的密友更为恰当罢。"连天瞳微笑着与他针锋相对,"有了这难得的信任,事事相告也属正常。"

"别跟他废话了!"钟晴受不了这两个人的绵里藏针,直截了当地冲温青琉喊道,"姓温的,今天这斧头我们是拿定了,聪明的就闪到一边去,否则别怪我不客气!"

"你有多少胜算……"折扇在温青琉指间娴熟地来回翻转,"可以打败我?"

"试了就知道!"钟晴被他不屑的神情激怒了。

"温大人今日誓要阻拦到底么?"连天瞳拉住打算动手的钟晴,在发动武力进攻前作着最后的说服,"我们取斧只是为了救人,用毕自当及时归还,还请温大人卖个薄面。"

"救人……哼哼……盗走的东西,还会有心还回来么?"温青琉停住手里的小动作,冷睨着连天瞳,"有温某在此,你们休想带盘古斧离开大庆殿一步!"

连天瞳吸了口气,笑:"那就休怪我们冒犯了。"

话音刚落,连天瞳从袖端"嗖"地抽出一条红线,嘴里念念有词。

只见这软软的细线如有了生命一般,自行拉长并且飞速旋转着,呈螺旋状直奔着温青琉而去。

见连天瞳已经动了手,钟晴火速亮出了他的杀手锏,将红光四射的钟馗剑紧握手中,大喝一声朝温青琉劈了过去。

已成众矢之的的温青琉竟毫无惧色,折扇一挥,整个人竟然在红线与剑气触到他身体前时消失不见。

"哗啦"一阵乱响。

扑了个空的剑气全冲到了温青琉身后的白玉墙上，厚厚的墙体哪承受得住这样的一击，无数条蜈蚣一样的大裂痕迅即出现，无数大大小小的玉块接二连三地落在了地上，摔得支离破碎。

连天瞳的红线还在空中飞舞着，漫无目地搜索着失去的目标。

"人呢？"踩在微微有些晃动的地面，钟晴看遍了所有角落也没有发现温青琉的踪迹，"混蛋，那小子藏哪儿去了？！"

"果然有些能耐。"自己的招术没能奏效，连天瞳越发警觉起来，打量着四周，对钟晴说道，"留意你的四周。"

"我知道。"温青琉虽然从眼前消失，可是钟晴仍能清楚地感觉到从他身上所渗出的不怀好意的压迫之气。

这个人，就藏身在这方小小的空间里。不露声色，伺机给他们致命的一击。

二人的危险系数猛然拔高了。

"呵呵。"一声凉透人心的笑声从两人身后传来，"一个以绳线缚我，一个以剑相击，你二人配合得倒还默契。"

钟晴背脊一寒，猛转过身。

温青琉执扇轻摇，笑吟吟地站在离他们不到五步的地方。

不待他们有所回应，温青琉笑容顿失，身子一倾，将手头折扇一举，猛然朝钟晴这边扑了过来，那看似薄软的扇缘，对准了他的咽喉。

见对方出招狠辣，钟晴速将身子一斜，右手挥剑直挡那把杀到眼前的折扇。

一剑一扇，在空中铿然相撞，激出一圈比火光还要耀眼百倍的光束。

一个杀气腾腾，一个抵死相抗，温青琉与钟晴一时僵持不下，仿佛周围的空气都因为他们的激战而燃烧了起来。

握住剑把的手剧痛不已，钟晴清楚是刚才破结界时被弄出来的伤口在作怪，结界反弹回来的强力，绝对比普通的刀剑所造成的伤害厉害百倍，看似普通的划伤，其实内里已经伤及筋骨。

但是，无论如何也松不得手。

温青琉步步紧逼，加诸在折扇上的力量越来越沉。

钟晴的手微微颤抖着，他咬紧牙，撑不住也要撑，如今半步也退不得。

连天瞳见势不妙，足下一点，腾空而起，双手紧捏着她的红线，口里念动咒语，直接朝温青琉冲了过去。

被两面夹攻的温青琉余光一瞟，突然收回了所有力气，折扇一斜，整个人轻巧地朝后跳开了一丈有余，稳稳落在了墙角的夜明珠旁。

温青琉出其不意地闪了人，来不及收手的钟晴顿时失了重心，连人带剑朝前头栽了出去，脑袋重重撞在前头的墙上，惹了一鼻子灰不说，还差点撞到低空飞行的连天瞳。亏得她身手利落，翻身避过，否则以钟晴这一下的冲击力，不把她撞个眼冒金星才怪。

"哈哈，二位留神啊。"温青琉笑不可遏，"还是及早收手吧，免得我还未出手，你们早已自相残杀了。"

连天瞳看看趴在地上好像昏死过去的钟晴，转过身，冷笑："笑得未免太早了。"

温青琉眉毛一挑。

话音刚落，连天瞳将手中红线朝前一抛，以左手二指稳稳夹住，再往回迅速一拉，软绵绵的绳线转眼间化成了一柄又长又细的红色利剑，握在她的纤纤玉手中，尤显得引人注目。

"呵呵，不用绳子改用剑了么。"温青琉悠然地摇着折扇，嘴角尽是不屑的笑容，"可惜，你的武器柔媚有余，杀气不足。"

连天瞳看看手头的细剑，笑了笑："是吗？"

余音仍在，连天瞳已如一阵疾风，飞身朝温青琉冲了过去。

红光忽闪，剑来扇往，连天瞳与温青琉纠缠在了一起。

被温青琉视为"柔媚"有余的细剑，行云流水般穿梭在他的身体周围，剑剑都直冲他的心口要害，面对这样一个出剑如此快速的女子，若换了旁人，怕是早已经成了连天瞳的剑下鬼了。

几个回合下来，二人势均力敌，谁也没有伤到谁。

"你用剑倒还熟练。"温青琉微微喘息着，语气里有点小小的意外，但是，他旋即阴沉地笑道，"不过，于我无用。"

"哦？"连天瞳挽了个漂亮的剑花，一串红艳艳的尾光出现在空中，转瞬消失，"我倒以为是奏效的呢。"

温青琉轻蔑地哼了一声，收起笑容，正欲有所行动，却猛然愣住了——

他的身上，几条眼熟的红线如蛇一般，悄无声息地从他脚下迅速爬满了他的全身，转眼便将他紧紧缚住。

"你……"温青琉顿时动弹不得,"你在何时下的手？"

"线能化剑,剑自然能化线。"连天瞳朝手中的细剑吹了口气,微笑道,"以温大人的身手,天瞳怎敢与你硬拼剑术,只能借进攻之机,留点剑气在你身上,化几条细线,免得大人再同我作对。"

"果是个聪明女子。"温青琉低头看了看绑着自己的红线,佩服地说。

"我意在取神斧,不在伤人命。你暂且委屈一下吧。"

连天瞳放下剑,冷冷扔下这句话后,正要转身走开,温青琉却缓缓抬起了头,眼里闪出狡黠的光彩。

"呵呵……区区几条细线,岂能奈何得了我……"

连天瞳微微一怔。

温青琉手指一松,折扇落在了地上,即刻便像活了般自行展开,紧接着一飞而起,围着它的主人绕了个圈,又将身子竖起,照准眼前的红线猛然割了下去。

一股白气从温青琉身上,准确地说是从被扇子割到的红线上头,喷涌而出。

他身上所有的束缚物,断成了两截,散落在地。

接住回到手里的折扇,毫发无伤的温青琉拍了拍被线绳勒出褶皱的衣衫,讥笑道:"姑娘的小小红线始终不及我的扇子有用呢。"

连天瞳握剑的手,赫然抓紧了。

笑声仍在,对面的温青琉却突然消失在了空气中。

埋藏在四周的杀机,因为温青琉别有用心的消失而越发明显起来。

连天瞳站在原处,没有任何动作,只是闭上了眼。

她很清楚,在这种时候,眼睛已经不足以应付这个难缠的敌人了。

沉下心,她用耳朵与感觉捕捉着虚空中传来的每一丝微弱的信息,防备着随时到来的袭击。

脖颈间突然擦过一阵冰凉的气流。

连天瞳身子一侧,挥剑朝身后一挡,"铿"的一声,她的手掌阵阵发麻。

虽然没有看到任何东西,但是她的剑的确挡住了致命的一击,定是那温青琉的扇子无疑。

刚要以剑回击,连天瞳又觉得手下一轻,剑下的武器又不知被其主人藏到了哪里去。

四周悄无声息,面对一个手段可以说是卑鄙的隐身敌人,连天瞳不得不承认情况对自己很是不利。

又是一阵小小的异动,从后背传来,连天瞳心知不妙,立即朝前一跃,可是这回的动作慢了半拍,垂在腰际的长发,晃动间被一道凌厉的力量削去了发梢。

此刻哪里还顾得上自己受损的头发,连天瞳回身就是两剑,可是挥出去的剑气如石沉大海,没有击中任何目标。

一个在暗,一个在明,温青琉跟连天瞳玩着猫捉老鼠的游戏。

这时,倒在墙边的钟晴动了动,缓缓抬起头,甩了甩,总算是清醒了过来。

撑起身子,钟晴扭头看向一旁正跟空气较劲的连天瞳,她的剑下不时冒出激烈的碰撞声与火花一样的飞溅物,透明的空气下显然隐藏着一个难缠的敌人。

钟晴重新捏紧了手里几乎快要消失的钟馗剑,站起身来,不似往常一样横冲直撞,而是不紧不慢地走到连天瞳身边,趁她跟对方交手的间歇,一把拽住她的手臂,将她拖到了自己身后。

他手下的力道奇大,连天瞳被他拖了个趔趄。

"你……"连天瞳心下一惊,刚刚被他一拽,她的目光从他脸上扫过,那双微微泛红,冰冷而危险的眼睛,是她不曾见过的。

敌人的攻势,在钟晴的突然出现之后,戛然而止。

"呵呵,终于睡醒了么?"温青琉的声音从四面八方而来,回荡在密室之中,根本辨不出他现在究竟身在何处。

他带着挑衅的语气,钟晴却充耳不闻,目光也没有丝毫寻找说话者的意思,只安静而专注地盯着脚下的土地。

手里的钟馗剑,闪耀着一阵强过一阵的光芒。

身后的连天瞳,一直被他紧紧拉着,半步都动不得。她忍耐着从胳膊上传来的疼痛,默不作声地看着挡在自己面前的高大背影。

"英雄救美么?"温青琉笑得越发放肆,旋即嗓子一沉,"可惜英雄并非人人当得。"

一波无形的进攻在瞬间扩张到极致。

不知温青琉又使出了什么招术,连天瞳清楚地感觉到比刀锋还锐利的气流排山倒海地从四周冲来,不除掉他们誓不罢休。

紧要关头,钟晴大喝一声,右手快如闪电地一动,猛然将钟馗剑插入了地下。

"轰"一声闷响,五道笔直的裂痕以他们二人所站的地方为中心,向四方飞速延展开去,地上的土,也随之翻转开来,仿佛它们下面有五股强劲的力量在迅猛前进。

而力量的来源,正是那半入土中的钟馗剑。

连天瞳的呼吸少有地急促起来。

此时,又见五道颜色相异的光芒从钟馗剑下奔出,迅雷不及掩耳地从裂痕下头穿过,在裂痕的末端形成了五个圆圆的光球,夺目之极。

见状,钟晴将剑一拔,对准前方用力挥去。

金绿蓝红黑,五道颜色相异的光柱在钟晴挥剑的同时,从光球里头霎然飞出,穿透了头顶厚厚的天花板,极有直冲上九霄之势。

被光柱包围在中心的连天瞳,赫然感到之前那一波欲致他们于死地的攻击,被阻挡在了这五道光彩所在的范围之外。无数道凌空劈下的刀痕,显露在咫尺之遥,仿若有人在坚固的玻璃上头执刀狠砍,虽然起了痕迹,却始终无法突破。

钟晴轻易造出了一个牢不可破的保护圈。

"想伤我……"钟晴的唇边滑过鄙夷的笑容,"做梦!"

松开连天瞳,他纵身朝空中一跃,朝着东南西北各挥了一剑,随着他剑之所向,一股强烈得有吞噬万物之能的赤金火焰从钟馗剑里呼啸而出,如飞天苍龙般扑向密室中的各个角落。

一个普通的密室,被钟晴造出的种种异相弄得仿如九天异界,壮观非常。

连天瞳的警惕并没有因此而放松半分,手中的细剑始终没有放开。

"啊!"突然,一声低低的惨叫从他们的右前方传来。

钟晴的火龙刚刚从那里穿梭而过。

空中,落出了一个小玩意儿,已经烧得一片焦黑,冒着缕缕青烟,无力地飘落到地上。

连天瞳定睛一看,那玩意儿竟是把已经被毁得支离破碎的折扇,专属温青琉的杀人利器。

更令她意外的是,在扇子落地的同时,一个人也从同样的地方落了下来。

不是别人,正是那一直隐了身形的温青琉。

虽然没有像他善用的武器一样糟糕,可温青琉也并不好过。倒在地上的他紧捂着自己的右腿,殷红的鲜血顺着他的小腿汩汩而下,瞬间浸红了地上的泥土。

从他张开的指间,隐约可见其膝盖处有一个碗口大小的伤口,边缘焦黑,深可见骨。

钟晴吸了口气，放下了钟馗剑。

危险似乎已经解除，那五道保护着他们的光柱也像是了解到了这一点，"刷"一下缩回了地底。

连天瞳走到钟晴身边，试探着碰了碰他的胳膊："喂，你还好吧？"

钟晴有点呆呆地看着尚留在地上的五道裂痕，额头上渗出了一片汗珠，被连天瞳一喊，他才回过神来，转过头，心神不宁地答道："我……没事。"

见他一副恍恍惚惚的模样，连天瞳也没有多问，转身朝温青琉那边走了过去。

"没想到这家伙……竟能同时操纵五行之力……"温青琉看着在他前头站定的连天瞳，竭力装出无所谓的模样，忍痛笑道，"呵呵……我低估了他……"

"温大人怕是向来自视甚高，早已忘记人外有人这句老话了吧。"连天瞳冷睨着强装无事的温青琉，旋即将目光投向他身后不远处的案台。

一直围绕在盘古斧周围熊熊"燃烧"的结界，在温青琉受伤之后，已然消失得无影无踪。

连天瞳暗暗舒了口气。

回过头，她看着面色苍白的温青琉，笑了笑，出人意料地问道："若石顺那老贼还在人世，见到温大人如此尊容，不知会不会痛悔当初所托非人呢？"

温青琉的额头上渗出了豆大的冷汗，不知是剧痛难忍，还是别的原因。

"你这小女子……胡说八道些什么？"他抬眼看着连天瞳，从紧咬的牙关里挤出话来。

"石府里头的七木诛邪阵，石牢中那条暗藏缚妖咒的铁链，还有苍戎山下石家夫人居所中的符纸，可是温大人的杰作？"连天瞳有条不紊地说着，末了，压低了声音，"还有助那老贼偷入秦陵地宫，教他如何开封'长生璧'的人，也是大人吧？"

温青琉的双手把伤口捂得更紧了，眉宇间却丝毫不动："不明白你究竟在说些什么。"

"是吗？"连天瞳又走前了一步，盯着面前这张因为种种原因而有些扭曲的俊脸，冷笑道，"大人若是不明白，又何苦动手毁了我同伴布下的结界，生生要置那石顺老贼于死地呢？莫非怕我再多问下去，石顺会供出大人的名号？"

温青琉给出了一个极牵强的笑容，已接近于无色的双唇翕动着："我……"

他刚出了个"我"字，连天瞳却听得身后传来"扑通"一声响动。

她下意识地回过头，却发现一直好好站在原地的钟晴不知何故跪倒在了地上，撑在地上的胳膊打着颤，艰难地支持着他摇摇欲坠的身体，握在手里的钟馗剑大概因为失去了灵力的支持，光芒已经渐渐淡去。

连天瞳扔下看来已无还手之力可言的温青琉，跑到钟晴身边，放下手里的细剑，急急蹲下来，扶住他，问："怎么了？哪里不妥么？"

"这里疼得厉害……"钟晴指了指自己的心口，再抬头时，连天瞳只见到了一张大汗淋漓的脸孔。

"受伤了？"连天瞳疑惑不已，她一直在他身边，除了破结界时手掌被割破，以及刚才撞墙撞晕了之外，并没有见他受到任何会令其难过至此的伤害。

钟晴大口大口喘着气，左手狠狠揪住了自己的前襟，摇摇头，有些语无伦次："没有……身子里有股力量在乱蹿……从心脏开始……撞得我骨头都要裂开了……"

连天瞳拉过他的左手放在自己膝盖上，细细地替他把着脉。

片刻，她收回手，低语道："并无异常……"

见钟晴仍旧疼得厉害，连天瞳想了想，把手掌覆在他的脊背上，闭上眼，口里念念有词，随即将手掌朝下轻轻一压。

一股温润的力量从背心渗进了自己的身体，缓慢地游走在每条经络每条血管里，钟晴顿时觉得体内莫名的疼痛减轻了大半。

他长长舒了口气，试着直起了身子，抹去脸上的汗珠，转头看着连天瞳："你把灵力输给我了？"

"是。"连天瞳收回手掌，若无其事地说，"虽不知你体内的疼痛因何而起，但是这样至少能暂时减缓你的痛楚。"

"哦……谢谢……"疼痛过后，立刻就有一种被掏空了的疲惫感涌了出来，钟晴用力晃了晃脑袋，脚下一使劲，站了起来。

"不知道怎么回事。类似的状况已经发生好几次了。"钟晴的声音比平时低了许多，"但是这次好像特别厉害……也不像是钟馗剑的反噬……反噬不是这种感觉……"

"回去之后我会想办法为你诊治。"连天瞳看着虚弱无力的钟晴，心里微微有些发乱。

"嗯。"钟晴点点头，"我没事了，快去取斧子吧。对了，姓温的那个家伙他……"

他刚一转头，脸色当即大变，将连天瞳朝旁边猛力一推："小心！"

话刚出口，一道黑影举着一把明晃晃的东西从他们二人中间的空隙中擦了过去，带来一阵刮脸的疾风。

"温青琉……"

倒在地上的连天瞳头回出现了真正的惊惧之色。

已经被他们视为手下败将的温青琉，不知是垂死挣扎还是故意隐藏实力，竟然趁连天瞳为钟晴"诊病"之机，悄然从案台上取下了盘古神斧朝他们砍了过来。

那阵如刀刮一样的风，来源并非温青琉本人，而是那把被他举在手里的，貌不惊人的盘古斧。

温青琉的偷袭虽然扑了个空，可是那阵疾风却没有一过了之——

与盘古斧正对的那面白玉墙，"啪啦"一声裂开了一个大洞，那些飞溅开来的玉料并没有像正常情况那般散落在地上，而是在还未沾地时，便化作了一捧捧的细尘，乱七八糟地弥漫在空气里，最后，灰飞烟灭。

只是一点气流而已，已经将坚实的玉料化作微不足道的灰尘。

这就是盘古神斧的威力？！

钟晴的神经赫然绷紧了。

连天瞳迅速站了起来，几步跨到钟晴身边，拾起扔在地上的细剑，低声提醒道："千万不要跟盘古斧正面交锋，它的利气能劈开一切阻挡它的东西。"

"那小子……居然拿这个来砍我们！"不用连天瞳说，就从刚才亲见的那一幕，钟晴已然意识到事态的严重性。

顾不上身体里残留的疼痛，他手下一动，一直捏在手里已接近消失的钟馗剑被他猛然提升的灵力一激，重新耀出了夺目红光。

"我说过，有我在，你们休想盗走盘古斧。"温青琉脚上的伤口血流不止，苍白的脸孔，在夜明珠的绿光映衬下，诡异非常。

"以一敌二，你没有胜算！"钟晴将剑一横，心头虽有些忌惮，嘴上却故意不屑地哼了一声，"手下败将，脚上那么大一个洞还跳来蹦去的，劝你赶紧去找大夫治治吧！还死撑什么呀！你……"

钟晴亮出多嘴的本色，连天瞳却一直没有开口，只举剑盯着温青琉，提防着随时会采取进攻的他。

果不其然，没等钟晴的话说完，温青琉已经举斧朝他们砍了过来。

二人一左一右跃开了去，半空中，钟晴一脚踏在一旁的墙壁上，用力一蹬，借着这股惯性杀了个漂亮的回马枪，举剑便朝温青琉的后背刺去。

钟馗剑离目标尚有一段距离，那股比火焰还炽热的剑气已经先行一步扑到了温青琉身上。

钟晴以为这下子温青琉受定了这足以吞掉他大半条性命的一击。

可是，他高兴得早了点。

他的剑气与温青琉只差毫厘之时，对方却"腾"一下蹿到了空中，利落地转过身，手起斧落。

这看似没有任何招式玄机可言的一劈，却生生将钟馗剑的剑气给挡了下来。

不仅仅是挡了下来，这本来是攻击他人的剑气竟突然被反弹了回来，掉转头便向钟晴冲了过去。

"啊呀……怎么回头了？"钟晴大吃一惊。

从没遇到过这种情况的他顿时慌了手脚，本能地举起剑朝杀向自己的剑气挥去。

以前，他从没想过用钟馗剑去抵挡它自己发出来的剑气，会有什么后果。

冲到面前的强烈剑气"嗖"一声钻进了他手里的钟馗剑，或者说更像是被钟馗剑给吸了进去。

钟晴只觉得手下一震，自己贯注在剑里的灵力顷刻间有了再清楚不过的溃散之势，他根本无法控制。

一束看上去极不正常的暗白色光芒从剑身上一耀而出，直冲上空，一直红光灿烂的钟馗剑竟像是被这白光快速吸去了精髓一样，白光越强，红光越弱。

不过一两秒间的事，钟晴手中的钟馗剑已经消失了大半。

钟晴愣愣地看着手里的武器，他知道，这把剑不依自己意愿自行消失意味着什么——

自己的灵力，被正在消失的钟馗剑强行带走。

这样的后果，是钟晴始料未及的。

没了灵力，他还能拿什么跟温青琉斗？

然而，盘古斧对他所造成的危机并未就此结束。

就在钟馗剑仅剩下一片接近透明的模糊影子时，钟晴突觉手中一阵火烫，像被谁硬摁到烧红的铁板上一般，疼痛难忍。

刚要撒手，却没想到这方钟馗剑的残影却猛一下炸裂开来。

这个炸裂，没有声音，也没有光芒，只是一种切身的感觉。

钟馗剑，似乎要彻底脱离他的掌控。

胸口仿佛被一记重拳击中，心脏在瞬间四分五裂，钟晴觉得身子一轻，整个人不由自主地朝后头飞了出去，迎接他的墙壁立时被撞出了一个凹洞。

"咚"一声响，钟晴倒在了地上，"噗"地吐出了一口鲜血。

"钟晴！"连天瞳见状，眉头紧皱，想过去他身边，奈何又不能让温青琉脱离自己的视线。

温青琉把盘古斧举到眼前，轻轻吹了吹斧刃，笑：“连自己的武器都守不住，活着岂非多余？”

说罢，他低头看了看自己腿上的伤口，一股怒意夹杂着失利的羞辱齐齐涌上了心头。

连天瞳从他看向钟晴的眼里，捕捉到了一丝危险无比的杀意。

没有多加考虑，赶在对方动手之前的那一刹那，连天瞳手下一动，将细剑由一化二，随即抢先一步冲到了温青琉面前，双剑齐下直刺他的眉心与心口。

连天瞳的突然出击并没有让温青琉慌了手脚，他的脚虽然受伤不轻，可是仍然及时地避开了她的双剑。

在避让的同时，他没忘记向连天瞳狠狠劈过一斧。

见他动了斧子，连天瞳慌忙朝上空一蹿，险险避开了那道让她心悸的利气。

身后那堵白玉墙又遭了殃，好好一片九龙玉璧又在盘古斧的利气下头化成了灰尘。

"你这女子也算世间少有，若非碍手碍脚……"白色的微尘飘散在空中，温青琉手掌一挥，却什么也没有抓住，"只怪红颜薄命吧。"

说罢，他纵身便朝连天瞳扑了上去，手里的盘古斧直朝她的面门砍了下去。

这一击，狠毒之至。

如她刚才对钟晴的提醒，她自己根本不敢与那盘古斧正面交锋。

此斧一出，她除了处处避让，似乎根本没有其他办法。

一个砍，一个躲，幸而连天瞳身手灵巧，或跑或飞，在交错而来的数道无形利气中穿梭闪避。一连数个回合，温青琉发出的必杀招并没有取得任何效果，反倒是没伤着目标的利气，纷纷击到了四面八方的墙壁上，所到之处，玉料化尘，砖石纷落。一时间，整个密室里尘雾缭绕，山摇地动。

几块从天花板上落下的石子砸到了钟晴的头上，他眨了眨眼，从半昏迷的混沌状态中苏醒了过来。

他试着动了动身子，从地上爬了起来，左手下意识地捂住了自己的胸口。

被钟馗剑的力量击中的地方还在隐隐作痛。

耳畔，咻咻之声不断传来，钟晴抬眼一看，这才留意到在一片乱象中纠缠得难分难解的连天瞳与温青琉。

争斗中，连天瞳一直在寻找破敌之计，可是，在盘古斧凌厉逼人的攻势下，她根本没有找到半点破绽。

如果一直只守不攻，成那盘古斧的手下败将是迟早的事。

连天瞳深知这一点，但是，她无力扭转局势。

温青琉脚上的伤口，因为他大幅度的动作而越发严重起来。但是，他似乎并不在意自己究竟流了多少血，只是一味地进攻，怕是打算在自己还能站得住的情况下，不惜一切要结果眼前人的性命。

钟晴见连天瞳处处受制，只知躲避，没有半点还手之力，立刻从地上爬了起来，不顾自己受伤严重与否，也不顾自己眼下已经没有任何可供使用的灵力这个事实，憋住一口气，拿出当年当学生时冲短跑冠军时的速度，猛地朝右前方的温青琉撞了过去。

就算撞不死他，至少也能让他暂时不能用那斧头到处乱劈，一旦有了个空当，或许能给连天瞳制造一个反败为胜的机会。

钟晴脑子里就这么想的。

温青琉只顾着击倒连天瞳，再加上周围烟尘弥漫，待他留意到背后有异动时，钟晴的肩膀已经撞到了他身上。

这闷头一撞，虽然没有任何技术含量可言，但是蛮力惊人，温青琉身子一歪，身不由己地倒向旁边已经七零八落斑驳破损的墙壁上头，握斧的右手也因为惯性之故，重重磕在了墙上一块凸起的砖石上。

他手一松，眼看那盘古斧就要脱手。

倒在地上的钟晴见状，三两下爬起来，猛扑了过去，一把将温青琉的双腕死死扣住，拼命抵在了墙上，不让他再有机会挥动那把恐怖的斧头。

连天瞳一见机不可失，当即举剑从半空中杀了下来，剑尖直指温青琉的眉心。

温青琉没想到钟晴的蛮力那么大，被他贴身制住的双手有如被套上了精钢枷锁一样牢固，若再不能挣脱，自己必成连天瞳的手下亡魂。

紧要关头，他指下一发力，出人意料地将手中神斧朝前一扔，竟借着尚能自由活动的右脚，拿脚尖朝斧柄上用力一踢——

借着这股恰到好处的力量，盘古斧端端朝直逼过来的连天瞳飞了过去。

钟晴没想到温青琉居然会主动丢开他赖以保命的武器，更没想到这家伙的脚下功夫也是一流。

连天瞳对这突然的一招也是始料未及，当她看到盘古斧如离弦之箭般朝自己冲来时，她已经收不住身体里朝前的那股冲力了。

跟盘古斧正面遭遇，连天瞳不敢想象自己会有怎样的下场。

就在当她已经认定自己凶多吉少只能抵死一搏时，眼前竟突然冲出一个高大的人影，用自己的身体挡在了她面前。

几乎同一时间，盘古斧的斧刃深深地砍进了来人的后背。

无声无息间，连天瞳手中的双剑被震得粉碎，化成了长短不一的红色碎线，四散开去。

咚！

抱着连天瞳，两个人齐齐栽倒在地。

"钟晴！"

连天瞳惊呼一声，迅即从地上坐了起来。

千钧一发之际，替她挡下这临头一劫的人，正是此时已扑倒在地、动也不动的钟晴。

没有谁看清他是怎样以堪比光速的速度赶在盘古斧伤到连天瞳之前出现在她面前的。

这个总是冒冒失失的家伙，偶尔也会做出一些令人瞠目结舌的举动。

"钟晴！"连天瞳焦急地呼喊着，一把扶住钟晴的肩膀，"你怎么样了？！"

一阵快意无比的大笑从对面传来。

"果真是英雄救美啊，可惜却白白赔了自己的性命。"温青琉倚墙而立，血流如注的双腿打着颤，从两片惨白如纸的薄唇里渗出冷若寒冰的讥笑。

连天瞳像是没听到他在说什么，只不停地喊着钟晴的名字，同时以掌覆在他背上的伤口附近，将自己的灵力源源不断地送入他体内。

"你不会还想救他吧？别枉费心机了。被盘古斧伤了的人，不可能活得了。"

温青琉继续笑着，拖着伤腿，一瘸一拐地朝他们这边走来，不难看出，在历经刚才那一轮疯狂的攻击之后，他的体力已经接近崩溃的边缘。

连天瞳充耳不闻，加诸在掌下的灵力一阵强于一阵。

可是，全无作用。

钟晴就跟死了一样，趴在地上毫不动弹。

连天瞳收回手，心口剧烈地起伏着，面色比那温青琉好不了多少。

"看来，纵使今日温某人命丧于此，也不至孤独了。"见她束手无策，温青琉更加高兴了，停步在不远处，他冷睨着钟晴，"恐怕有人要先我一步当这密室的殉葬品了。"

"他若死了，我定不会让你好过。"连天瞳看也不看他一眼。

温青琉的嘴角微微抽动了一下。

"要当殉葬品的……是你不是我。"钟晴身下，低沉的声音缓缓而出。

连天瞳心下一阵窃喜。

温青琉的脸上刚刚露出藏不住的讶异之色时，仍旧趴在地上的钟晴做出了更加惊人的举动——

他回过右手，伸向嵌在背后的盘古斧，准确地握住了光滑的斧柄，用力一拔。

鲜血顺着伤口溃流而下，白色的衣裳上瞬间出现了数道殷红的血河，快速地蔓延，很快连成红红的一大片。

钟晴支起手臂，用力一撑，没费多大劲便从地上爬了起来。

一道银白的利光顺着他手里神斧的斧刃一闪而过。

"没有人……"钟晴转过身，注视着温青琉，半眯的眼睛下两道犀利的目光似有穿透一切的本事，"可以伤我……"

看着那张拥有陌生表情的熟悉脸孔，连天瞳愣了愣。

温青琉的脸更苍白了，钟晴一系列的行为，每一个都超出了他的想象范围。

"不可能……"他朝后退着步子，喃喃低语，"不可能还站得起来……"

"该死的人……是你！"

钟晴嘴角绽开一抹邪笑，掂了掂手里的盘古斧。

当另外两人意识到他的意图时，神斧在手的钟晴已经高高跃起，对准温青琉所站的位置，来了一个漂亮干脆的竖劈，落下来时，单腿跪地的他右臂一挥，利索地补上了一个狠狠的横劈。

两道强烈到肉眼都可看见的半月形光芒从钟晴手中杀了出去，一前一后直奔对面的温青琉。

与光芒同出的，比冰还冷的气流拂起了钟晴额前的头发，连站在他身后的连天瞳也感觉到一股刺骨的寒气直逼面门，令人心悸。

在钟晴手里的盘古斧，威力似乎比在温青琉手里大上许多。

温青琉当然明白，自己也是惹不起这把开天神斧的，慌忙运起一身的力量朝半空中一闪，妄图躲开这一横一直交叠进攻的利气。

在性命攸关的当口，他的身手比起受伤前来说，是毫不逊色的。

可是，终归还是慢了一拍。

虽然避开了大半个身子，但汹汹而过的利气仍然从他没来得及抬起的双腿上一划而过。

一声脆响，听来就像是一根树枝被人硬生生折断了一般。

温青琉连叫喊一声都来不及，便重重跌下地来，双手紧紧抱住了自己的双腿，五官因为巨大的痛苦而纠结在了一起，紧紧咬住的下唇渗出了滴滴血珠。

刚才那声响动，来自于温青琉不知碎成了几截的腿骨。

没有当场痛晕过去，温青琉已属不易。

可是，要想再次站起来，已是天方夜谭。

连天瞳高悬的心终于放下了一半，但是系在另一个人身上的另一半，却怎么也放不下来。

"送你去当一回陪葬，呵呵。"钟晴笑着，执斧朝狼狈不堪的温青琉走去。

"钟晴！"连天瞳追上去，一把拉住他，"莫要再跟他纠缠，赶紧……"

她话没说完，脚下的土地突然忽上忽下忽左忽右地摇动起来，人在上头，如身处波浪滔天的大海一样，踉跄不止。

不光脚下不对劲，包括四周的墙壁，也同时起了大动静，像被一股巨大的力量撕裂着，无数条粗大的裂缝在墙壁中间快速地奔跑着，咔咔有声。

"不好！"连天瞳看向周围，拉着钟晴的手拽得更紧了，"密室要塌了！"

话刚出口，无数块巨大的石料从伤痕累累的天花板上狠狠砸了下来。

那四面摇摇欲坠的墙壁，也在这个时候不约而同地朝里倾倒而下，似要将密室里的一切全部埋葬。

轰隆声中，连天瞳与钟晴只觉得眼前一黑……

苍戎山下，一座临溪而建，再简单不过的木屋之中。

屋里，烛光摇曳，里间的床上，躺着沉睡不醒的三夫人，一口红木衣箱静静摆放在墙角，房门前，横趴着睡得口水直流的倾城。

"不知道他们什么时候才能赶来？"

Ken 已经来来回回去大门处观望了一百次有多，除了那座笼在黑暗里只显出模糊轮廓的山脊，还有遍山旷野的寂静无声外，他一无所获。

刃玲珑坐在窗下的竹椅上，支着下巴，眼珠子随着 Ken 的来回移动而左右摇摆："你别那么心急，就算用飞的，我想他们也要天亮之后才能赶来。"

Ken 回过身，走到刃玲珑对面，忧心忡忡地坐了下来，目光仍不时扫向门外："我有点担心，怕他们会出什么意外。"

"不会的。"刃玲珑安慰道，"有我师父在呢，她办事向来稳妥。"

"有钟晴那小子在，估计就稳妥不了了吧。"Ken 苦笑，随手拈起了搁在竹几上一片已呈枯败之状的荷叶，白天他与刃玲珑从大相国寺里摘来的，为了取它们，刃玲珑差点栽进莲花池里。

"这些枯叶……可以变成真人？"他转动着叶柄，眼光在荷叶上流转，"你师父的本事，远远超乎我的想象。神医，秦陵守陵人，到底还有什么是我们不知道的？"

"呃……其实我也不是很了解……"刃玲珑言辞有些闪烁，"也许她天生就是个与众不同的奇人吧。"

"奇人……"Ken 把目光移到刃玲珑脸上，"这四年，你一直都躲在这个时空里？"

"我？"刃玲珑一惊，"嗯……是的，一直在这里。"

"以为这样我就找不到你了？"Ken 笑了笑，直看着她的眼睛，"告诉我，你怎么来到这里的？你并没有穿梭时空的本事。"

"我……那个……"刃玲珑有些慌乱地避开他的目光，嗫嚅了半天，最后扬起脸，摆出理直气壮的样子道，"你不也没有穿梭时空的本事么？不也来了这里！四年前，我经过一处海域的时候，一不小心被一股力量吸了进去，醒来的时候就到了北宋了。"

"是吗……"Ken 一挑眉，显然对她的应答心存怀疑，"那就真是太巧了，这样我们都能碰上。"

刃玲珑傻笑一声，马上顺口附和道："是啊，我……我也觉得真是太巧了。"

"那就足以证明你始终逃不出我的手掌心。"Ken 放下荷叶，话锋一转，"你预备把我的双子水晶藏到何年何月？"

这一句话，把刃玲珑噎得半晌张不了口。

"玲珑呵……"Ken重重叹了口气，"你也许不知道，当年你的举动，可能会间接害死许多人……"

"我……"刃玲珑身子一颤，似有许多话在喉咙间翻滚，却怎么也出不了口。

"为什么？"Ken身子朝前一倾，伸出手钩住了刃玲珑的下巴，强迫她看着自己，"你是如何知道双子水晶的事的？还是有人故意要你这么做的？"

"不是……"刃玲珑感受着他冰凉的手指，声如蝇蚊，"不是这样的……我……我……"

"这里没有旁人。"Ken离她更近了些，"告诉我实情！"

"我……"刃玲珑快被他带来的无形压力压到窒息。

"说！"面对她的吞吞吐吐，Ken似乎生气了。

刃玲珑一把推开他的手，猛地站了起来，大喊："你要我说什么？难道明知道你会送掉性命我却置之不理吗？"

沉默中突然爆发出的声音，大得出奇，连一直卧在里屋门口睡得直打呼噜的倾城也睁开了眼睛。

"你在胡言乱语些什么？"Ken眉头一皱，靠回了椅背上，并没有被刃玲珑的举动惊到。

"在石府，你曾问过我了解什么知道什么，"刃玲珑一反平日活泼俏皮的模样，扑到Ken面前，蹲下来紧紧抓住他的手，"告诉你，我什么都知道！什么都了解！你跟她们两人之间的种种过往，你在她走后做出的举动……包括你进了刃族的海底囚……"

这时，Ken再也扮不成无事之人了，他一把扣住刃玲珑的手腕："你怎么知道的？"

他下手的力道不轻，刃玲珑的手腕即刻传来麻痛之感，她咬牙忍住，直视Ken的眼睛："我见过苏雅维娜。"

"她？"Ken一愣，追问道，"这些全是她告诉你的？"

刃玲珑点头。

"这个女人……"Ken缓缓松开了手，面无表情地问，"是你主动去找她？如果我没记错，两百年前你来到我身边时，她已经被驱逐了。你不可能认识她。"

"我的确不认识她……"刃玲珑揉着被他捏出了红印的手腕，"十年前，你扔下我一声不吭离开了挪威,在我决心出去寻找你的前一夜,我在挪威海上遇到了苏雅维娜的幽魂。"

"是偶然遇到,还是她有心来找你?"Ken以目光警告着刃玲珑不准说假话。

"我想这不是偶然。"刃玲珑咬了咬下唇,抬头迎向他严苛的双眼,"两百年来,苏雅维娜一直热衷于在暗处留意你的一举一动,你难道一点觉察都没有吗?还是……这世上已经没有任何一件事值得引起你的注意了……除了她?"

Ken的心,猛然抽动了一下,他揉了揉额头,手掌投下的阴影刚刚好挡住自己的眼睛。

"她究竟跟你说过些什么?"他的声音低沉至极。

刃玲珑吸了口气,像要把郁藏在心中的所有一次全吐出来。

"她同我说了许多,她没能当成暗之祭司,她被你断然拒绝,她被剥去神的身份,她下嫁一个世俗平凡的男人……"她顿了顿,声音越来越小。

"说的还真不少。不过,似乎说漏了一点。"Ken一声冷笑,"她没告诉你她曾经用最恶毒的咒术加害无辜者吗?"

"咒术?"刃玲珑茫然地看着他,"没有啊……她只说她被驱逐,是因为那个人……那个人容不下她……"

"你就信了?"Ken放下手,有些无奈地看着她,"虽然你不是真正的刃族成员,可是刃族的规矩你也是知道的。只有一种罪行会被驱逐,甚至被关进海底囚中永不见天日……那就是残害生灵,其中当然也包括自己的同族。她会落得如此下场,是她自己一手造成。也只有这一直执迷不悟的女人,才会想出这么荒唐的理由来骗你。"

"我……我……我当时根本没有想到那么多……"刃玲珑掩住口,似乎意识到自己犯了一个严重的错误。

"没有被选中成为暗之祭司,是因为她自己还不够力量胜任,与旁人无关,没想到这也成了她怨恨的理由。"Ken伸手把刃玲珑扶了起来,叹息道,"你太轻信别人了。"

"可是……"刃玲珑拉住他要放下的双手,"你偷入海底囚,总不是她编出的谎话吧!三十年前,那个人离开你的前一天,我亲眼见到你趁夜潜入了岛心下……刃族的禁地。当时我不明白你下去做什么,直到后来被苏雅维娜一语道破……在我知道事情的真相后,我还可以有别的选择吗?六年,我花了整整六年时间,才在中国找到你……我不能让你找到那个人，绝对不能。"

"呵呵，也怪我自己大意，根本没有觉察到你寻找我的真实意图，否则你哪里有机会拿到双子水晶。你逃离时对我说的话，我至今记得。"Ken感到拉住自己的那双小手抖得厉害，"你说八年之内，我休想找到你。玲珑，事情并非如你想得那么简单，你以为偷走水晶我就找不到我要找的人了吗？所谓命运，是很奇怪的东西，不论你用什么方法去破坏去扭曲，它仍然会照着它既定的轨迹运行下去，不管怎么做，结果都是一样的。"

"你……什么意思？"刃玲珑忽然觉得心底升起大大的不安。

"你跟在我身边，差不多两百年了吧。"Ken没有回答她，却露出了招牌般的温和笑容，"不长也不短的日子了，你心里想些什么，我岂会不知道？她离开后的二十年，在我终日独坐海边的那些时日，你以为我不知道有个人老是躲在不远处偷偷陪着我么？"

刃玲珑呆住了。

"每个人要走的路都是不一样的，人是这样，神也是。"拨开她搭在眼前的一丝乱发，Ken怜惜地抚着眼前这小女子精致的脸孔，说，"玲珑，我不是那个可以一直陪你走下去的人，明白吗？"

"我不明白！我一个字也不明白！"刃玲珑甩开他的手，双眸里骤然浮出一层亮闪闪的水波，歇斯底里地吼道，"我不明白你为什么一定要选这样一条路，只要你愿意，只要你停止，一切都会跟以前一样！两百年，两千年，两万年，我们可以一直走下去的！我不要你对我怎么样，只要能跟在你身边，我已经满足！"

"玲珑！"Ken一把按住她的肩膀，强迫她安静下来，"不要再胡闹了！我说过许多事情你是不能理解的！我别无选择。"

刃玲珑不再吼叫，喘着粗气，怔怔地看着他："我当然理解……你始终忘不掉那个人，可是你又不得不接受她永远不会回到你身边这个事实，所以你才……"

"够了！"Ken厉声打断了她。

刃玲珑抿紧了嘴唇，委屈的泪水在眼眶里转来转去。

梨花带雨，最是让人心疼，Ken的心像是被什么击中了一般，软了下来。

伸出双臂，他将她揽入怀中，埋首在她耳畔，轻轻说道："原谅我……玲珑，有些事，既然做了，就要去承担后果……"

刃玲珑伏在他胸前，双手抓紧了他的前襟，两串晶亮的眼泪夺眶而出。

窗外，阵阵山风不住地吹了进来，比之前强了不少，燃了小半的蜡烛闪了几闪，熄灭了。

屋内屋外，对等地安静，除了偶尔传来的几声低微的啜泣。

突然，黑暗里冒出"呼啦"一声响动，紧接着就是家具被碰倒的声音。

Ken和刃玲珑不约而同地看向身后，虽然没有足够的光亮，可是他们依然清楚看到了一双金光灿烂的大圆眼睛，专注地盯着前方某个地方。

"倾城？"刃玲珑转过身，擦去脸上的泪痕，对着那双眼睛叫道，"你睡醒了么？"

一直懒洋洋趴在地上的倾城不知为什么突然站了起来，因为动作太大，撞翻了摆在它屁股后头的凳子。

"怎么了倾城？"

Ken觉得它有点不对劲，正要迈腿走过去，却不料倾城刨了刨爪子，突然朝大门那边冲了过去。

他二人只觉得有一阵疾风从身边擦过，留下一串呼哧呼哧的声音——

没有任何预兆的，倾城跑出了木屋，速度惊人。

"倾城你去哪里？"刃玲珑大叫，赶紧和Ken一起跟着追了出去。

撵到门外，倾城已经不见踪影，抬头一看，漆黑的夜空里有一个忽闪着隐约金光的物体，直朝着京城方向而去。

身体好像要分裂开来一样，这种感觉，已经不单单是可以用"痛"来形容的了。

眼前一直罩着让人窒息的黑暗，仿佛自己已经不在人世。。

"啊……"钟晴呻吟了一声。

"你没事吧？"

耳边传来一个再熟悉不过的女人声音。

溃散的意识渐渐聚拢了来，钟晴扭动着僵硬的脖子，虚弱地问道："这是哪儿？怎么乌漆抹黑的？"

"密室。"看不到连天瞳的脸，只听到她镇定如常的话语，"方才地裂墙塌，我们被压在下头了。"

"什么？"钟晴这才恍然记起刚才所经历过的危险一幕，他本能地坐了起来。

砰！他的头重重撞在了一块硬物上，身子一仰，整个人又被弹回了原处躺下。

"哎哟！什么东西？"钟晴一手狠狠揉着自己的头，一手胡乱地摸向四周。

掌下触到的，尽是块块凹凸不平、粗糙刮手的石块，再有，就是一双温软的手。

"不要乱动。"连天瞳拨开钟晴无意撞上来的爪子，"我以灵力撑起一方空间供我们容身，现在我们头上压的全是千斤石料，不想变肉饼就安分躺好！"

"搞什么呀？"钟晴当即放平了手脚，不敢再乱动，"赶紧想办法出去啊！"

身旁的人沉默了半晌，说："你我现在都出不去，且耐心等待，很快会有救兵前来。"

"怎么会这样……"钟晴心里一凉，自己受了伤又没了灵力，脱不了身倒是正常，可是以连天瞳的本事，区区几块石块能难得住她？不过她后面那句话，又给了他莫大的希望。

"那……谁会来救我们？"说到救兵，他马上想到了两个人，"Ken跟小妖精能及时赶过来吗？"

"他二人如今远在苍戎山，找他们恐有耽误。"连天瞳说话时的气息有些许的不稳，"方才我已召唤倾城赶来，以它的速度，不出半个时辰当能到达。"

"你找倾城？"钟晴觉得不可思议，"它能找到这里？再说它那么显眼的个头，力气又惊人，一个猛子扎下来，肯定会把皇宫的顶子给砸个大洞，救我们怕是不太方便吧？"

"怕倾城会惊动皇宫外的人？"连天瞳知道他在担心什么，"呵呵，这密室的上头就是大庆殿，下面山崩地裂，难道上面会安然无恙么？现下已经不知道有多少人马聚集在殿里了，不惊动也惊动了。你就不必担心了，事已至此，也只有倾城能最省时省力地救我们离开。"

"哦……"似乎也没有别的办法了，尽管一颗心高悬不下，钟晴还是闭上了嘴，耐心地等着"救兵"的到来。

但是，还没静下来几分钟，他突然支起半个身子，警觉又有些激动地问道："温青琉呢？那个该死的家伙在哪儿？"

"应当同我们一样，被压在某处吧。"连天瞳并不确定。

"不知道那个混蛋被压死了没有！"钟晴气愤不已地躺了回去，咬牙切齿地骂道，"半道杀出来这么一个坏事的，差点被他害死。钦天监又怎么样，犯得着为一把斧头跟我们拼命么？手段还那么毒辣，简直是个疯子！"

"仅仅为了护卫盘古斧而战……"连天瞳在黑暗里冷笑，"未免太高看他了吧。"

"你意思是他另有目的？"钟晴暗一思忖，觉得她说得有理，"他的确不那么简单，跟他交手时，尤其是他拿了盘古斧攻击我们那刻，他招招都想要我们的命，根本就是杀红了眼，拿我们当杀父仇人一样呢！"

"呵呵，你还记得你跟他交手的情景么？"连天瞳突然问道。

"当然记得！"钟晴奇怪地应了一句，但旋即又愣了愣，说，"不过……好像也不是很记得了，有些场面很清楚，但是有些很模糊……"

"可曾记得你也用过盘古斧对付温青琉？"

"什么？"钟晴猛地坐了起来，又让脑袋跟石块"热吻"了一回。

他大叫一声，边揉着头边说："我用过盘古斧？我什么时候用过？我只记得……记得自己挨了一斧而已。"

"不然你以为这密室是怎么塌下来的？"连天瞳反问，"你完全不记得么？"

"我……"钟晴猫着腰，苦恼地摇了摇发疼的头，"坏了，我是不是得间歇性失忆症了？怎么我完全不记得有这回事？那斧头飞过来，扎我身上，然后我疼晕了过去，醒来就在这里了。"

"如此……恐怕你患的还真是少见的疑难杂症。"黑暗里看不到连天瞳的表情，只从她调侃的语气里捕捉到了一点点棘手的味道。

"你说过会帮我治的！"钟晴恍惚记得她曾对自己说过这样的话，这怪异的毛病搅得他心里乱七八糟，生怕连连天瞳都束手无策，"你是神医，你一定有办法帮我的！"

"既说了会为你诊治，我自然会尽力而为。"连天瞳认真地说，接着又问道，"你背上的伤如何了？我见你的精神似乎不错。"

"我现在只觉得背上火烧火燎的，说疼吧，好像也不是很疼。"她这么一问，钟晴马上反手摸向自己的背脊，"也许，那斧子劈得不深？"

"不深？"连天瞳对他的推测感到好笑，他的伤口是深是浅，她最是清楚，那一斧下去，伤及筋骨是无疑的，何况那还不是一把普通的斧子，然而她只是笑了一声，说，"恐怕的确是你运气太好，没有被伤及要害。"

"千万别跟我提运气，没有谁比我更背了……"正说到这儿，钟晴如遭雷击似的大叫，"盘古斧呢？说了半天怎么把这么重要的东西给忘了？是不是也被压在下头了，赶紧找去……"

"莫要着急。"连天瞳不慌不忙，"神斧在我身边，密室坍塌之时，你一直紧捏着它没有松手。"

"是吗……那我就放心了。"钟晴出了口大气,虽然遭遇了一连串意外,所幸还是拿到了神斧,否则自己一身伤真是白挨了。

"你……"连天瞳张了张嘴。

"什么?"钟晴觉察到她的欲言又止。

"呃……"连天瞳鲜少有这样犹豫的时候,隔了一小会儿,她终于问了一句,"你为何想也不想便冲上来为我挡那一斧?可知这么做极可能送掉性命?"

"嘁!还以为你要问什么呢。"钟晴撇了撇嘴,脱口而出,"当时那样的情形,我可管不了那么多,一个大男人,救你这个小女子是天经地义的事,更何况我们钟家的家训就是辟邪救人,我不可能眼见你有危险却置之不理的。"

"那我真当好好谢你才是。"连天瞳似笑非笑,低声说道,"我万没想到,你竟能赶在盘古斧之前挡在我面前,如此速度,委实令人惊讶。"

"我也觉得当时自己的动作真是超光速的!"钟晴回忆着,"我见你有危险,心里一急,也不知哪儿来的力气,'嗖'一下就蹿出去了,别说你,我自己都纳闷呢!"

"幸而有你……"连天瞳呢喃着,旋即,她语气突然一变,欣喜说道,"好极,倾城到了!"

"真的吗?"钟晴顿时兴奋起来,"它在哪儿呢?"

连天瞳没有再说话,钟晴不知道她在做什么,只隐隐听到一阵叽里咕噜似咒非咒的声音。

很快,二人头顶上有了不寻常的动静,所在的这个小小空间,也因为某种外来的力量而不停晃动起来。

紧紧挤压压在一起的巨大石板突然有了松动的迹象,相互间不停摩擦碰撞着,不停有细碎的石屑和小石子儿掉出来,但奇怪的是,这些石子石屑并没有往下落,而是寻着缝隙朝上面飞去了。

石板间的缝隙越来越大,几束明亮的光线忽地透了下来。

还没看清到底是怎么回事,钟晴只听得顶上发出"砰"一声巨响,那些石板在瞬间碎成了比绿豆还小的石点,铺天盖地地朝空中涌去。

眼前豁然一亮,浊闷的空气顿时消散无踪。

钟晴觉得自己的呼吸骤然通畅了许多。

他张大还有些不适应光线的眼睛,朝上一看,不禁哑然。

尽管视角有限,但是并不妨碍他看出那是一座方正宽阔的宫殿。眼前,数根高大浑圆的蟠龙立柱直入殿顶，彩梁雕栋，明黄正红，搭配得气势万千。

如果大殿的正上方没有被开出一个不规则的大洞，如果这大洞正对的地上没有被弄出一个破破烂烂的坑，如果殿内的地面上没有无数条大蜈蚣般难看的裂缝，这个地方的确称得上是极其堂皇庄凝的。

倾城收拢了翅膀，硕大的身躯轻巧地飘浮在离地面不过小半尺的地方，微俯着头，摇着尾巴，一双铜铃大眼兴奋地盯着傻坐在形如废墟的石坑里的钟晴，还有紧挨在钟晴身边，紧握着一把斧头的主人。

"快些……到倾城背上去！收好……盘古斧。"连天瞳垂着头，把盘古斧塞到钟晴手里，推了他一把。

"你先上去！"钟晴站起身,把她扶了起来,扭头对着坑边的倾城喊道,"小胖子，你倒是飞下来一点啊！不然我们怎么上去！"

听了钟晴的话，高兴得过了头的倾城这才"呼"一下冲到了坑里，停在他们身边，没等钟晴动手，它已经低头一口衔住了连天瞳的手臂，钟晴见状，把连天瞳顺势一托，倾城再一甩脖子，把主人稳稳地送到了自己背上。

安置好了她，钟晴这才赶忙动手朝倾城背上爬去。

倾城的皮毛极光滑，他把盘古斧插到腰间，一手抓着它竖起的尾巴，很花了些力气才骑到它的背上。

"我们走！"连天瞳拍了拍倾城的脖子。

倾城一昂头，"刷"一下展开双翼，腾空而起。

出了这凹陷的大坑，钟晴这才发现殿内早已聚集了众多官员侍卫，不论文官或是武将，个个均是呆若木鸡地立在离他们不远的地方，全身上下只有眼珠子在随着倾城的移动而转动。

天知道这一众人是为了他们神圣宫殿的被损而害怕，还是因为见到了倾城这只四不像的金色巨兽而惊惶。

不过眨眼的工夫，速度奇快的倾城已经驮着他们两人从殿顶的洞口冲了出去。

它带来的疾风，又害得残留在洞口边缘的数十片琉璃瓦无一幸免地落下地来，摔得粉碎。

大庆殿里，这才炸开了锅。

"那……那是什么怪物？方才多亏我们逃得快，否则定被落下的瓦砾砸个鼻青脸肿。"

"金光万丈，莫非是传说中的圣兽麒麟？"

"麒麟降世，乃大吉之像啊！"

"可是大庆殿无故成了这般模样，这可如何向皇上交代呀？"

"这这……这如何是好，自我朝开立以来，从未出过此等异事啊！"

"还是赶紧禀告皇上吧……"

……

这些议论，钟晴当然是听不到的，此时，他与连天瞳已然身在万里高空。

倾城飞得又快又稳，骑在它背上，除了感觉到从其体内传出的阵阵热意之外，没有任何其他的感觉。以这么快的速度朝前飞行，竟连半点扑面的风也没有，可笑他自己之前还做好了整张脸被大风吹歪的准备。倾城的周围，似有一层透明的保护圈，隔断了所有会让他们感到不适的元素，令人备觉安全。

摸了摸紧紧别在腰间的盘古斧，钟晴心中狠狠感慨了一番此物的来之不易。不过在想到碧笙这个可怜孩子可以因此而获救，他倒也觉得值了。

伸长脖子看了看前方，一轮只缺了一小边的圆月不知何时出现在天际。

钟晴觉得自己一辈子也没有见过这么亮这么大的月亮。

已经基本上从高度戒备状态中舒缓下来的他，拍拍坐在前头，一直垂着头没有说话的连天瞳："哎！你看前头，好大的月亮。哈哈，我还是头一次这么近距离地晒月光浴呢！"

连天瞳的身子动了动，没回应他。一直撑在倾城脖子上的手，却更紧地握住了倾城的长毛。

她想回头，却没有力气。

"你怎么了？"钟晴察觉到她有些不妥，"喂！说话呀！"

"我……"区区一个字，连天瞳都说得很辛苦。

"你说什么？"钟晴根本听不清她在说什么。

突然，连天瞳手下一松，整个人无力地朝后仰倒下去。

见势不对，钟晴慌忙伸出手臂揽住了她。

"哎！怎么了，你……"

当连天瞳的脸暴露在清亮的月光下时，钟晴登时呆住了。

躺在自己臂弯里的人，双目紧闭，那张总是红润活泛的美丽脸孔早已不见，此时的连天瞳，整个面部苍白得有如覆上了一层千年不化的冰雪，看得人心里直打颤。

"喂！"钟晴慌了神，摇晃着她，"你别吓我啊，睁开眼跟我说句话呀！"

连天瞳依然没有任何反应，只有那排长长的睫毛，微微颤动了一下。

她的身体，越来越凉。

钟晴紧握着她的手，心急如焚地唤道："连天瞳！你别玩了行不行？你到底怎么了？"

任他怎么喊，任他怎么摇，连天瞳始终没有清醒过来。

这突如其来的变故弄得钟晴措手不及，他紧搂着连天瞳，感觉着她体内的温度一点一点地散去。

当一个人虚弱到守不住自己的温度时，这意味着什么？

钟晴心里有了很不好的预感。

一个从来没有出现过的念头突然从他的脑海里闪过。

如果这个女人死了，自己可能会难过吧？

完全没来由的感觉。

倾城的速度更快了，钟晴却全然不觉。

天亮之前，倾城终于降落到了苍戎山下的木屋前。

一直守在屋内的Ken跟刃玲珑听到外头有动静，连忙跑了出来。

"师父？！"他们刚一出门，就看到一身狼狈的钟晴横抱着昏迷不醒的连天瞳快步赶了过来，刃玲珑当即惊叫了一声，几步冲到了钟晴身边，"她怎么了？"

"我也不知道啊，她……"钟晴被她挡了去路，只得停下来实话实说，他的确到现在都不明白连天瞳怎么会成了这副模样。

"我不是早叮嘱过你要你保护好她的吗？"刃玲珑怒气冲冲地打断了他，不分青红皂白地大声质问道，"是不是你又不听她的话肆意妄为，拖累她成了这个样子？"

"玲珑！有话等会儿再问！"Ken把情绪激动的她拉到一旁，扭头对钟晴说道，"还站着干吗，赶紧进屋去啊！"

钟晴慌忙抱着她一路小跑进了木屋。

紧跟在后的Ken这才留意到钟晴背上的衣服，被划开了一道长口子，布料晃动之下，隐约可见破损处下头有条同样长度的伤痕。很深，却不见血。

Ken的眉头皱了一皱。

进了屋，刃玲珑抢先跑进了里间，抱了一床厚棉被出来，麻利地铺到了地上。

"把她放上来。"刃玲珑努力克制着自己,拍了拍被子。

钟晴单腿跪了下来,小心翼翼地把连天瞳放到了被子上,担心地说:"躺地上太凉了吧,这儿没床吗?"

"只有一张,上头躺着三夫人。"Ken摇摇头,待钟晴把连天瞳安置好了之后,才问道,"你们到底出什么事了?"

"说起来真是能把人气死!"钟晴取下腰间的斧子小心搁到了一旁,目光却一直没有离开连天瞳,愤然道,"本来一切都很顺利的,谁料到半路跳出来个天杀的温青琉,阻挠我们拿盘古斧不说,还想方设法要我们的命!"

"居然被我不幸言中……"Ken不知该说自己有先见之明,还是长了一张跟钟晴差不多功力的乌鸦嘴,叹气道,"一早便觉得温青琉不是那么简单的人……"

"是温青琉把她伤成这样?"一直忙于查看连天瞳伤势的刃玲珑抬起头,眼里的怒火犹胜刚才,"那个混蛋有这么厉害?他是不是用了什么下三烂的手段对付你们?"

"不是……嗯……是……我也不清楚,"钟晴摇头又点头,脑子里乱成一团,不知道该怎么向他们解释发生的事,他苦恼而疑惑地挠着头,"咳,怎么说呢,姓温的的确有些过人的法术,但是还不至于能轻易撂倒我们。至于她……除了打开保护盘古斧的结界时,手掌被灼伤了之外,她从头到尾就没有被伤到过啊,我们一直在一起的。可是回来的时候她突然就晕过去了,我……我真不知道她是怎么回事啊!"

"没有受伤?"听过钟晴略显凌乱的讲述,刃玲珑的目光落在了连天瞳受伤的手掌上,自语道,"不对……这点小伤,不可能有这么严重的后果……"

"那你背上的伤又是怎么回事?"Ken走到钟晴背后,蹲下来细细一看,"像是被利器所伤。"

"没错,就是被那把盘古斧给砍的!"钟晴反手摸了摸后背,皱眉说道,"温青琉太阴险,交手时竟然把斧子朝连天瞳扔了过去,我见她有危险,就冲过去挡在她前头。被斧子劈中的是我呀,她在我怀里可以说是毫发无伤,按理说该躺下的是我才对啊!"

"温青琉用盘古斧对付你们?"刃玲珑伸过手一把揪住了钟晴的衣领,"你为她挡住了盘古斧的攻击?"

"是……"钟晴被一反常态的刃玲珑吓住了,误会她是不相信自己会为连天瞳挡斧,"千真万确,绝对没有夸大半点!"

刃玲珑松开了手，身子一软，颓然坐到了地上，木然低喃道："早说提醒过你很危险的……现在好了……"

"玲珑……你没事吧？"Ken 见她突然从激动万分跌落到失魂落魄，状态转换得如此急剧，不由得一阵担心。

刃玲珑没应他，自顾自地继续喃喃自语。

钟晴并没有留意到刃玲珑的异常，他如今关心的只有躺在眼前的这个女人。

他紧盯着气若游丝的连天瞳，伸手摸了摸她的额头，只觉如同触到了一方刺骨的冰块，冷得透心，令他的心脏都快结成了冰似的。

"你们一个个别光顾着盘问我好不好？"清楚自己根本没有能力救治被莫名伤患所威胁的她，钟晴由急生怒，抬头大吼，"想办法救人哪！"

"救人？"刃玲珑跟打了强心剂一样，一下子跳了起来，眼睛里再也找不到半点温婉俏皮，与平日判若两人的她，攥紧了拳头，娇小的身子像被气极了似的打着抖，锐利得想杀人的目光却没有投向他们中的任何一个，只恨恨地盯着空气里的某个地方，咬牙道，"一个是这样，两个也是这样，救别人就不救自己吗？是不是一定要这样才能显得自己很伟大？我真要被你们气死了！"

"你这是干什么？"钟晴不知道自己的话哪里不对，竟惹来刃玲珑这么大的反应。

"出去！"刃玲珑一步跨过来，一手揪住钟晴的衣领，一手拽着 Ken 的手臂，"你们两个统统给我出去！"

"喂！你疯了吗？"天晓得这小女子哪里来的那么大力气，钟晴差点被她拖倒在地。

"我要给她疗伤！"刃玲珑狠狠瞪了钟晴一眼，"你们两个外人到门口等着去，我没叫你们就不准进来！"

连推带搡，钟晴和 Ken 莫名其妙地被刃玲珑赶出了木屋。

"砰砰"几声响，木屋上的所有窗户被严严实实地关上了，关大门前，刃玲珑还不忘伸个脑袋出来，对他们两个男人警告道："记住，没有我的允许你们谁都不许进来，否则别怪我不客气！"

"咣当"一声，大门猛地合上了。从这刻起，木屋内发生的事，外面的人无从知晓。

"你……"站在屋檐下，差点被猛关过来的大门碰了鼻子的钟晴扭头看着 Ken，"你妹妹是不是疯了？干吗生那么大的气？这回我没惹到她呀。"

"我看她是太着急了吧。"Ken 对着大门，无奈地笑笑，"人急过头了就会发怒的，发怒了就会口不择言，你不也经常这样么？"

"呃……好像是这么回事。"钟晴尴尬地摸着自己的后脖颈，旋即又问，"她刚才说她给连天瞳治伤？"

"对。"Ken 点头，"我听她这么说的。"

钟晴一万个不相信地眨着眼睛："连得的什么病都不清楚……她能治好她师父？"

"跟了她四年，玲珑应该也学了不少吧。"Ken 转过身，"由她去吧，如今也只能寄望于她了。"

"可是……"钟晴拉住打算走开的他，"我不放心……"

"担心也是无用。"Ken 打断了他，又反问一句，"难道你有办法治好她吗？"

"我……没有。"一语中的，钟晴丧气地垂下了头，"不会医术，甚至连灵力都没了，拿什么救她……"

"什么？"Ken 上下打量了他一眼，讶异地问："你没灵力了？"

钟晴很不情愿地点了点头，神情越发沮丧起来。

坐在木屋前的土坎上，钟晴把他与连天瞳入皇宫盗斧的事情原原本本地同 Ken 讲了一遍。

听完这一连串匪夷所思的经历，Ken 半晌没有说话。

"说到底，最坏就是那个温青琉！"钟晴忍不住又骂了起来，"我们跟那混蛋无冤无仇，天知道他干吗要赶尽杀绝，要不是命大，恐怕我跟连天瞳都已经成了密室里的冤鬼了！你没看见，当时那情形有多危险！"

"你真的不记得你曾用过盘古斧？"良久未开口的 Ken，一张嘴就问了他这个问题。

"是啊！都是后来连天瞳告诉我的。"钟晴简直要对天发誓了，"我确实不记得我拿过那斧子啊！背上挨了那一下我就晕过去了！"

"哦……明白了……"Ken 没有再追问下去，偏过头，看了看钟晴背上的伤口，转了话题，"我看你不像是受了重伤的人啊，你……没觉得伤口有什么不妥么？"

钟晴摸着自己的斧伤，自己也感到奇怪："起初也是很疼的，可后来就跟火烧一样，到现在，好像都没什么太大感觉了。"

"是吗？"Ken 拍拍他的肩头，"转过来我替你仔细看看。"

"哦。"钟晴侧过身子去,把后背露到 Ken 面前,"怎么样,是不是很严重?流了很多血是吧?"

Ken 拿手指轻轻分开伤口处的布料,看了一眼,愣住了。

"哎!被吓傻了吗?"钟晴见他半天没说话,急了,"伤口真的那么吓人?"

"呃……不是……"Ken 收回手,"你的伤口……好像已经痊愈了。"

那道不久前还深可见骨的斧伤,竟然已经愈合到了一起,钟晴的背上,现在只留下了一条肉红色的浅浅印迹。

"开什么玩笑?!"明知道不能看到,可钟晴还是使劲把脑袋往后头转,"当时那斧子的力道可不小呢,现在顶多就是不疼不流血了,怎么可能痊愈?你是不是看花眼了?"

"真的痊愈了。"Ken 暗暗叹了口气,按说这本该是件值得庆幸的事,可是这会儿却看不出他有丝毫高兴。

"真的?"得到了他的确认,钟晴倒是惊喜得很,"谢天谢地,这伤居然那么快就好了,还以为伤得不轻呢!"

"钟晴,"Ken 突然叫了声他的名字,"你……"

"我什么?"钟晴回头看着他。觉得他语气有些说不出的古怪。

"你……"Ken 看了他半天,还是强行压下了已到嘴边的话,摆摆手,"没事了,我……我只是想,你们好歹拿到了盘古斧,虽然受了伤,但至少都活着回来了。"

"活着回来是没错。"钟晴回头看了看身后紧闭的大门,"能活下去才是关键。"

"呵呵,你不是一直看不惯连天瞳吗?"Ken 注视着钟晴每一个透露着关切之情的动作,饶有兴趣地问道,"我们四人分开的这一天,你们两个之间一定发生了些什么事吧。否则,这关系怎么改善得这么突然?"

"你什么意思啊?"钟晴恨了他一眼,"这个时候你还有心思调侃我?要是里头躺的是刃玲珑,你还笑得出来吗?"

"既然帮不了忙,就算把肠子愁断也无济于事。"Ken 笑了笑,看着空中的圆月,"每个人的命数都是注定的,不该死的,一定死不了。耐心等待吧。"

"你……咳,现在也只能等了。"钟晴尽量控制着自己的焦虑不安,嘀咕着,"我看她也不像那么短命的人哪……怎么就伤成这样?"

"受伤的原因已经不重要了。"Ken 闭上眼,"但愿玲珑能把她救回来。"

钟晴局促地捏着自己的手指,默默在心头祷告,连天瞳一定要平安无事。

山里的气温在这个时候已经降到了最低,阵阵寒风变换着方向,此起彼伏地吹着。

也许因为心头装满了心事,钟晴和Ken都忽略了逼人的寒意,一动不动地坐在门外,无声地等待着。

倾城乖乖地蹲在他们旁边,很难得的,它没有如往常一样呼呼大睡,两只光亮的大眼一直牢牢盯着木屋,如石雕一样稳然不动,只是偶尔拿前爪焦躁地抓抓泥地,从喉咙里发出两声含糊不清的咕噜声。

什么叫坐如针毡,钟晴在此刻终于完全领教了。

这种滋味,一直延续到了天色大亮,红日东升。

木屋里,到现在仍然没有一点动静。

钟晴再也按捺不住,伸了伸已经坐到僵硬的腿,站了起来,看了看天色,又看了看大门,焦急地对Ken说道:"天都亮了,里头怎么一点声音都没有?会不会出什么事了?"

"应该不会吧……"Ken揉了揉疲倦不堪的眼睛,起身说,"再等会儿吧。玲珑那丫头不是警告过我们不要进去吗?如果现在闯进去,万一……"

正说着,紧闭了一夜的大门突然"吱呀"一声打开了。

钟晴顿觉得自己身上的每根寒毛都被这普通的开门声给激得立了起来。

门后,面色发白的刃玲珑带着满头豆大的汗珠,有气无力地说了声:"没事了,你们进来吧。"

钟晴立刻不顾一切地冲了进去,差点撞倒来不及闪开的刃玲珑。

"她没事了?"Ken没急着进去,倒是几分担忧地看着倚在门边微微喘息着的刃玲珑,"你……还好?"

她虚弱地笑了笑:"救回她花了我不少力气,休息会儿就好。进去吧。"

Ken点点头,顺手扶住刃玲珑的胳膊,适时地支撑住快要站不住的她,不再多问什么,一同走进了屋去。

果然,一进去便看到了让人欣喜的一幕。

之前只比死人多口气的连天瞳,已经恢复了往日的红润气色,没有躺着休息,而是端坐在窗下的椅子上,正伸手将紧闭的窗户推开。这么看来,如果不说,任谁也不会想到她是个刚刚从命悬一线的处境里逃出的人。

倾城"噌"一下扑到大难不死的主人身边,狠摇着尾巴,亲昵无比地舔着她的手。

"你在搞什么呢？"钟晴蹲在她面前，上下打量着，急急问道，"什么时候受的伤？我怎么不知道？现在没事了？"

"你看我现在像有事之人么？"连天瞳抚着倾城的头顶，笑了笑，旋即看向倚靠着 Ken 的刃玲珑，眼里闪过一抹复杂的神色，"亏得有刃玲珑在。"

听她提到刃玲珑，钟晴立刻回头看着这个起初没对她抱多少信心的救人者，问："你用什么办法把她救回来的？她究竟是哪里伤到了？"

"神医的徒弟……你以为会差到哪里去？"刃玲珑一边坐下来，一边没好气地回答道，"她受的伤，当然是盘古斧造成的！"

"不会吧？"钟晴不相信，"斧头根本没有挨到她呀！"

刃玲珑白他一眼，说道："没挨到就伤不到吗？盘古斧可是开天劈地的玩意儿，斧下的利气是出了名的厉害。不过，还好有你挡掉了大半，否则……"

说到这儿，刃玲珑皱了皱眉，没了力气似的，没再说下去。

"你意思是……"钟晴仔细回想了一下，指着自己问道，"虽然那斧子已经劈在了我的身上，但是它带出的利气还是有一部分穿过了我的身体，击中了我怀里的连天瞳？"

"正是。"连天瞳代刃玲珑答了他的问题，"所以除了玲珑，我亦要感谢你。"

"原来是这样……"钟晴拍着自己的心口，"老天，这也太险了……"

"跟着你师父还真学了不少有用的东西，这几年还不算荒废。"Ken 赞许地拍了拍刃玲珑的肩膀，又对钟晴他们说道，"还好你们福大命大，现在总算都平安无事了。"

"只怕后头还有事端。"连天瞳似乎并不认同如今已是雨过天晴。

众人一愣。

"咱们人也闪了，斧子也拿了，你现在也没事了，还会有什么事？"钟晴刚放下的心又吊了起来，接着像想到了什么似的，大声说，"你不会是说我的伤吧？我告诉你，那盘古斧对我似乎没什么大作用呢，当时伤得挺重，可是现在已经全好了，我……"

"我并非指你。"连天瞳打断他，双眼看着窗外，"温青琉那个人，但凡还有一口气在，恐怕不会就此罢休。"

"他？"钟晴一听这个名字就火大，"那个家伙说不定早被石头压死了呢！就算不死也该重伤，他还能干什么？"

"区区几块石板，岂能要了他的命。"连天瞳回过头，冷冷一笑，"如若就这死了，怎的对得起钦天监的名号？"

"如果他还活着，一定还会用尽方法抢回盘古斧吧？"Ken看了看摆在一旁的这把神斧，"的确是个难缠的家伙……"

"他想要的，不只是盘古斧吧。"连天瞳柳眉微皱，"一路看来，若我猜得不错，助石顺设诛邪阵、教他入骊山地宫盗宝以及拿假的长生璧给皇帝的，就是此人。"

"温青琉就是石老头背后那个帮手？"钟晴眼珠一转，站起身，捏着自己的下巴，思忖着，"这两个人，说起来也是同朝为官，要狼狈为奸也不是不可能……"

"山神庙的结界被毁时，我已经觉得这人有问题……"Ken又将整个事情串在一块儿细细过了一遍，突然像是明白了什么，"对了！我之前一直想不通他为什么要出手破坏结界，现在看来，他这么做无非是为了……杀人灭口？"

"我记得，你那天刚刚问石老头谁是那个在背后帮他的'高人'，结界就碎了。"钟晴一拍大腿，恍然大悟道，"肯定是温青琉怕只顾着保命的石老头把他供出来，但是当着我们的面又不能明目张胆地动手，于是暗中毁了结界，借二夫人他们来干掉他！一定是这样！如果被外人知道是他教石老头如何捣腾那个假的长生璧的话，一条弑君大罪他肯定逃不过！"

"你我想的，该是一样吧。"连天瞳望了钟晴一眼，笑笑，说，"石顺跟温青琉之间究竟存在一种怎样的关系，现在不得而知。不过，掂量掂量二人的分量，我倒以为石顺充其量不过是他人手下的一颗棋子罢了。"

"表面帮他，实际上是利用他？"Ken猜测着，说，"否则温青琉没必要帮他设阵保他平安吧，留他一条命，是因为他还有活着的价值！"

"呵呵，这只有温青琉自己才清楚了。"连天瞳拿起在桌上摆了一夜的荷叶，"待处置好碧笙替身之事后，我们即刻动身去长安，此地不宜长留。"

"这么快？"钟晴以为他们至少要在苍戎山待上好几天。

连天瞳将三片荷叶和装着池水的小瓶全部捏在手上，起身说道："钦天监善占卦测位，我们离温青琉越近，越容易被他找到。如今我们人疲马乏，不宜再与之起冲突，趁他元气大伤，我们先走为妙，免得多生事端。"

"有道理。"Ken看看钟晴，又看看状态甚差的刃玲珑，"你们一个受伤没了灵力，一个为救人耗费了太多元气，还是先避到一个地方好好休养再说，就算将来要跟谁动手，也不愁不是他们的对手。"

"温青琉真的那么命大……"钟晴疑惑得很，看定连天瞳说，"你有预感他还会找上门来？"

"待去到长安，我与玲珑曾住之地后，他要找到我们便难了。"连天瞳迈步朝里屋走去，"玲珑你就在外头休息吧，你们两个进来，助我把碧笙的事先办妥。"

"哦。"

他们两个应了声，赶紧跟着她走了进去。

房内，三夫人的呼吸均匀平静，没有一点醒转的迹象。

"要是让她一直这么睡下去，会不会饿死啊？"钟晴突然想到三夫人已经有很长一段时间没有进食了。

"不会，时间对于沉睡中的她来说，是静止的，整个身体也是静止的。"连天瞳走到红木衣箱前头，蹲下来，拿手指在箱口处来回抚了三次，口里念念有词，一道暗光从她指下闪过后，她伸手打开了箱子。

白狼半睁着眼睛，身体微微起伏着，虚弱地蜷缩在箱子里。

"把它抱出来放在地上。"连天瞳对他们说道

钟晴马上走过去，弯腰把白狼从里头抱了出来，放到了连天瞳所指的房间正中的位置上。

白狼的眸子微微转动着，它不清楚眼前这些人来要对它做什么，除了从喉咙里发出类似警告之类的呜呜声外，它连抬头的力气都没有。

"不必害怕。"连天瞳将三片荷叶按上中下的位置整齐地摆在白狼身边，"我不会伤你。"

"要我们做点什么吗？"Ken记得她是叫他们进来帮忙的。

连天瞳拿起装着池水的细颈小瓶，拔开瓶塞，把瓶口朝向他跟钟晴："需要你们两个的一滴血。"

"血？"钟晴一愣。

"要做个与真人无异的逼真替身，自然需要真人的血气。"连天瞳笑笑，"碧笙是男童，故而只有你们两位的血最是适合。"

钟晴跟Ken对看一眼，只得各自伸出食指，放进口里用力一咬。

看着两人一一将指尖的鲜血滴进瓶里，连天瞳满意地盖上瓶塞，轻轻晃了两晃，而后将瓶子凑近唇边，低声念了几句含混的语句。念完，她重新将瓶子打开，小心翼翼地将里头呈淡红色的水由上至下倒在了荷叶上头。

淡淡白雾从荷叶里头袅袅升出，不断扩大着，温和地笼罩在荷叶上头，而枯叶

上已经不太明显的叶脉，在受了瓶中之水的浸润之后，突然发出了明亮的红光，一条一条如同有了生命一般在叶面上延伸，其状甚是好看。

见状，连天瞳放下已经空了的小瓶，伸出手掌覆在白狼的天灵盖上，一边闭目默念着咒语，一边将手掌缓缓在白狼身体上移动着。

没多久，一团围绕着点点光斑的白色光团从白狼的身体里飘了出来。

顺着连天瞳手指的方向，那光团听话地移进了荷叶上的白雾之中，在三片荷叶上沿顺时针方向绕着圈。

九圈绕过，连天瞳手臂一挥，那光团"咻"一下从白雾中飞了出来，一头钻进了她身边空着的小瓶里头。

拿起瓶塞，连天瞳仔细地将瓶子盖好，揣到了怀里，而后站起身，静静地看着地上的荷叶。

雾气在那白色光团离开后，越来越浓，很快便将那三片荷叶严严实实地包裹起来，外面的人再也看不到里头半点动静。

"你这是……"

钟晴终于忍不住开口想问她这几片荷叶到底有什么玄机，但是连天瞳却竖起手指放到唇边"嘘"了一声："莫急，马上便见成果。"

话音刚落，果然见到三道泛红的光束从白雾中一穿而出，晃得人眼睛发花。

钟晴他们下意识地揉了揉眼睛，再睁开时，惊见那白雾已经尽数散去，原来荷叶所在的位置，竟躺着一个完完整整一模一样的碧笙，一身素白衣，光泽熠熠的黑发整齐地披在小脑袋后。

"天哪！"钟晴倒抽了一口冷气，惊喜地问，"你怎么做到的？太神了！"

"莲花荷叶本就是灵秀之物，这些荷叶经年生长于大相国寺内，受日月之精华，近神佛之庇佑，比寻常同类更有灵气，用做活人替身是再合适不过。"连天瞳看着眼前这个"碧笙"，叹道，"可惜，纵是一模一样，替身依然只是替身，世上不可能再有碧笙这个孩子了。"

"话虽这么说，可是至少对三夫人而言，他还是碧笙。"Ken苦笑，"这样也就足够了吧。"

听他们这么一说，钟晴也觉得心里很不是滋味，想了想，他突然问道："那……这个替身会不会跟真人一样长大呢？要是一直这么小，不是露馅了吗？"

"那些荷叶本就是有生命的，加上你们两个的血气贯穿其中，这个假碧笙会如真人一样长大的。"连天瞳示意他不必担心，"虽然只是个痴儿，不过，若与人类朝夕相对，纵是哑巴植物也会生出感情吧。"

"要是也能跟真人一样有思想就好了。"Ken盯着"碧笙"，"也许有一天会有奇迹呢？你不是说这些荷叶都是有灵性的东西吗，说不定有一天它们会变成真正的碧笙。"

"呵呵，但愿吧。"连天瞳淡淡一笑，将目光移到白狼身上，说，"方才我已将碧笙的魂魄从它体内分离出来，现下也该将这畜生放回山里去了。"

"放回山里？"钟晴看着已经要死不活的白狼，心生恻隐，说，"它这个样子，扔它回山里恐怕活不了吧？"

"不会。"连天瞳摇摇头，"在石家的时候我已治愈了倾城给它的致命伤，现下又将碧笙的魂魄取出，它已无任何负担。虽然之前为了杀人动用了太多元气，不过还不至于无法复原。不出半炷香时间，它当可行动自如。"

"这样啊，那还好。"钟晴放下心来，看着白狼说，"难得这畜生懂得知恩图报，虽然干了不少错事，不过真要为这事搭上性命，倒也可惜了。"

"把白狼抱出去吧，屋后的溪边，那棵大树之下，从哪儿来便送它去哪儿吧。"连天瞳迈步朝屋外走去。

"那这个碧笙……"钟晴指着还躺在地上的替身问。

"回来再说。"连天瞳已经走了出去。

"那就快走吧。"Ken抱起白狼跟了出去。

出了里屋，连天瞳跟一直坐在外头等着的刃玲珑说了一声后，径直出了大门。

刃玲珑点点头，又对跟出去的钟晴他们说道："你们快去快回，这里有我看着。"

"你好好坐着休息吧，脸蛋跟擦了一斤面粉似的！"钟晴扔给她一句，匆匆忙忙地撵了出去。

刃玲珑摸了摸自己的脸，狠瞪了他一眼。

溪边，清澈的溪水淙淙流动，映着点点闪亮的阳光，漂亮得很。

一棵苍苍大树安然立在一旁，巨大的树冠上挂着剩余不多的几片树叶，几只不惧寒冷的无名小鸟在枝叶间跳动着，偶尔发出几声婉转鸣叫。

Ken把白狼小心地放到了树下，然后退到了一旁。

连天瞳看看天空，笑道："今日天气少有得好，可算是个好兆头么？"

"你还真会苦中作乐呢。"钟晴看着她,"不过勉强算吧,至少你活过来了。还有这白狼,也算是有个好结果了。"

连天瞳笑而不语。

他们刚说了几句话,地上的白狼突然有了动静。

缓缓抬头,伸了伸爪子,尝试了一番后,它终于靠自己的力量站了起来,虽然还有些摇晃不稳,但是看得出它的体力已然恢复了大半。

"狼精,"连天瞳看定它,"今日放你一马,是念你尚懂知恩图报,日后在山中规矩修炼,万不可再生邪念,否则定不饶你!"

"就是,要多做好事!"钟晴也凑上来,不管它听不听得懂,"最好日行一善,这样说不定哪天你就能修成正果上天当神仙哦!"

白狼站在树下,眼里不再有敌意,但是也没有离开的意思。

见它偶尔望向溪后小屋的目光,连天瞳顿时明白了它的心思,笑道:"你且放心吧,三夫人已经找回了碧笙,今后他会好好陪伴她的。"

听了这话,白狼垂下了头,眼眶里竟淌出两行清泪,在银白的毛皮上留下了两道浅浅的印子。

看了看面前的三个人,又看了看三夫人的木屋,白狼跺了跺爪子,扭身朝小溪对面跑了过去。

经过没过它小腿的溪水中央时,它又停了下来,回头看了看,如此反复了几次,它终于跑向了小溪对面的深山里,渐渐消失在众人的视线中。

连天瞳吁了口气,回过头:"好了,回去吧。"

带着一点说不出的感慨之情,三个人快步回到了木屋。

进屋之前,连天瞳让他们两个一起动手,三个人从屋前的地上捡了大大小小几十块石头。

"你拿这个干吗?"钟晴抱着一堆重得要死的石头,不解地问。

"变金子。"连天瞳抱着石头进了屋去。

她这句话差点把钟晴和 Ken 呛死,赶紧追了进去。

见他们一回来,刃玲珑立刻迫不及待地问:"白狼送走了?"

"已经安然离开了。"连天瞳把石头放到桌子上,又示意他们把石头都放过来。

"你要拿石头变金子?"钟晴难以置信,"为什么?"

"三夫人离开了石家,石顺又死了,她日后总要有点赖以为生的积蓄。"连天瞳一边说，一边捏诀的双手放到那堆石头的中间，默念了几句后，喝了一声，"变！"

钟晴眼里顿时一片金光灿烂。

"点石成金！"Ken对她简直佩服得五体投地。

"好多金子呀！"钟晴的唾液开始快速分泌起来。

"我们用不着这些东西。"连天瞳找来一块布巾，把这些金子一一放了进去，拴好，又对钟晴他们说，"帮忙把它们搬到三夫人房里去。"

"哦……"

钟晴咽了咽口水，失望地走了过去，和Ken一起把这一大包让人眼馋的金子搬进了三夫人房里。

里屋，一切如故。

连天瞳把地上的"碧笙"抱了起来，放到三夫人身边躺好，将手指在"碧笙"紧闭的眼睛上一擦，轻喝了声："开！"

"碧笙"的眼睛，"刷"一下睁开了，长长的睫毛随着每一次眨眼而灵活地上下扇动着，心口处也渐渐起伏起来。

钟晴上前伸手探了探"碧笙"的鼻息，惊喜地说："啊呀，有气呢！真的有气！"

"跟活人一样啊。"Ken啧啧赞叹道。

连天瞳拖过被子给"碧笙"盖好，说："三夫人醒来后，你们不要插话，我知道应付。"

"知道了。"钟晴很好奇她要怎么向三夫人圆这个谎话。

连天瞳低下头，凝神静气片刻，将衣袖朝三夫人面上一挥。

几乎同一时刻，三夫人的眼皮动了动，缓缓睁开了眼。

"夫人可算醒过来了。"连天瞳满脸灿烂笑容，温柔地对她说道。

"我……"三夫人"我"了半天，才算从沉睡的混沌中彻底摆脱出来，她扭头侧过脸，有些惊惶地看着连天瞳，"我这是在何处？"

"夫人莫惊，此地是你在苍戎山的家。"连天瞳把她扶起来靠在床头，笑道，"所有不快的事都已结束，夫人以后尽可与碧笙安心度日。"

"碧笙？"三夫人一惊，抓住她的手道，"碧笙现在何处？"

连天瞳指了指她身边。

三夫人慌忙转过头一看，当下喜极而泣，一把抱住了躺在身边的"碧笙"："我的碧笙！娘总算见到你了！太好了，太好了！"

只顾抱着"碧笙"哭泣的她根本没有意识到怀中这个小儿的异常。

"呃……夫人,有件事我必须要告诉你。"连天瞳拍了拍三夫人的肩头。

"何事?"三夫人抬起迷蒙的泪眼,问。

连天瞳脸上露出一丝遗憾之色,说:"碧笙曾被作孽府内的鬼怪附身,我们将妖孽收服之后,想来碧笙因为年纪太幼,又被邪气侵蚀太久,醒来后便失了心神。不过,能保住一条性命,已属万幸。"

"失了心神?"三夫人心头一紧,忙抬起碧笙的小脸细看,果然发现他的眼神不再如往常一般活络,只空空地望着前方,呆掉了一般。

"这……这如何是好?"三夫人慌了神,求救似的看着连天瞳,"连大夫,你帮帮碧笙,求你再帮帮我们母子吧!"

"夫人不必着急。"连天瞳拍拍她的手,说,"我早已为碧笙诊治过,并不要紧。只要你每日在饭菜里加入莲子喂食于他,不消数年,碧笙当能复原。"

"真的?"三夫人又见到了希望,"用莲子?"

"是,莲子可静心凝神,只要常年坚持,碧笙一定会好转。"连天瞳点点头,旋即又说,"夫人之后还是带碧笙去别处生活吧,多让碧笙接触一下苍戎山外的地方,对他的病情大有好处。"

"去别的地方?"三夫人面露难色,"除了石府与这里,我们母子还能去哪里……"

"天下之大,定有一处容身之地。"连天瞳指了指堆在墙边的那包金子,说,"那里有我赠给夫人的一些盘缠,想来足够你们母子过日子了。你拿着这些钱带碧笙离开苍戎山,离开安乐镇吧。"

"这怎么行,我如何能要连大夫的钱?"三夫人连连摇头,"你救我母子二人性命已是天大的恩德,我尚不知如何报答,怎能还要你的钱?"

"夫人见外了。"连天瞳笑道,"没了石家的供养,你一个女子,又带着碧笙,势必需要一些钱傍身的。且我与碧笙投缘,他的生活若没有保障,我如何放心?你莫要推辞了,安心收下。"

"连大夫……"连天瞳一席话令三夫人感动不已,她垂下头,想了半晌,低声说道,"或许连大夫说得不错,我们母子是该离开这个地方。"

"那你们打算去哪里?"钟晴有些不放心地问道。

"不知道。"三夫人抚摸着碧笙的头发,说,"如果真要离开,也只能回去我的家乡,虽然那里已经没有亲人,但那个小渔村也算宁和,能在那里生活也算安稳,总归是自己的家吧。"

"也好。"连天瞳点点头,说,"既然如此,你们母子在此地休息一段时日再动身吧。我们还有要事在身,就与夫人作别了。"

"连大夫要走了?"三夫人很是不舍。

"是。"连天瞳俯身摸了摸"碧笙"的头,说,"有缘自当重逢。"

"这……这……"三夫人想挽留,却又找不到理由,只得点点头,松开碧笙后,她从床上下来,"扑通"一声跪倒在地,"大恩不言谢,连大夫和诸位公子一路保重。我们母子生生世世都会铭记各位的大恩,来世结草衔环做牛做马,报答各位!"

"夫人快快请起。"连天瞳赶忙把她扶起来,"不必行此大礼。"

"助人为快乐之本,夫人你不要太放在心上啦。"钟晴大大咧咧地笑着,眼睛却瞟向那一大包金子,心痛得要死。

"夫人好好抚养碧笙吧,"Ken对着她笑道,"碧笙是个好孩子,上天会善待他的。"

三夫人含泪点头。

"那我们便告辞了。"连天瞳把三夫人扶回床上躺好,说,"你身体尚虚,要多加休息。日后凡事多加小心,好好照顾自己同碧笙。"

"保重……"三夫人恋恋不舍地松开了连天瞳的手。

连天瞳笑了笑,最后看了看"碧笙",如释重负地走出了房间。

跟三夫人道了别,钟晴拍拍"碧笙"的小脸,又看了看墙边的金子,嘿嘿笑了笑,跟Ken一起走了出去。

半边村

站在木屋外的空地上，连天瞳轻抚着倾城的头，看看面前的几个人，微起眉，在心里盘算着什么，嘴里嘀咕着："去长安……四个人……似乎坐不了这么多……"

"等等！"钟晴越听越不对，忙大声问道，"我们现在就动身去长安？"

"否则更待何时？"连天瞳反问。

"可是……碧笙的事情只解决了一半呀。"钟晴急忙说道，"不是还要劈开阴阳界吗？不然我们千辛万苦偷这斧头回来干吗？"

"你该知晓阴阳界并非一个固定的处所吧？"连天瞳不慌不忙地睨了他一眼，"碧笙的魂魄与盘古斧均已在我们手中，去了长安，从那里送他入冥界。"

"从长安……"钟晴想了想，点点头，"这样也行，反正还有的是时间。"

"那就走吧。"Ken把背在自己背上，裹着盘古斧的布包拉了拉紧，看了看天色，又说，"可是……长安离这里还很遥远，现在我们无车无马，要怎么去呢？"

连天瞳黯然一笑，拍了拍倾城："自然由它效劳。"

"啊？"钟晴眼睛一瞪，双手在倾城背上比画了半天，"恐怕不行吧？它个子虽然不小，可是你要我们四个都坐到它背上，这好像不太现实吧。先不说它驮不驮得动，就算硬挤的话，它背上最多也就容得下三个人吧？！"

"确实只能坐下三人啊。"连天瞳不否认，旋即很无奈地对钟晴说，"所以，只能委屈你一下了。"

"你又打什么馊主意？"钟晴见她神情里藏着坏坏的笑意，马上大声抗议，"别太过分啊！我身上的伤刚刚好，经不起折腾！"

他话音未落，连天瞳已然从袖子里抽出了他们已经看得眼熟的红线，手指一动，那红线"咻"一下朝钟晴身上飞了过去，往他腰上牢实地缠绕了数十圈。

"喂！"钟晴举起双手，脑袋跟着红线的绕动晃个不停，大声叫道，"你在干吗？你要把我怎么样？！"

"倾城背上虽只能坐下三人，不过，好在它力气惊人。"连天瞳忍住笑，将红线的另一头仔细系在了倾城的前爪上头，"足够将你平安吊到长安去。"

"什么？"钟晴急得舌头打起了结，"你你你，你要把我吊到长安？你不是跟我开玩笑吧？！"

"谁同你开玩笑？"连天瞳看他一眼，纵身跳到了倾城的背上，对刃玲珑和Ken说，"快些上来吧。"

Ken赶忙把刃玲珑扶了上去，自己则担心地看着傻在一旁的钟晴，问："真的要这样吗？会不会有什么危险啊？"

"绝对万无一失。"连天瞳信誓旦旦，催促道，"上来吧，莫耽误时间了。"

"这……好的。"虽然Ken还是不能完全相信将一个人用细细的红线吊在高空，这安全系数到底有没有连天瞳保证的那么高，他还是忐忑不安地爬到了倾城背上，紧挨着刃玲珑坐了下来。

"哎！你们不是吧？一个个坐得那么舒服，把我一个人这么吊着？"钟晴哭丧着脸，一边拉着身上的红线，一边带着哭腔抬头对他们喊着。

红线虽细，可是任钟晴怎么拉，它也不松分毫。

"倾城，我们走！"连天瞳根本不理会大呼小叫的他，拍了拍倾城的脖子。

听到主人终于下了命令，等待已久的倾城一下子来了精神，刨了刨爪子，昂头低吼一声，"呼"一下展开了翅膀，将身子一仰，腾空而起，直冲万里云霄。

"我的妈呀！"

钟晴只觉得身体一晃，整个人轻飘飘地离了地，一股强大的力量融贯在腰部，将他稳稳固定在这圈细不盈握的红线之中。

听着耳畔传来的呼呼风声，看着一朵朵不时跟自己擦肩而过的白云，在空中摇摇晃晃的钟晴简直连脚趾头都缩紧了。他低头一看，山川河岳，全都在一瞬间缩小成了片片绕着细带的黑点，飞速后退着。

以这样的缩放比例来说，钟晴猜测他们现在所在的高度是不是都快穿出大气层了。

难得自己还没有缺氧的感觉，除了略略感到身上的绳子在晃动之外，钟晴没有任何不适的感觉，腰上的那股拉力虽大，但是却跟包了棉花似的，软绵绵的感觉很舒服。

但是，只要一想到自己只是被一根线拴在一只怪兽的爪子上，他的心头还是难免阵阵发虚。低头看了看脚下缩成芝麻大小的万里山河，他忍不住抬头对着上头的三个人吼道："喂，上面的，要飞多久才到长安啊？"

连天瞳探出头，看了看他，提高声音应道："以倾城现在的速度，三个时辰之后当可到达。"

"三个时辰？"钟晴又吼，"那么久啊，你这绳子牢不牢啊，别半路出什么差错！我打僵尸打怪胎，身经百战都没事，到头来要是被你害得摔死，这脸可丢大了！"

"你安心吊着吧，我的红线牢得很。"连天瞳笑道，"若是惧高，闭上眼便好。"

"你可别骗我！"钟晴撇撇嘴，低下头闭上眼，幻想自己现在不是在高空而是在地上飞速奔跑，以此安抚他怦怦乱跳的心脏。

"真没问题吧？"Ken伸头看了看在下头当空中飞人的钟晴，忍不住又问了一次。

"你还信不过我么？"连天瞳头也不回地说。

Ken一时语塞，点点头，不再说话。

倾城果真不负神兽之名，飞得越来越快，他们前方那轮挂在天际的冬日，在眼中变得比平常所见大了许多倍，惹得所见之人都觉得他们就像马上要冲进太阳的耀眼光华中一样。

当天际的白云泛起了层层嫣红之时，倾城终于顺利结束了这次高空之旅，稳稳地从空中降了下来，停在一片粗糙的黄土地之上。

"总算挨地了！"落地时没站稳的钟晴索性一屁股坐到了地上，无比欣喜地享受着"脚踏实地"，松了口大气的他四下打量着四周，狐疑地问："这里就是长安？"

钟晴原以为鼎鼎大名的古都长安该是一片跟京城不相上下的繁华之地才对，可是他们着陆的这个地方，除了一地黄土，还有不远处那一条波涛翻滚轰隆有声、足有百米之宽的河流之外，就是河对面的一层黑黑的山麓了。半点也没有他想象中该有的景致。

"不错，我们已到长安境内。"连天瞳从倾城背上跳了下来，深深吸了口气，拿看待一位久未谋面的故人的眼光——看着眼前的土地河流山川，许久没有说话。

Ken扶着刃玲珑走下来，四下一望，也有些疑惑地问道："这里是长安的……郊外？"

"看到对岸那座山了吗？"刃玲珑摇摇头，指了指河对岸的山麓，对Ken说道，"那就是骊山。"

"骊山？"钟晴从地上爬了起来，惊奇地问，"那就是埋着秦始皇的骊山？"

"是。"连天瞳回过头，说，"渭河之北，秦陵骊山。我们要暂时留下来的地方。"

"难怪你那么一副感慨的样子。"钟晴盯着她说道，"你是秦陵的守陵人，这地方也算得上是你的老窝了吧？"

连天瞳笑了笑，不置可否，手下一动，收了钟晴腰间的红线。

"我们去骊山？"Ken的目光一直不曾离开对面那座山麓，一丝难以觉察的渴盼之情从眼底流过。

"去骊山做什么？"连天瞳看了他一眼，抬手指了指他们身后的某个方向，"我们去半边村。"

"半边村？"钟晴重复着这个听上去很奇怪的名称，"那是什么地方？"

"我以前曾住过些时日的村落，就在前面。"连天瞳举步朝前走去，"我们恐怕要在此地逗留多日，所以有必要寻一个落脚的处所。走吧。"

"也好。"钟晴拍了拍沾在屁股上的黄土，跟上前去，边走边说，"既然是村子，肯定有人住呀，有人一定就会有吃的吧？我现在又饿又渴！"

"你上辈子一定是饿死鬼投胎的！"刃玲珑白了他一眼，"村子里当然有吃的，不过，不会是什么大鱼大肉了，你最好有个心理准备。"

钟晴摸着咕咕直叫的肚子，说："有馒头吃也好啊！我要求不高！"

"半边村……"Ken思忖着这个名字，笑道，"这个村子的名字很有意思呢。"

"怪异，干吗叫半边村呢？"钟晴也觉得有意思，问，"是不是那里的人只长了半个脸呀？还是认字只认半边？还是做事只做一半？"

"村口有块巨石，据说当年被猛雷劈掉了一半，故而此村叫了半边村。"连天瞳似乎受不了钟晴过于丰富的想象力，把半边村再简单不过的来历说了一遍。

"啊？"钟晴挠了挠头，"嘿嘿，古代人取名字果然直观，见什么叫什么。"

又走了一小段路，连天瞳突然停住步子，回头对昂首挺胸跟在后头的倾城说道："就快到村子了，你莫要再露原形了，否则会吓到那些村民。"

倾城舔了舔舌头，嘴里叽叽咕咕了一阵，爪子来回蹭着地，好像很不愿意变回那只小胖子的模样。

"倾城！"连天瞳加重了口气。

一口热乎乎的大气从倾城鼻孔里喷出，不敢违抗主人命令的它，乖乖地低下了头，将身子匍匐到了地上。一道同龙卷风一般的气流突然从它身体周围盘旋而起，卷得地上的黄土纷纷扬扬地飞到了半空，一圈金色光环从龙卷风的中心跃然而出，闪了几闪，"咻"一下朝四方散开了去。

风止土落，那只矫健神兽已然不见，站在地上的，又是那只如小胖狗一样的倾城。

"哈，小胖子，总算又见到你这个模样了！"钟晴跑上前，一把将倾城抱到了怀里，跟见了老朋友一样使劲捏着它的胖脸，嘿嘿直笑，"还是小点比较可爱。"

被他的魔爪捏得火大的倾城一咧嘴，"噗"一声吐了他一脸口水。

连天瞳见状，上前把倾城夺了过来，瞪了钟晴一眼："倾城带我们飞行万里，也是疲累不堪，你莫要再骚扰它！"

"喊！"钟晴愤愤抹掉脸上的口水，不以为然地说，"那就当是让它减肥好了。"

刃玲珑冲他一翻白眼："怀疑你这家伙有虐畜的倾向，变态！"

"哎！我只是逗逗它而已！"钟晴马上跳起来反驳，"我是爱心流露！不懂就把嘴闭上！臭鱼妖！"

Ken摇头直笑，对钟晴完全是一副无可奈何之态。

一路说着，绕过了一片土丘，一个不大的村落出现在他们的眼前，白乎乎的炊烟从座座草屋里袅袅而出，几个扎着冲天辫的孩子正蹲在村口的树下玩着泥巴，一些穿着土布衣裳的男女或急或缓地在村子里穿梭着。

夕阳西下，正是热气腾腾的晚饭时间。

看着大树对面那方只残留了一半的椭圆形巨石，钟晴问道："这里就是半边村了吧？"

"是的。"连天瞳笑了笑，看着不远处那片繁忙却安谧的小村落，感慨道，"许久未曾回来，此地还是旧模样。"

"看起来还不错呢。"这个小村子让Ken感到一种由心而发的舒适，"虽然简陋，但是我想住在这里应该是个很好的选择。"

"有吃的就好！"钟晴嗅着空气中隐隐飘来的饭菜味道，咽了咽口水。

走下土丘，他们很快便来到了半边村的村口。

刚刚在门口玩泥巴的孩子们，一见来了四个陌生人，赶忙扔掉手里的东西，一溜烟跑进了村里，几个孩子边跑还边喊着爹娘叔婶村里来了不认识的人之类的话。

村里的大人们应声而出，纷纷探头朝村口处观望。

一个身着褐色土布衣衫的年轻女孩子，搀扶着一位白发苍苍拄着拐杖的老者，站在最前头打量着正走进来的钟晴他们。

老者眯着眼看了半天，浑浊的眼神突然一亮，握着拐杖的手有些激动地颤抖起来。

走到这对貌似爷孙俩的村民面前时，连天瞳停下了脚步，微笑着看着老者，说："苏老伯，可还记得我？"

"你……你……"老者细细端详着她的脸，大喜道，"你不是天瞳姑娘么？！"

连天瞳点点头，笑道："难得苏老伯还记得我。"

"怎会不记得？！"被她称作苏老伯的老者激动得老泪纵横，"十年了，姑娘终于又回来了，太好了。有生之年还能见姑娘一面，老朽死也瞑目了。"

"苏老伯言重了，今日能重逢故人，也是天瞳之幸哪。"连天瞳的笑容真实而诚恳，她将目光转向搀扶着老人的年轻女孩子，问，"这位难道是……圆月？"

"正是正是。"苏老伯忙不迭地点头，"当年你离开时，圆月只得七岁，如今已长大成人，是个大姑娘啦。"

连天瞳看着这个娇小白净的女孩子，笑道："时光果如白驹过隙……小小孩童已成清秀佳人。"

"傻丫头，怎的还愣在那里！"苏老伯一跺拐杖，对着一直有些害羞不敢开口的女孩子说道，"这是你天瞳姐姐啊，当年若不是有她相救，你这丫头哪能活到现在。"

"爷爷！"女孩子不好意思地看了苏老伯一眼，然后略带羞怯看了看连天瞳，说，"圆月一直记得天瞳姐姐，十年了，姐姐还是跟当年一样好看呢，一点变化都没有。"

"呵呵，圆月越来越好看倒是真的。"连天瞳亲昵地拉过她的手，又对苏老伯说，"天瞳怕要在村里逗留一段时日，不知可有空余的房屋？"

"姑娘要住下来？"苏老伯一听，求之不得，高兴地连声说，"有有有！姑娘以前住的屋子，我们一直空着，就是盼着姑娘有朝一日能回来呀！"

"哦？"连天瞳露出一丝惊奇之色，旋即笑道，"你们有心了。"

"姑娘是咱们村里的大恩人，只要半边村还在，这里永远都会为姑娘留着一间房的。"苏老伯的声音有些哽咽，抹了抹眼睛，他这才留意到一直站在连天瞳身边插不上嘴的钟晴，眼睛一亮，问道，"这位公子……仪表堂堂，玉树临风，莫非是姑娘的……"

"这几位都是天瞳的好友。"苏老伯的下文连天瞳马上猜到，她慌忙接过了话头，生怕被人误会，"此番他们亦要同我一道留在村中，但愿不会叨扰到你们。"

"这是哪里话，姑娘的朋友便是半边村的贵客呢。"苏老伯连忙侧身让开，指着不远处的一处草屋道，"就在姑娘旧居的对面，正好有一间空房，想来足够各位落脚了。"

一番交谈下来，苏老伯马上领着他们朝村里头走去，一路上，他兴高采烈地对不断围拢过来的村民反复大声说到道："大家看哪，是天瞳姑娘回来啦！是天瞳姑娘回来啦！"

村民们的神色从最初的好奇打量立刻变成了如同见了久别的亲人一般激动，男男女女纷纷殷勤地围住了连天瞳，你一言我一语地说开了来。

"啊呀，真的是天瞳姑娘呢！"

"姑娘那么些年没有回来，大家一直都记挂着你呢！"

"天瞳姑娘还记得我么？我是住在你隔壁的大牛啊，当年多亏你救了我娘子，如今我儿子都七岁了！"

"阿弥陀佛，天瞳姑娘还跟从前一样标致出众呢，这么些年了，难得姑娘你还能回来看看咱们啊。"

"姑娘走后，老身日日为姑娘诵经祈福，只求姑娘在外平平安安，多福多寿。如今总算将姑娘好好地盼回来了……呜呜呜……"

看着这些热情簇拥在身边的村民们，听着他们发自肺腑的淳朴言语，钟晴猜测着多年之前，连天瞳对这个村子曾做过些什么事情，才能让他们个个感激涕零，视她如再生父母一般爱戴尊敬。同时，他的心里也冒出了另一个小小的疑问……

一路走走停停，同村民们不断打着招呼，从村口到连天瞳的旧居前，一段很短的路竟花了好一段时间才走完。

"姑娘看看，旧居是否还是一点未变？"苏老伯乐呵呵地指着面前的草屋，随即又指了指着草屋对面一座差不多的房舍，对钟晴和Ken说道，"二位公子便只有暂时委屈在那里了，老朽马上让人去收拾打扫。"

"跟记忆中一模一样，只有屋檐下头挂着的那串小泥鳅用草给我编的蚂蚱不见了。"站在这间普通甚至说得上简陋的草屋前，连天瞳凝眸良久，笑笑，随即她问苏老伯，"对了，小泥鳅呢，这孩子如今也该有十四五岁了吧，怎的没有见到他？"

"前些日子曾落过暴雨，村里的房舍都受了损，姑娘这间的房顶也被掀翻了大半,那串蚂蚱也不知被狂风卷去了哪里……至于小泥鳅那孩子……"说到这儿,苏老伯顿了顿,重重叹了口气,"一年前就没了……唉,这孩子命苦哇……"

连天瞳一愣,问:"怎么回事?"

"唉,这些事儿,容后再说吧。"苏老伯摆摆手,又说,"姑娘风尘仆仆,还是先入内歇息一下,我让圆月给你们打水洗脸,再备上一桌饭菜,想来各位也该饿了吧?"

这话说到了钟晴的心坎上,他马上喜笑颜开地对苏老伯说道:"真是太谢谢老伯你啦,我们已经饿了很久了!现在正好赶上晚饭时间吧?"

"哈哈,是是,来得早不如来得巧,饭菜都是现成的,我这就去给你们张罗。"苏老伯立刻明白了钟晴的意思,"你们先进去歇着,饭菜即刻就来。"

说罢,他立刻让圆月搀着自己,高高兴兴地走开了。

"进去吧,此处是个极适合休养的好地方。"连天瞳看了看这个朴实安宁、处处透着温暖的小小村落,迈步进了自己多年未曾踏入的旧居。

坐在纤尘不染的木桌前头,钟晴拿手指在上头蹭了蹭,又看着屋内干净简单的陈设,说:"真的一点灰尘都没有,这房子看起来根本不像是很久没人住过的呢。"

"师父,这里的村民对你真好。"刃玲珑的精神比之前似乎好了些,不过整张脸上仍是不见血色。

连天瞳拉过刃玲珑的手,仔细地为她把了把脉,又看了看她的气色,说:"你还是先去里屋床上休息吧,元气未复,不要再多说话了。"

"我没事。"刃玲珑摇摇头,"我才不要一个人躺在里头发傻呢。"

"你这丫头……"连天瞳叹口气,也没有强加反对,"随你吧。"

"刚才听苏老伯还有那些村民说,你是他们的救命恩人?这是怎么回事?"在屋子里好奇地转了一大圈的钟晴坐到连天瞳身边,迫不及待地把压在心里的问题问了出来。

"瘟疫。"连天瞳看了看窗外那一大片红霞,淡然说道,"当年我经过此地,村里已有半数人因这场灾祸而送了性命。我留了下来,保住了剩下那一半村民,后来在村里住了一年。"

"这样啊……"钟晴终于明白了那些村民为什么会有那样激动的表现了。在古代,尤其是半边村这样偏僻的地方,瘟疫无疑意味着绝对的死刑,能够从这样的大劫中捡回一条命,无怪他们会那么感激连天瞳了。

"瘟疫可不是那么容易对付的。"Ken佩服地看着连天瞳,"你不怕自己被传染么?"

"几十条人命呢。"连天瞳若无其事地轻笑。

见她说得那么轻巧,完全不将自己的生死当成一回事的样子,钟晴的心里滑过一丝说不出的感觉。

"你离开这里有十年了?"钟晴定定神,上下打量着她,"看你现在的模样,不过二十出头,他们又说你一点都没变,你……你究竟多少岁了?"

"喂!"刃玲珑敲了一下钟晴的头,"你这家伙有没有礼貌,怎么随便问女孩子的年龄?"

"我只是好奇而已嘛!"钟晴捂着头,眼珠一转,说,"好了好了,不愿意回答就算了,当我没问。你是神医嘛,搞不好有什么青春常驻的秘方。"

说完他又嘀咕一句:"你要真跟我说你其实是个中年妇女,我还不如不知道呢。"

连天瞳听了,悄悄一笑,旋即正色道:"闲话暂且搁到一旁吧。钟晴,你的灵力可有恢复的把握?"

"我的灵力……"钟晴自己估量了一番,不太肯定地说,"这个……真不太好说呢,按理说,只要我的元气恢复了,灵力也会自行回来的。可是这次,我的灵力像是被钟馗剑自己的力量硬给拖走了似的。现在我的体力也不算差了,可是灵力好像没有一点恢复的迹象。不过,我想再过一段时间应该就没问题了。灵力这个东西,是我们钟家人与生俱来的,我们嘴里说的灵力消失,其实不是真正意义上的消失,只是变弱,弱到你无法驱使无法察觉,但是只要我们还活着,它就会回来。"

"这倒有些难办了……"听了他这番话,连天瞳皱了皱眉,"如此一来,不知还能否用得了那盘古斧……"

"什么?"钟晴听她突然扯到了盘古斧上,忙问,"我的灵力跟盘古斧有什么关系?"

"劈开阴阳界并非劈柴砍树,盘古斧虽是神器,但是亦需要操纵之人加诸足够的灵力在斧上,方能奏效。"连天瞳认真地看着他,"我们几人之中,我与玲珑均是女子,灵力偏于阴柔,不易让盘古斧发挥出最理想的威力,而玲珑的哥哥又是来自于远方的外系神族,自身的力量恐与盘古斧这把地道的中土神器有所冲突,故而,只有你是最适合的人选。"

"啊?"钟晴这下子急了,"你怎么不早说呀!现在也不知道我的灵力什么时候能恢复过来，万一要是一两个月都不行，那岂不是救不了碧笙了？"

连天瞳摇摇头："也不见得有这么严重，若万不得已，届时便合我们几人之力，或许能搏上一搏。"

"只能搏一搏？"钟晴猛地站了起来，焦虑地在屋子里晃来晃去，"用个斧头还这么麻烦……得想个办法……把灵力找回来！"

"你还是坐下来吧。"听了连天瞳的话，Ken 的脸色有些不太自然，他大声叫住了钟晴，"晃来晃去也晃不回你的灵力的。"

"我怎么坐得住！"钟晴没好气地顶了他一句，"没了灵力，之前我倒是不太担心，我知道只要过段时间它一定会恢复，可是现在才突然跟我说急需我用灵力去使那把斧子，我能不着急吗？要是耽误了送碧笙入冥界，一切都白忙了！"

"我想你一时间也找不到好法子吧。"连天瞳将揣在怀里的小瓶掏出来，小心放到桌上，凝视半晌，道，"离开狼精的碧笙，七日之内一定要送他入冥界，不论用何种方法。"

"七日之内？"Ken 的心不由自主地揪紧了，吸了口气，尽量镇定地问道，"一定要钟晴做那执斧之人吗？"

连天瞳笑笑："不作他想。"

Ken 咬了咬嘴唇，没有再多问什么。

"奔波数日，恶战连连，想必大家都累了。"连天瞳站起身，拿起小瓶朝里屋走去，"休息三日，便去劈那阴阳界。"

其他三个人都没说话，每个人脸上的表情看起来都不太轻松。

现在，没有任何心事的怕只有倾城了，舒服地躲在桌子下，睡得四脚朝天。

没过多久，一阵细碎的脚步声打破了满屋的沉默。

众人的目光看向屋外，只见那个叫圆月的女孩子提了满满一桶热水，吃力地朝屋里走了进来。

见她个子小小，却提了如此笨重的一个木桶，钟晴立刻走过去要帮忙："给我吧，帮你提进去。"

"不必了公子，圆月做惯粗活，这点重量难不住我的。"圆月抬起红扑扑的脸蛋，有些害羞地笑了笑，拒绝了钟晴的好意，一直把木桶提到了木桌那边才放下。

"圆月，我们待会儿自会生火热水的，你无需这么劳碌替我们送水过来。"连天瞳微笑着说。

"没事,天瞳姐姐刚刚才到,该好好休息才是,这些小事就让圆月代劳吧。"

说罢,圆月顾不得歇一下,又走到墙角的柜子前,打开门,麻利地取出一个面盆和几块干净的布巾,走过来摆到了木桶旁,又提桶"哗啦哗啦"倒了满盆的水,端到了桌上。

"大家先凑合着洗洗脸吧,热水若不够,圆月再去提。"做妥这一切,圆月退开一步,说,"晚饭马上就送过来。"

连天瞳看着忙前忙后半天的她,笑道:"当年你就跟一只小病猫似的,如今见你,身体似是健康了许多,甚是令人安慰。"

"多亏了天瞳姐姐呢。"圆月感激地说道,"爷爷跟我说过,当初若不是姐姐妙手回春,纵是圆月逃过了瘟疫之灾,早晚也会死于那心痛之症。如今圆月能像个正常人一样生活,都是姐姐的功劳。"

"呵呵,那也是你自己的造化呢。"连天瞳笑笑,拿布巾沾了些热水,轻轻擦拭着脸上的尘埃。

"天瞳姐姐,这么些年你都去哪里了?"圆月好奇地问,"这次你会在村子里住多久?"

"许是一个月,许是两个月吧。"连天瞳跳过前个问题,直接答道。

"哦……"圆月脸上露出了失望的神情,"若你能长住下来就好了……那样村里就不会有那么多人枉死了……"

"枉死?"连天瞳放下布巾,问,"村里这些年发生了什么不好的事么?还有小泥鳅,他从小便身体健壮,怎的年纪轻轻便没了性命?"

圆月垂下了头,难过地说:"小泥鳅被人打伤,却无钱请大夫,没撑几天就……"

"谁打伤了他?"连天瞳皱眉问道,"半边村民风淳朴,村民们相处素来和睦,怎会生出这等事?"

"小泥鳅不是被村里的人伤到的。"圆月连忙摇头,随即气愤地说,"自打三年前咱们这儿来了个胡县令之后,半边村还有临近的所有村子便没有好日子过了。"

"县令?"连天瞳看着圆月,"他干了什么好事?"

"那个贪官,一上任便想方设法欺压百姓,巧立名目搜刮民财。我们世世代代一直种着的田地,被他硬说成是他家的祖业,除了逼我们年年向他缴纳不菲的租金之外,还故意加重赋税,害得我们苦不堪言。"圆月咬牙切齿地说着,"如果有谁交不出银子,他便罗织罪名将其抓入大牢处以重刑。小泥鳅因为死也不肯将给他娘治病的钱交给收租的衙差,所以被那伙恶徒当场打个半死……"

"简直无法无天!"钟晴用力一拍桌子,问圆月,"你们怎么不去告他呢?一个小小的芝麻官,把当自己当皇帝老子了吗?什么租金赋税的,是他想加就加的吗?"

"告他?"圆月苦笑,"听闻这个该死的贪官在京城里有个做高官的亲戚,也正因为仗恃着这个后台,此人才如此横行霸道。也曾有别村的人受不了如此欺压,跑去长安城里上告,可是人还没入长安,便被那胡贪官给抓住了。唉,我们半边村更不用说了,人丁本来就稀少,老幼妇孺又多,哪里惹得起他?可是最近几年,我们的收成很不好,交了赋税租金,几乎所剩无几,村民们有个病痛什么的,只能自己去挖一些草药回来食用,好些村民也就是因为得不到及时的医治才白白送掉了性命。"

"这些天杀的怎么这么坏?!"刃玲珑的脸本来就没有好气色,圆月一番话,气得她的小脸又白了一层。

"如此恶徒,杀千刀也不解气。"Ken攥了攥拳头,说,"如果遇到这个贪官,一定要好好教训教训他才行。"

"圆月劝公子还是不要招惹这种人了。"听Ken说要教训这个贪官,圆月立刻害怕地劝道,"这个贪官又狡猾又毒辣,如果他动了歪脑筋,圆月怕公子会吃亏呢。"

"我们吃亏?"钟晴得意地一笑,"放心,碰到我们,倒霉的肯定是他。"

钟晴的话并没有让圆月感到一点欣慰,在她的心里,这个贪官的势力真是比天还大。她叹了口气,忧心忡忡地说:"不久前那贪官又发了公文到村里,说什么近日渭河有泛滥之势,怀疑是有人触怒了河神,所以又要我们缴银子,说是用来置办祭祀河神的祭礼。之前已经派了衙差来过了,可是村里实在拿不出那么多银子,那贪官说再宽限我们几日,等到期限一过,他们又要到村里来了,唉……"

"祭祀河神?呵呵,如此荒谬的理由也能搬得出来。"连天瞳一笑,对圆月说道,"你们不必担心,待这伙人来了之后,我当会送他们一份大礼去祭河神的。"

"天瞳姐姐,你……"

圆月吃惊地望着她,不明白她的话里究竟藏了什么意思。不过看着连天瞳平静却笃定的神情,她心里的担忧似乎减少了一点。不光是她,也许整个半边村都因为连天瞳的回归而安心了许多吧。

说话间,苏老伯带着几个村民,端着大大小小的碗碟走了进来。

"乡野之地,都是些粗茶淡饭,各位莫要嫌弃。"苏老伯有些抱歉地对他们几人说道。

桌上的菜肴，热气腾腾，可是看来看去无非都是些叫不出名的野菜，只有摆在正中的盘子里，有几条小得不能再小的蒸鱼，是整个晚餐中唯一的肉食。

跟着端菜进来的一个小丫头，大大的眼睛直勾勾地盯着那几条鱼，不停地咽着口水。

这样的一桌饭菜，对半边村来说，已经是"盛宴"了吧？

钟晴突然觉得一点都不饿了，要是自己吃了这桌饭，就好像对不住乡亲父老似的。

几个人都没动筷子。

"大家怎么不吃啊？"苏老伯奇怪地问，旋即跺了跺拐杖，无奈地说，"莫非各位嫌菜色粗糙？唉，本来村里还有几只鸡鸭的，可惜昨日已经拿去市上卖掉，这已经是咱们村里最……"

"苏老伯误会了，他们是没见过这么好吃的菜肴，所以看傻了。"连天瞳忙打断苏老伯，率先拿起了筷子，对钟晴他们说道，"都愣着做什么？吃啊！"说完，她起身把盛着鱼的盘子端起来，走过去放到那个小女孩的手里，笑道："这个给你，端回家去吃吧。"

"天瞳姑娘，这可使不得。"苏老伯想阻止，"这是村民们专门给你们准备的。"

"我们几人目前在斋戒期间，不吃肉食。"连天瞳说谎不眨眼。

"啊？"苏老伯愣了愣。

小女孩端着盘子，欢天喜地跑了出去。

连天瞳笑了笑，回到桌子前，几个人你一筷子我一筷子跟野菜拼起命来，连倾城也吃得非常来劲。

钟晴这辈子头回尝到了野菜的味道，不过还好，没有他想象的那么难吃。

见他们吃得那么有滋有味，生怕怠慢了他们的苏老伯这才放宽了心。

嚼着在嘴里滚来滚去的野菜，钟晴再一次四下打量着这个他可能会住上好一段时间的地方，心头思量着，不知道在这个偏僻而贫瘠的村子里，又会发生一些怎样的故事。打从他一踏进这个村子起，心头就有种无法用言语表述清楚的感觉，总觉得前头有些什么东西在等待着自己一样。

怎么会有这样莫名其妙的感觉，天知道。

钟晴撇撇嘴，咽下了口里的野菜。

在半边村已经住了三天，钟晴别的没觉得，只觉得之前欠下的瞌睡账是还得差不多了。虽然这个地方偏僻而贫瘠，但总的来说环境还不错，尤其到了晚上，那才叫一个安静无声，实在是造就良好睡眠的绝佳温床。

另外，这里的村民们的确如连天瞳所形容的一样，男女老少都勤劳而和善，平日总是你来我往互相帮衬着，如果头上没有那个残酷欺压他们的贪官，这个半边村该是个令人羡慕的世外桃源才对。

坐在门前的一截树桩上，无所事事的钟晴晒着太阳，看着村民们来来去去，忙活不停。

按照连天瞳的计划，今天晚上，他们便要带上盘古斧去劈开阴阳界。一想到这儿，钟晴心里就阵阵发慌。这几天，其实他每晚都会静心调息，尽了最大努力想恢复自己的灵力，几番折腾下来，灵力虽没恢复多少，却因此而得到了一个很是清晰的感觉——自己的身体里，像是充斥着一股陌生的，且跟灵力类似性质的力量，时隐时现，游走在体内每一个细胞里，正因为它的存在，原属于自己的那股灵力一直被拒之门外，怎么也回不到以前的状态。

联想到自己之前的种种异常表现，钟晴不清楚那些行为的产生是不是跟自己身体内的"变异"有关，也不清楚这样的"变异"，对自己究竟是利还是弊。不过现在看来，这股力量似乎一直是对自己有好处的，至少在面对危险时，次次都是靠了它才化险为夷。但是，为什么每次这股力量一出现，自己就总是记不清楚或者完全不记得当时自己做过什么呢？唯一有印象的，就是清醒后残留在自己心上的剧痛，还有一丝掺杂着怨恨的愤怒。

顶着临近中午的暖阳，钟晴越想越混乱，自己身上究竟发生了什么？

"喂，你发什么愣呢？"Ken抱着一捆柴火站在他面前。

"没什么，享受日光浴而已。"钟晴眨眨眼睛，很难得地将自己的心事压了下来。

"洗日光浴洗成了一张苦瓜脸？"Ken一边把柴火堆到一旁，一边说，"是不是担心今天晚上的事呢？"

"有什么可担心的。"钟晴撇撇嘴，就是不肯承认他猜得没错。

拍拍身上沾着的碎屑，Ken看似随意说道："不要想太多了，不论遇到什么事，我一定会保你周全。"

"我又不是三岁孩子。"钟晴觉得他的话有些奇怪，"现在要保的是碧笙的周全，扯到我干吗？"

"呃……"Ken愣了愣，意识到自己话有不妥，忙改口道，"我是说保你们周全，你听错了。"

"喊，你还是多顾着自己吧，我才不需要别人来护着我呢。"钟晴甩了甩胀痛不已的脑袋，不领情地应了一句。

这时，连天瞳从前头的一处房舍里走了出来，身边跟着一个千恩万谢的中年妇人，在对妇人叮嘱了些什么后，她举步朝钟晴这边走了过来。

这几天，连天瞳做得最多的事便是给有病在身的村民们诊治，昨天更是一大早就去了村外的荒山上采药，直到天黑前才带着一大箩药草回来。

走到钟晴面前，她看了他一眼，问："恹恹无神，身子不适？"

"无什么神啊，我好得很！"钟晴一下子跳起来，夸张地扮出精神熠熠的模样，然后把目光定在连天瞳脸上，端详半晌，说："倒是你才要休息休息了，黑眼圈都出来了！女人，你也注意一下形象啊！替人治病也要顾一顾自己嘛，真是的。"

听起来是带着戏谑的指责，可是话里的关切，却是人人都听得出来的。

Ken垂眼一笑，说："我这几天也很累呢，砍柴烧火，还帮村民们修补房舍，怎么没见你慰问慰问我呢？"

连天瞳双颊一红，但马上又沉下脸，岔开了话题："尽顾着说些无用闲话，莫忘了今晚还有要事要办。"

说罢，她转身走进了自己的草屋，顺手关上了大门。

"我没眼花吧？"Ken不可思议地说，"她居然脸红了？你们两个……"

"这个……脸红又怎么了，真是少见多怪！"钟晴马上打断了他，没事人一样朝自己的房间走去。

Ken却不放过他，一把拽住他的胳膊，问："呵呵，你是不是喜欢上她了？"

"你，你说什么呢？"钟晴舌头一下子不利索了，"我什么时候喜……喜欢上她了？"

"那要问你啊。"Ken微笑着说。

"神经，没有的事！"钟晴甩开他的手，"这个女人又自大又孤僻，除了偶尔有那么一点点优点闪现之外，还不够资格吸引风流倜傥玉树临风的钟家少爷呢！喊，懒得跟你说了。"

讲完，钟晴逃似的跑进了自己的屋里，也"砰"一下关上了门。

"呵呵，口不对心。"Ken嘴角一扬。

但是，短暂的笑容一闪即逝，取而代之的是一声忧虑深沉的长叹。

入夜，弯月高挂，整个半边村都进入了沉沉的梦乡。

五个黑影，四大一小，在村子里蹑手蹑脚地移动着。

想到刃玲珑元气未复，连天瞳原本是打算让她留在村里的，但是她说什么也不放心，死活要跟他们一起来。磨了很久，连天瞳只得让她加入。

于是四个人加上一个倾城，趁着夜色，悄悄走出了村子。

尽管夜色深沉，又因为怕惊动了村里人而没有点火把，可是在连天瞳轻车熟路的带领下，几个人没费多大工夫便走到了一座十来米高的小山坡前。

半边村被远远甩在后头，爬上山坡，能清楚听到从不远处传来的阵阵波涛之声，想来白天见到的那条宽阔汹涌的渭河就在附近。

"这个山坡……"钟晴借着月光看着脚下这块连根草都不生的黄土坡，问，"你要从这里打开阴阳界？"

"是的。"连天瞳点点头，"昨日采药之时，我已然观察过了，此地最是合适。"

"是吗？"钟晴嗅了嗅鼻子，有些恼火地说，"我灵力不足，感应不出来这个地方的阴阳之气。反正你一定要确定才行！"

"不会有错。"连天瞳确定。

"对不起，有个问题我一直忘记问了。"Ken 听他们两个你一句我一句说得热闹，有些糊涂地问道，"你们说的阴阳界，究竟是个怎样的存在方式？听你们的口气，这个阴阳界像是到处都有似的。"

"你这个业余人士是肯定弄不清楚这个概念的，这么跟你说吧，"钟晴马上摆出专家的姿态，说，"冥界与人界其实是即平行却又有交叠的空间，两者虽然亲密，但是彼此间仍然有一条绝对的分界线，这条分界线既充斥着冥界的阴性力量，又充斥着人界的阳性力量，如铜墙铁壁一样阻止着妄想用非正常途径进入人界的鬼魂，或者从人界进入冥界的人类。这道墙壁就是阴阳界，它不是一个什么固定的有实体的地方，就像一个大大的结界一样，隐没在我们周围任何一个地方。而阴阳界所发出的阴阳掺半的特殊磁场，只有我们这些高级别的专业人士可以感应得到。"

"明白了。"Ken 恍然大悟，旋即又向连天瞳求证了一次，"就是这里了吗？"

连天瞳仰起头，闭上双眼像在空气中寻找着什么一般。

"把神斧拿出来吧。"很快，她睁开眼，对他们说，"我会以灵力让阴阳界的一部分显露出来，届时钟晴先执斧一试，若能劈开就最好，不行的话，再想办法合我们所有人之力，誓要将碧笙送进去！"

"师父……"刃玲珑走过去，拉住她的手，咬了咬嘴唇，"如果一定要加上其他人的力量才能让盘古斧奏效，有我上就够了，你……"

"玲珑！"连天瞳打断她，"我自有分寸。"

"哎，我说……"钟晴走到连天瞳面前，毫不犹豫地从自己的衣领下拉出了一直不曾离身的双子水晶，取下来不由分说地挂到了她的脖子上，装作满不在乎的样子说，"这是我老妈给我的好东西，大概有驱邪保平安的神奇力量。嗯，先借给你戴着吧。也许不见得有什么超级大的作用，不过，戴着安心一点！"

看着胸前这块晶莹通透、柔光流转、还带着暖暖体温的漂亮玩意儿，连天瞳顿时愣住了，两颊竟有些微微发烫起来。

而另外两个人，Ken 和刃玲珑，表情一个比一个吃惊。

"这个东西是你妈妈的？"刃玲珑回过神，上前一把揪住了钟晴。

"是啊。"钟晴实话实说，"也是不久前才给我的，不过只有这一块，不然也分给你戴。"

"钟晴！"Ken 恼怒地大叫了一声，一副想掐死他的模样。

"干吗？"钟晴不解地看着他们，"你们两兄妹怎么了？"

"你今年多少岁了？"刃玲珑又急急追问道。

"21 了呀。"钟晴挠了挠头，"怎么了，有什么问题吗？"

"21 岁了……"刃玲珑松开拽紧他的手，自嘲似的笑了笑，喃喃道，"我真是笨……早该发觉的……早该发觉的……"

"玲珑，你……"Ken 一步跨到刃玲珑身边，隔开她和钟晴，强作镇静地拉住了她的手臂，压低声音对她说道，"有什么事过了今晚再说！"

刃玲珑抬眼看着他，眼神前所未有的复杂。

移开黏在双子水晶上的目光，连天瞳定了定神，对钟晴说了声："多谢了，但愿它能带些好运来。"

"一定会的！"钟晴的注意力全在她一人身上，根本没有留意蔓延在身边的 Ken 兄妹之间的古怪气氛。

"倾城，你仔细看住四周，莫让任何事物干扰到我们！"连天瞳低头对脚边的倾城下了任务。

倾城当即低鸣了两声，马上跳到了山坡的另一边，转着脑袋到处扫视着。

"开始吧。"连天瞳看了看弯月的位置，"时间正好。"

钟晴点点头，慎重地从 Ken 手里拿过盘古斧，紧紧握在手中，只等那阴阳界一现形，就狠狠一斧劈下去。

连天瞳双手捏诀，指尖端端指向前方，在空气中画了一个八卦的形状，低念道："阴阳有界，示我真境！"

反复念了三遍咒语之后，那空气中本是看不到的八卦突然成了一个有形的实体，半黑半白间，耀出精光万丈，几乎照亮了半边天空。

紧接着，那方八卦突然一分为二，光芒弱了下来，匀速朝两旁退开，如同两块安在大门上的门把被人拉开了一般。而事实上，他们眼前的空气也真的像是一道透明的大门一般，在两块八卦分开到一定距离后，一片异景当即出现在他们面前——

半透明的，既有太阳一般的金色，又有深海一样的幽蓝，一块不断流动着这两种颜色的"墙壁"暴露在漆黑的夜空里，不过三米见方的一块，却处处透着震撼人心的力量，似乎在诏告世人，想要越过它，无疑痴人说梦。

"钟晴！"连天瞳见时机已到，对看得发呆的钟晴大喊一声。

"啊，收到！"钟晴马上回过神，咬了咬牙，举起手中的盘古斧，朝半空中一跃，大喝一声，朝已经露出了真面目的阴阳界劈了下去。

"噼啪"一声，钟晴只觉得双臂像过了高压电一样麻痹了。

如闪电一般的炸裂声从斧刃与阴阳界相接的地方爆发而出，强大的气流混合着金蓝两色的光束猛地反弹到了钟晴身上。

"哎呀！"

钟晴大叫一声，整个人被弹开老远。

见状，连天瞳和 Ken 赶忙跑过去把他扶起来。

"没事吧？"连天瞳急切地问道。

钟晴摇摇头："没事，只是被弹开了而已。这阴阳界果然坚固。"

重新走上前，探头一看，刚刚那一斧子，在阴阳界上连一点点痕迹都没有留下。

"看来得再来一下！"

钟晴朝手心里啐了一口，憋足一口气，举起斧子又猛砍了下去。

结果跟刚才并没有什么区别，只是他被弹得更远了些。

看着一连两斧都没有奏效，连天瞳皱紧了眉头。

"我还就不信了！"钟晴顾不得摔疼的屁股，一骨碌爬起来，定了定神，压上一身力气，再加上那恢复了一丁点的可怜灵力，冲过去又给了这面"墙壁"第三斧。

这回，在场的所有人都感觉到所站的地面连同四周的空气，都猛烈地抖了一抖。

再一细看，他们惊喜地发现盘古斧的斧刃居然已经嵌入了阴阳界之中，虽然只有浅浅的一点，但是足以鼓舞人心了。

钟晴还在用力将斧子往里头压，双臂剧烈地颤动着，早已满头大汗。

"太好了……他一定能行。"Ken 为钟晴捏足了一把汗。

正当他们满心以为事情已经成功了一半时，一只大手突然从阴阳界中伸了出来，出其不意地拽住了钟晴的手臂，稍一用力，便将他连人带斧甩了开去。

这突然发生的意外情况，众人还没反应过来，便听到一个男人的声音——

"何方妖孽，竟敢私闯阴阳界？！"

底气十足，声如洪钟。

话音未落，一个高大魁梧的身影竟从阴阳界中一穿而出。

黑脸虬髯，怒目圆睁，红衣黑靴，宽肩高耸，腰系一个硕大的酒葫芦，手执一把白折扇。乍眼一看，此人相貌虽丑，可那通身的正气与凛凛威风，却教人心生敬畏。

虬髯大汉扭头看了看刚才被盘古斧劈中的地方，一道小小裂纹清晰可见，当即暴跳如雷地吼道："可恶可恶，竟弄损了阴阳界！"

这个突然杀出来的怪人，越看越是眼熟。

"钟……钟……钟馗？"跌坐在地的钟晴，猛然想起了记忆中曾看过无数次的钟馗画像，惊得下巴都差点掉了下来。

"我的老天……"

Ken 和刃玲珑的惊讶比钟晴弱不到哪里去，谁会想到能在这里跟这位一直被说成是只存在于神话传说中的人物碰个正着呢？

连天瞳倒是一如既往地镇定，只是脸色比之前严峻了些。

面对这样一个与众不同威风凌厉的大汉，连倾城都退开了一步，连惯有的警告性的呜呜低鸣也没有发出。

钟家顶礼膜拜了上千年的老祖宗，竟然活生生地站在自己面前，真是件比天塌下来还要让人不敢相信的事。

听到钟晴叫出了自己的名号，钟馗更是气恼，一步跨过来，揪住钟晴的衣领，抓小鸡似的提了起来。

"既知道你爷爷的大名，还敢私闯我管辖的地界！"钟馗横眉大吼，又将黑脸凑近了些，在钟晴身上嗅了嗅，骂道，"混账东西，区区一个愣头小子，不好好做你的人，却跑来阴阳界捣乱，你可知你差些便犯下了滔天大错？"

钟馗声音奇大，几乎要震穿钟晴的耳膜，被钟馗紧紧揪住的衣领弄得他几乎透不过气来。

指了指自己的脖子，钟晴拼命挤出一丝力气对钟馗喊道："老……老祖宗，您老人家先放开我……快被您勒断气了……"

"钟馗上师，手下留情！"连天瞳急忙上前，恭敬地朝钟馗一拜，"今次私毁阴阳界，实属迫不得已，冒犯之处还望上师海涵！"

看着钟晴的脸已经憋成了茄子色，钟馗重重地"哼"了一声，撒开了手。

"你们几个黄毛小儿，今日若非本座巡游到此，阴阳界破，恶灵一出，怕是方圆百里都要遭殃了。"钟馗指着阴阳界上的"伤口"，怒斥道，"究竟因何要斧劈这阴阳界，可知会因此惹下大祸？说！"

"我的老祖宗，您老人家误会了！我们不……不是来搞破坏的！"钟晴等不及呼吸恢复顺畅，马上捂着喉咙跳了起来，站到比自己还高出半个头的钟馗面前，迫不及待地解释道，"我们是为了……为了救人啊！"

见钟晴这个从未谋面的人管自己一口一个老祖宗的叫着，钟馗更是火大，骂道："你这无知小儿，莫要同本座乱攀亲戚！快快将你们的企图从实招来！"

"我没有乱攀亲戚啊，我真的是你第 NNNN 代后人，钟馗啊！我是一不小心从一千多年以后的世界掉回来的，所以咱祖孙俩这才有幸碰到一块儿了呢！我还有个姐姐叫钟旭，她连名字都是仿着您老人家取的呢！我们钟家历代都以收服恶灵为己任，救过很多人呢！"心急的钟晴噼里啪啦把所有家底都抖了出来，还怕他不信，马上献宝似的把一直挂在脖子上的牛骨护身符拿了下来，举到钟馗面前，委屈地说，"喏，这可是您老人家传下来的东西呢！我们钟家的传家护身符！"

"钟晴钟旭？什么乱七八糟的……"钟馗听得一头雾水，但是见钟晴又说得言之凿凿，完全不像是在撒谎，于是皱着眉头，骂骂咧咧地把手朝系着红线的护身符伸去，想拿过来仔细瞧瞧，"这又是什么劳什子破烂？"

他的大手刚一触到护身符，一圈耀眼的红光当下便从护身符里跃出，钟馗手掌用力一握。

光灭了，可是他也觉察到掌中有些异样。

明明是一块实打实的牛骨牌子，可是，捏下去却同抓了一把空气没什么区别。

钟馗摊开手掌，却见护身符又好端端地吊在红线上头。

他心知有异，伸出一根手指朝护身符上戳了过去，结果是一穿而过，跟什么也没有挨到一样。

又试了好几次，不论他是抓是捏，那护身符就是看得见摸不着，似乎与他的身体是完全相溶的一般。

"怪哉……"钟馗一手捋着自己的大胡子，一手拿着折扇挠了挠头，转着眼珠，半晌，他大手一挥，怒气犹胜刚才，喝道，"罢了罢了，你们这群小儿莫弄出些小戏法来糊弄本座！什么后人祖宗的，本座没那个耐性同你们胡闹！还不快快言归正传！今日若不说个清楚，本座定不轻饶你们！"

看得出，鬼王钟馗绝对是言出必行之辈，如果不打通他这道关口，要送碧笙进冥界无疑是痴人说梦。

突然冒出如此强大的一个"障碍物"，众人顿时没了主意。

一番暗自思量，连天瞳计上心来。

她走到钟馗面前，将揣在怀中的小瓶掏了出来，说："不瞒上师，这瓶中，盛的是个十岁小儿的魂魄，我们大费周章要救的人，便是他。这小儿身世离奇，且委实堪怜，为了免他魂飞魄散，我们才棋出险着，只为送他入冥界。"

钟馗盯着她手中的白色瓷瓶，口气似乎放缓了些，问："身世离奇？说与本座听听！"

见自己的开场白有了点作用，连天瞳立刻不慌不忙地将发生在碧笙身上的种种事件言简意赅地向钟馗讲述了一遍。

听罢，钟馗"刷"一下打开了折扇，狠狠扇了起来，用他总是跟大吼似的大嗓门说道："一只畜生，倒赛过世上不少可恶之人哪。咳，如那对母子一般的可怜人，委实太多了。这人要使起坏来，比鬼使坏更难应付，可恨！可恨！"

"上师说得极是！"连天瞳趁热打铁，又说，"上师素来以诛邪救人为任，有悲天悯人之心，今日能得一见，实是我们之大幸，更是碧笙之幸！"

说到这儿，连天瞳突然单腿跪下，将手中瓷瓶高举过顶，恳切地说："望上师念在碧笙年幼可怜，请破例带碧笙入冥界吧！"

"这……"钟馗的黑脸上出现一丝犹豫之色，摇着扇子，似在考虑之中。

见钟馗没有马上答应，连天瞳灵机一动，故意说道："我们也知冥界之中上有冥王下有阎罗，所有人内的魂魄都要按规矩行事，若上师怕担下此事而被冥王怪罪，那……"

"呸！什么冥王阎罗，他们算个屁！管天管地管生管死，就是管不了你钟馗爷爷！"钟馗像是受了莫大侮辱似的，气冲冲地打断了连天瞳，一把拿过她手中的瓷瓶，说，"就将这孩子交与我吧，我去跟冥王那个老不死的说说，看看能不能寻个空缺让他投生去。若实在没有，就让他跟在我身边，当我干孙子吧！"

"上师大恩，没齿难忘！"连天瞳按住心头大喜，朝钟馗一连三拜。

这戏剧性的大转折，令所有人都大喜过望。

"起来吧。"钟馗伸手将连天瞳扶起，有几分赞许地看了他们几个人一眼，说，"你们这群小儿，虽是莽撞，但难得心性纯良。这回你们毁坏阴阳界之事，本座便不与你们计较了，但是切记，下不为例！否则闯下大祸，本座绝不轻饶！"

"知道了知道了，真是谢谢老祖宗啊！"钟晴感动得一把鼻涕一把泪，冲上去拽住钟馗的袖子说，"这回您老人家可算帮了大忙了！"

"你这小子，长得细皮嫩肉，哪里有我钟馗的风范！莫再叫我老祖宗了！"钟馗甩开他的手，目光却在他胸前的护身符上停留了好一会儿，而后他又盯着钟晴的额头看了半天，说，"不管你这小子是从何处冒出来的，遇到本座也是你的造化。提醒你一句，在你额间有道阴蓝之气，怕不是什么好兆头，你自个儿多加留意吧！"

"什么气？"钟晴不明所以地摸了摸自己的额头，"老祖宗你说什么呢？"

钟馗没有再理会他，顺手拔起了瓶塞，低念了一句咒语。

一个白色的光团，从瓶口飘出，缓缓落地，化成了一个忽隐忽现的小小人形。

双目紧闭，无知无觉，正是碧笙无疑。

见状，钟馗摇摇头，牵起碧笙的手，引着飘浮不稳的他转身朝阴阳界走去。

"哎！老祖宗您等等！"见钟馗就要离开，钟晴忙撵上去，对着钟馗大喊，"您可一定好好安置这孩子啊！还有啊，您老人家给留个联络方式吧，有时间一起去喝个茶聊个天什么的？"

钟馗停下步子，回手就是狠狠一扇子，敲得钟晴眼冒金星。

"终日只知吃吃喝喝，此等德性怎配作我钟馗的后人！"钟馗浓眉倒立，一脸恨铁不成钢的怒气，吼道，"此后不必再见，本座终日忙碌，哪里有闲工夫听你这小子乱弹琴……啊呀……不好……小鬼们今日要送酒来！晚了晚了，赶紧回去！"

说完，钟馗带着碧笙，"嗖"一下穿入了阴阳界。

"今朝且醉今朝酒，魑魅魍魉鬼见愁！哇哈哈哈！"钟馗豪爽的大笑从缓缓消失的阴阳界后传出，随着阵阵流过的夜风，慢慢隐去。

"喊，说我吃吃喝喝？"钟晴揉着脑袋，看着眼前已经恢复正常的夜景，愤愤不平地大叫，"你自己还不是屁颠屁颠喝酒去了！真是的！"

"如今我愿意相信你的确是钟馗的后人。"连天瞳呵呵一笑，"你们两人的脾性，真是如出一辙。"

"什么叫你愿意相信？我本来就是他的后人啊！"钟晴没好气地瞪了她一眼，又说，"哼，钟家人动不动就出手的毛病，铁定是他遗传的！"

连天瞳朗声大笑。

"不过有一点我不明白呢。"钟晴拿出护身符，"为什么老祖宗会触不到它呢？怪。"

连天瞳盯着他手里的小东西，摇摇头："兴许这东西本身就跟你的老祖宗有莫大的关联吧。可以与他本人相溶，除非这护身符里有他的精魄。你没见你老祖宗刚才的脸色么，我想他是知道这点的，只不过没有明言罢了。"

"是吗？家里没人告诉过我啊。"钟晴半信半疑，又看了看，把护身符揣进怀里，说，"算了算了，我祖传的东西，肯定是不会害我的，不管那么多了。"

连天瞳笑笑，拾起落在一旁的盘古斧，走到倾城身边，附耳对它说了两句话。

她刚一说完，就见倾城呼哧呼哧地点了点头，马上在原地转了个圈，一片金光闪过，它又化成了那只金毛巨兽，大嘴一张，从连天瞳手上衔起盘古斧，羽翼一展，冲天而起，转眼消失在漆黑的夜空中。

"你这是干什么？"钟晴不解地望着天。

"我将盘古斧交给倾城收藏，此物太过霸道，除非必需，否则还是少在世间出现为妙。"连天瞳如是说道。

"哦。"钟晴点点头，见识过此斧厉害的他对此没有任何异议。

别的不说，拜今夜这番可以称得上"奇遇"的经历所赐，总算有惊无险地妥善解决了他们最大的一块心病，从现在起，总算可以彻底轻松下来了。

走在回半边村的途中，一路上都听到钟晴聒噪个不停。

"你们说啊，要是碧笙不能投胎，跟在我家老祖宗身边，搞不好将来也能成个有用之才呢！"

"有可能吧，也许成就在你之上，因为碧笙似是比你聪明一点点。"

"你这个女人，又损我！我什么时候不聪明了？哎……等等，老祖宗是不是说过要收他当干孙子啊？那……那他辈分不是比我还高？这怎么行！"

"碧笙本就比你年长一千多岁，作你长辈有何不可？"

"开玩笑！那怎么行！不成，下次如果还有机会见到老祖宗，我一定要他打消这个念头！"

"呵呵……"四个人中，一直只听到钟晴跟连天瞳在一唱一和。Ken和刃玲珑，与往日有些不同，在这个大事已成本该轻松相对的时刻，却由始至终都没有说一句话，只是偶尔附和着钟晴他们笑两声，而Ken不时看向刃玲珑的眼神，竟是带着一丝戒备与警惕。与钟晴他们的兴高采烈相比，这兄妹俩的表现实在耐人寻味。

当看到半边村村口那块大石头时，月儿还高悬在空中，静谧如初的村子漆黑一片，村民们还沉于梦乡之中。

放轻了脚步走回自己的住所，连天瞳对钟晴说道："好好歇息去吧，碧笙的事已有了圆满的结果，总算不必再挂心了。"

"是啊是啊，这下可以睡个安稳觉了，那个倒霉石家给我们招来的事，算是到头了。"钟晴打了个呵欠，"不行了，困死了，我睡去了。"

"哎！"连天瞳叫住了准备进屋的他，取下挂在脖子上的双子水晶，递到他面前，"借我的东西，还你。"

钟晴低头看了看，挡开她的手，说："我看你近来运势比较差，这块水晶或许能帮你挡挡煞，再借给你戴戴吧。"

"这不是你传家的东西么？"连天瞳看着手中漂亮异常的晶体，"怎能……"

"让你戴着就戴着吧！"钟晴瞪她一眼，转身伸着懒腰，大步流星走进了屋去。

"这小子实在……"Ken盯着钟晴大大咧咧的背影，摇头一笑。

捏着双子水晶，连天瞳轻轻咬了咬嘴唇，转过身朝她们的草屋走去。

经过刃玲珑身边时，见刃玲珑还呆站着，眼睛直直地盯着钟晴他们的房间，连天瞳喊了一声："玲珑，还不进屋休息？"

"啊！哦！"刃玲珑这才醒过神来，又看了Ken一眼，这才快步跟着连天瞳进了屋子。

看到她们关上大门，Ken脸上神情复杂，又呆站了一小会儿后，才返身进了屋里。

此时，钟晴已经舒服地钻进了被窝，解决了一个大问题，心情一松加上疲惫不堪，在 Ken 进屋时，他已经睡得呼噜不断了。

走到钟晴床前，借着窗外透来的一缕月光，他端详着他香甜的睡脸。

"你这个家伙，怎么就把我的话当耳旁风呢……这么一来……她一定不会放过你……"

Ken 喃喃低语，坐到窗下的椅子上，全无睡意。

在连天瞳她们的房里，两个女人都没有入眠的意思。

连天瞳点着了桌上的油灯，坐下来，将双子水晶提到灯前，嘴角挂着一抹浅笑，支着下巴，轻轻晃动着水晶的挂绳，水透大眼入神地盯着这个在灯光下更显光彩的小东西。

"你动心了？"她背后，突然传来刃玲珑冷冰冰的声音，"难道你真的相信那则预言？"

似乎被破坏了好兴致般，连天瞳嘴角的笑容顿时消失不见，她手指一拉，一把将水晶抓到了手里，头也不回地说："无谓相信与否，事实便是事实，你自己不也看得很清楚么？"

"可是……"刃玲珑走过来，坐到她身旁，"我并不以为他值得你去……"

"我做事向来不考虑值得与否，只照我的心意去做。"连天瞳脸上有了一丝不悦，转过头，看着刃玲珑，"若你非要同我论及值得不值得，那就得先问问你自己。仅仅一面之缘，便甘心花去两百年时间在一个人身上，你又得到了什么？"

"我……"她一番话，不偏不倚刺中了刃玲珑的痛处，紧抿着嘴唇，良久，她才缓缓说道，"跟在他身边，就是种幸福……两百年时间，这样的感觉从未消退过。"

"那不就够了么，还有什么可计较的呢？"连天瞳放缓了口气，"说起来，这么多年来，我从未想到出现在我眼前的，会是这样一个人。呵呵，看起来一无是处的家伙……"

"姐姐……"刃玲珑突然不再称呼她为师父，略一犹豫，问，"如果他死了，你会伤心么？"

连天瞳眉头一皱，不假思索地答道："会。"

"为什么会这样？！"刃玲珑竭力稳住自己的情绪，"你才认识他不久啊……难道那几句所谓的'预言'对你影响那么大？！"

"当你面对足以致命的一击时，有个人毫不犹豫挡在你面前……"连天瞳淡然一笑，看定刃玲珑的眼睛，"若你也遇到同样境况，或许你便能明白我的心意了。"

不管怎样，他救我于万劫不复，却是不争的事实。单就这一点……"

"单凭这一点你就想以身相许么？"刃玲珑噌一下站了起来，看一个陌生人一般看着连天瞳，"姐姐，这一点都不像你了。"

"是吗？"连天瞳垂下长长的睫毛，不以为然地说道，"当你重新回到我身边的那一刻起，表面看来，你与从前并无二致。但是我知道，你已经不是以前的你了，封上了自己的心，连我都拒绝在外。我却从未问过你原因，也从不问你两百年来究竟发生了什么，只等你自己来告诉我……你与我，究竟是谁变了？"

"姐姐……我……我……"刃玲珑痛苦地抱着自己的头，泪水夺眶而出，"我只想要他好好活下去而已……"

见她痛苦至此，连天瞳站起身，扶住她的胳膊，问："究竟发生何事？"

刃玲珑死命地摇着头，任泪水横流。

过了不知多久，她抬起红肿的双眼，紧紧拉住连天瞳的手，一咬牙，道："姐姐，不要问我了，这件事，我自己会去处理。"

"你要……"连天瞳一愣，想了想，旋即释然道，"也好，你的事，自己看着办吧，我不再过问。"

闻言，刃玲珑一把抱住连天瞳，在她耳畔喃喃道："姐姐……对不起…"

连天瞳一笑，轻抚着她的背："傻丫头，跟我说对不起做什么。你也累了，早些休息吧。"说完，她拍拍刃玲珑的肩膀，转身朝里屋走去。

"姐姐！"刃玲珑叫住了她，说，"不去河岸处看看么？预言只看过上半阙而已，后面写的……"

"我并未忘记。"连天瞳回眸一笑，"过几日便去看看这下半阙。"

"嗯。"刃玲珑牵强地笑了笑，看着连天瞳的背影，她擦去挂在腮上的泪珠，用低得几乎听不到的声音说道，"原谅我……姐姐……无论我以后做了什么……那只是迫不得已……"

熄灭了油灯，刃玲珑独坐在一室黑暗中，望着窗外的夜色，搁在桌上的双手，渐渐攥成了拳头。

翌日早晨，红日高悬，正忙着跟周公开会的钟晴被外头传来的嘈杂之声惊醒。

而在椅子上坐了一夜的 Ken 也在这时睁开了假寐的双眼，回过头，警觉地朝窗外看去。

"出什么事了？那么吵？"钟晴坐起来，一把掀开被子，走到 Ken 身边，撑在窗口向外张望，边看边奇怪地问，"你一大早就坐在窗子下头发什么愣呢？"

"嗯……我昨晚失眠，所以坐这儿喝杯茶。"Ken 顺手拿起手边空空的茶杯，搪塞过去。

"我睡不够，你却失眠，你们神仙的精神就是比人类好啊。"钟晴撇撇嘴，旋即指着外头说，"咦？好像来了几个穿衙差衣服的人？"

"是啊……"Ken 眉头一皱，"不太对头，他们好像在动手打村民！"

村子中间的空地上，停着一顶官轿。轿前，隐约可见一大群村民将四五个衙役打扮的男子围在中间，有的拉手有的抱腿，奋力阻止这几个人雨点般落在一名已经倒在地上的男子身上的拳脚。

"官爷饶命啊！"

"求求你们别打了！"

"官爷您就放我们一条生路吧！"

男男女女带着哭腔的哀求，还有小孩子的号啕大哭，打破了半边村惯有的宁静。

钟晴和 Ken 赶忙打开门冲了出去。

刚刚跑到人群之外，他们便听到有人趾高气扬且凶神恶煞地宣布："你们这群人好好听着，胡大人有命，今日你们半边村有哪户人家胆敢不交祭礼的银两，不论男女老幼，统统抓回县衙问罪！胆敢阻挠我们办差的，就跟地上这个不知死活的一样下场。"

钟晴朝人缝中一看，发现躺在地上奄奄一息的人，正是那个叫大牛的青年男子，脸上青一块紫一块，鼻孔和嘴角都朝外淌着血，一看就是被人下重手打的。

这时，站在轿子一旁作狗头军师打扮的人掀起了轿帘，一个官袍官帽矮胖如冬瓜的小胡子从轿子里头走了出来，站到村民面前，摸着自己的八子胡，阴阳怪气地说："昨儿个其他几个村的村长已经主动将礼钱送到了衙门，就只有你们半边村，根本不将本官放在眼里！告诉你们，今儿本官亲自到此，就是要好好督促督促你们这些刁民！李师爷！"

"是，大人！"那个瘦得跟竹竿一样的师爷走上前，拿出个账本一样的东西，沾了点唾沫，哗啦哗啦翻开，看定其中一页，大声念道，"半边村，共计人丁三十三口，十四户，按每户十两银子，该村共当上缴河神祭礼一百四十两整。"

"胡大人您高抬贵手啊！"苏老伯让圆月搀扶着，走到那胡大人面前，颤颤巍巍地跪了下来，举着手里的粗布包袱说，"我们将所有能卖的物事都卖了，只凑够了这二十两，大人您就勉为其难收下吧，村里再也拿不出一文钱了呀！"

看到这儿，钟晴突然想起了前些天圆月说的话，顿时明白了这伙人的来历，咬牙道："原来那就是那个杀千刀的贪官，哼，这么快就来了！"

"来得正好。"连天瞳不知道在什么时候站到了他们两人的身边，看着那群不怀好意的恶人，冷冷一笑。

"咦，你来啦？"钟晴被突然冒出来的她吓了一跳，看看她身边，随口问了句，"那个妖精跟屁虫怎么没过来帮忙？还在睡大觉吗？"

"我醒来时她已不在房里。"连天瞳答道，旋即拨开人群，朝前走了几步。

知道刁玲珑一早就没了踪影，Ken心里顿时不踏实了。

这边，那胡大人搭下眼皮瞟了苏老伯递上来的银子一眼，没说半个字，直接就是一狠脚，踹到苏老伯心口上。

"爷爷！"圆月惊叫一声，扑过去扶住重重倒在地上的苏老伯。

"哼，区区二十两银子也敢拿到本官面前？！"胡大人一脚踢开散在自己脚下的碎银子，指着苏老伯说，"苏老头，你给本官听着，你是半边村的村长，本官不管你是卖儿还是卖女，再给你三日时间，要还是交不出那一百四十两银子，本官先拿你问罪，再将你们这小小村子夷为平地！"说罢，他低下头，绿豆眼在圆月身上扫来扫去，奸笑道："你这孙女长得倒还水灵，若送去翠红楼，兴许能换回些银两。"

"你……你……"苏老伯捂着心口，又气又急。

"嘿嘿，不如就让本官代劳吧。"胡大人走了过去，俯下身，把手朝圆月脸上伸去。

"爷爷！"圆月又惊又怕，拼命朝后缩着身子。

但是，胡大人的爪子还没挨着圆月的边，整个人就被一拳打飞了去。

"你这个死矮冬瓜，居然对个老人下这么重的手！还敢非礼未成年少女？"钟晴举着拳头，一手指着跌坐在地上捂着右眼哀号不停的胡大人，厉声骂道，"你敢再对这里任何一个村民动手动脚，你钟爷爷马上扒了你的皮！"

"你……你……"被打懵了的胡大人被手下人手忙脚乱扶了起来，缓过神来的他当即忍痛大骂，"哪里来的恶徒，竟敢伤害朝廷命官！来人哪，给我统统拿下！"

这一声令下，在场的所有衙差立刻一拥而上，将钟晴围在了中间，重拳飞脚，纷纷朝他而去。

"自讨苦吃！"Ken摇摇头，从人群中跳出去加入了战斗。

虽然是有过专业训练的"职业打手",但是在钟晴他们面前,这几个衙差不过是几个空有一身蛮力的莽汉而已,哪里是他的对手。

三两个回合下来,衙差们鼻青脸肿地歪倒一片。其中,好几人的门牙在打斗中失了踪影,捂着流血的嘴巴"哎唷"直叫,正正是那如假包换的"满地找牙"之景。

钟晴拍拍衣服上的尘土,轻蔑地看着这些手下败将,说:"就凭你们这几个三脚猫,也敢在你钟爷爷面前耍横?瞎了你们狗眼了!哼!"

见自己的手下转眼就成了几堆无用的烂泥,那胡大人顿时抖如筛糠,小绿豆眼里再也瞧不见一星半点的霸道狂妄,挤在竹竿军师的身边,是进也不敢退也不是。

Ken走到胡大人面前,俯视着这个身高还不到他胸口的贪官,笑道:"一早就听说过胡大人的威名,今日一见,果真名不虚传!"

"你……你这大胆刁民……想……想对本官如何?"胡大人被Ken的笑容弄得阵阵发毛,不停朝同样一脸恐惧的师爷身后缩,仅凭一张硬嘴拼命保持着身为"父母官"的那最后一点官威。

"想对你如何?"钟晴听了,嘿嘿一笑,朝自己拳头上吹了口气,"你说呢?"

"你们……你们……"眨巴着已经是乌青一圈的眼睛,胡大人盯着钟晴的大拳头,战战兢兢地大吼,"本官是朝廷命……命官,你们敢以下犯上,那……那便是死罪!本官奉命祭祀河神,要是因……因你们几个耽误了祭祀之事,河神一怒,后果非……非同小可,你们可担待不起!"

"放屁!"钟晴啐了一口,把拳头攥得咯咯直响,呵斥道,"什么河神海神,就是你们这些该死的贪官搞得百姓民不聊生,收拾了你们,比祭什么神都有用!"

"钟晴!"确认苏老伯的伤势并无大碍后,连天瞳起身走到钟晴身后,叫住了马上就要拿胡大人开刀的他,"且慢动手,我还有些话要同胡大人说。"

"哦?"钟晴收回了拳头,狐疑地看着面无表情的连天瞳。

"胡大人口口声声说要祭河神,"连天瞳走到胡大人面前,"不知大人收了这么些用作祭礼的银子,究竟打算以何种方式祭河神呢?"

"这……"胡大人眼珠一转,压下心头的惊恐,理直气壮地说,"只要备齐礼金,当即购入牛羊牲口各一百匹,本官早已找了得道高人,届时开坛作法,平息河神之怒,以求来年风调雨顺!你们,你们若耽误了祭祀的好时辰,今后必定天灾不断!"

"仅有牛羊,只怕河神不肯赏脸啊。"连天瞳冷笑,扭头对钟晴他们说道,"把这群人统统带到渭河边去。"说罢,她又对胡大人微一躬身,狡然一笑:"就让我来为大人示范一下，如何才是祭祀河神的有效之道。"

"没问题！"钟晴一手一个，分别揪住了胡大人和师爷的后衣领。虽不知道连天瞳究竟要做什么，但是他肯定她绝对不会给这伙人好果子吃。

在村民们的簇拥下，一行人押着已经如秋后蚂蚱一般的胡大人和他的衙差们，来到了汹涌如初的渭河河畔。

连天瞳看了看眼前浊黄一片的河水，走到那几个衙差面前，抬头问旁边的村民："这些人中，可有动手伤过半边村村民性命的？"

"有！"

"就是中间那个大胡子，还有旁边那个八字眉的！"

"小泥鳅就是被他们活活打死的！"

"就是他们，我们亲眼所见！"

村民们怒声一片。

连天瞳将目光锁在村民们所说的那两个恶贼身上，笑了笑，转头对胡大人说道："大人，要祭河神，活人才是最好的祭礼，尤其是心肠歹毒之人，尤对河神胃口。"

"你……"胡大人惊恐地看着她，上下两排大黄牙齿不停打着架。

连天瞳吸了口气，独自走到前头，对着这条波涛骇人的大河，双手合十，大声说道："渭河之神，今有半边村村民送上丰厚祭礼，但求风调雨顺。若肯笑纳，请速速示现真容！"

话音刚落，她闭上双眼，口中低念而出的声音被轰轰的水声掩盖得一干二净。

众人正疑惑间，眼前的渭河突然起了变化——

一直汹涌向前的河水突然改了方向，以连天瞳所对的位置为中心，一圈一圈绕成了一个巨大无比的漩涡，而一股从河心冲出的青黑之气，竟在河面上形成了一张模糊的人脸，眉目不分明，只有一张大开的嘴，尤为引人注目。

此时，那轰隆的水声似乎也变了调，越听越像是一个人厚实而狂放的笑声，震得在场所有人的心都在跟着打颤。

如此突如其来之景，众人看得呆若木鸡。

睁开眼，连天瞳对钟晴他们说道："河神已现，莫让他老人家久候，还不动手扔那两人下去？"

"啊……"钟晴回过神来，和 Ken 一道，一个抓住大胡子一个抓住八字眉，拖着两个恶徒快步朝河边走去。

"大侠手下留情！饶命啊！饶命啊！"两个衙差早已被吓得屁滚尿流，一边挣扎一边讨饶。

"当初你们对一个十来岁的孩子下手之时，可曾想过手下留情？"连天瞳冷冷看着被钟晴他们拖到面前的两个衙差，"杀人偿命，这是你们应得的下场。"

"没错！"钟晴拽住大胡子，"你们这群目无王法作恶多端的家伙，死有余辜！"

眼见自己就要葬身鱼腹，那大胡子和八字眉不知道哪里来的力气，竟然挣脱了钟晴和 Ken 的钳制，八字眉顺手从地上捡起一块棱角分明的石块，大胡子更是从自己的官靴之中抽出了一把锋利的匕首，两人猛地朝钟晴和 Ken 扑了过去。

Ken 眼疾手快，瞅准了来向一把打掉了八字眉手上的武器，旋即重重一拳击在他的心口上，打得八字眉连退十来步。

那边，多亏钟晴闪得快，大胡子的匕首只是割破了他的衣袖。气极的钟晴回身就是一个漂亮的连环腿，正中大胡子的脑袋。

中了这这一踢，大胡子当下就如一个毫无还手之力的沙袋似的，朝后飞开了去，恰好撞在了刚刚在河堤边上稳住了身子的八字眉，两个人惨叫一声，双双栽进了渭河之中。

两朵水花溅起，很快落下，偌大的河面上，再无这两个恶徒的踪迹。

这时，河心那张人脸，也嗖一下隐入了那漩涡之中，片刻之后，渭河又恢复了之前的样貌，半点异常都没有留下。

"活该！"钟晴拍拍手，探头看了看河面。

连天瞳走回到胡大人面前，满意地说道："大人可看到了，河神已经收下我们的祭礼，想必将来不会再为难此地百姓了。"

胡大人"扑通"一声瘫坐在地上，面如死灰，哆嗦着嘴唇，连一句完整的话都说不出来。

见状，连天瞳脸色突然一变，厉声道："仔细听好了，从今以后，如若再敢踏入半边村一步，你便是下一个祭礼。我保证！滚！"

"是是！"胡大人一听，马上从地上爬了起来，第一次大概因为腿软，没能站起来，一连试了三次，才在竹竿师爷的搀扶下跌跌撞撞地站了起来，和剩下的那三个衙役一起，跟跟跄跄地逃离了此地。

看着那伙人狼狈的背影，被欺压已久的村民们顿时欢呼雀跃。

"痛快！看那个贪官以后还敢不敢欺负我们！"

"太好了，总算有安稳日子可以过了！"

"天瞳姑娘和两位公子简直是天神下凡，是我们半边村的大救星啊！"

面对村民们千恩万谢的表现，钟晴哈哈大笑，摸着脑袋大声说："没什么没什么，收拾这些龌龊家伙是我的爱好，大家别放在心上啊！哈哈。"

一个小男孩子走到连天瞳身边，天真地问："姐姐，那两个坏蛋真的被河神吃掉了吗？真的有河神吗？"

连天瞳一笑，拍拍他的头，对议论纷纷的村民们说道："刚才我只是使了一点小小的障眼法而已，根本就没有什么河神，都是那姓胡的编出来讹诈钱财的谎话罢了。已经没事了，大家都回去吧，我想这个贪官以后是不敢再来半边村造次了。"

人群先是一阵沉默，旋即又爆发出一阵被彻底解放的欢呼。

不管有没有河神，面前这几个人，一定是上天派下来搭救苍生的神仙。

喜极的村民们个个都这么想。

回到村里，已近中午。

刚一走到村口，便看到一早上没瞧见踪影的倾城从那块大石头上跳了下来，直扑到连天瞳脚下，用力摇着尾巴。

"哈哈，这个小狗真是通人性，对主人真亲昵呢。"

心情大好的村民们一面称赞着倾城，一面高高兴兴进了村子忙活午饭去了。

待他们都离开了之后，连天瞳抱起倾城，问："找到她了吗？"

倾城唧唧叫了两声，搭下尾巴，晃了晃脑袋。

"这个丫头，一声不吭跑去哪里了。"连天瞳放下倾城，皱眉低语。

"你让倾城去找玲珑？"Ken心下一动，忙问，"怎么样，有线索了没有？"

连天瞳摇头："倾城找了一上午，没有她的下落。"

"怪事。"钟晴不解地说，"这个小妖精发什么疯呢，招呼不打就闪人，这儿附近除了山就是河，没什么好玩的地方啊。"

Ken咬了咬牙，说："不行，我得去找找。"

"玲珑那个丫头，向来贪玩无分寸，待她疯够了，自会回来。"连天瞳叹口气，"不必太过担心，她会照应自己。"

"这……我还是不放心。你们先回去吧，我去找找。"Ken想了想，还是转身就走，刚走了一步，又回头对连天瞳说，"钟晴交给你了，帮我看好他，最好不要让他离开你的视线！"

连天瞳愣了愣。

"喊，我又不是犯人！"钟晴不满地嘀咕了一句，然后又冲着 Ken 的背影喊道，"哎！要不要我跟你一起去找她啊？"

"好好待在村子里！"Ken 远远扔回来一句。

"去玩也要跟我们说一声嘛，这小妖精真是的，害得人满世界找她。"钟晴气呼呼地说，但是，气归气，他到底还是有点不放心，又说，"咱们还是一起去找找吧？她一个女孩子，这附近又那么荒凉，万一遇到什么事，我怕她应付不来。"

"她若有心躲藏，谁也找不到。"连天瞳颇无奈地说，"算了，由她去吧。"

"可是……"钟晴看着身后一片空荡荡的风景，又看看连天瞳，说，"你好像一点都不担心呢。"

"我说过，她能照应自己。"连天瞳不以为然地朝村子里走去，走了几步，她突然停下来，说，"我看我们还是去办另外一件事吧。"

"什么事？"钟晴看她两眼带光，不知又想到了什么鬼主意。

连天瞳踮起脚，在他耳边嘀嘀咕咕一阵。

"哈哈，好啊好啊，这个主意我双手双脚赞成啊！"钟晴跟中了大奖一样，顿时兴奋起来。

连天瞳一笑："待回村把路线问清之后，立即动身。"

"没问题！"钟晴打了个响指，嘿嘿直笑。

回到村里，二人没有逗留多久，找苏老伯问了些事情之后，便带着倾城匆匆出了村。

对半边村来说，今天无疑是比过节还高兴的一天。

村民们纷纷拿出自己家仅剩的米面蔬菜，做了满满一大桌饭菜摆在苏老伯家里，想以此感谢连天瞳他们。可是，从中午等到天黑，桌上的菜凉了热，热了又凉，却始终不见他们四个回来。

"他们出去快一整天了，怎么还不回来？"此刻已近深夜，已跑去村口看了无数次的圆月，守着一桌冷冰冰的菜肴，有些焦急地对一旁的苏老伯说，"他们不会有什么事吧？"

"唉，不知道哇，他们都是有本事的人，怕不会遇到什么危险吧。"苏老伯咳嗽了几声，面带忧色地说，"我只怕又跟十年前一样，不辞而别啊。"

"什么？他们才来了几天而已……不会的,他们不会不辞而别的。"圆月站起身，走到自家大门努力张望，生怕被她爷爷给说中了。

"丫头啊，你且坐下耐心等着吧。他们若真要离开，你纵是把眼睛望穿，他们也……"

苏老伯话没说完，就听圆月惊喜地喊了一声："哎呀，是他们，天瞳姐姐他们回来了！"

话音未落，她已经冲出了门去。

圆月的确没看错，连天瞳和钟晴还有倾城，沐着一身月光回到了半边村里。他们的背上，一人背着一个大大的包袱一般的东西，很是沉重的样子。

"天瞳姐姐，钟公子！"圆月高兴无比地朝他们跑了过去。

"圆月，怎么这么晚还不睡？"连天瞳看她大半夜还在外头，奇怪地问道。

"大家准备了一桌饭菜感谢你们，可是等了许久也不见你们回来，圆月还以为你们不回来了呢。"圆月拍了拍胸口，说，"现在可好，总算把你们盼回来了。"

"哈哈，傻姑娘，我们怎么会不告而别呢。"钟晴拉了拉背上的包袱，随即神秘兮兮地说，"我们是去给你们找好东西回来了。"

"哦？好东西？"圆月睁大了眼睛。

"呵呵，进去你家再说吧。"连天瞳笑了笑，对钟晴说，"把东西直接拿到苏老伯家去。"

"好的。"钟晴点点头。

回过头，连天瞳又对已经打了N个呵欠的倾城道："倾城，你先回屋睡觉去吧。"

倾城一听，摇了摇尾巴，得了大赦令般一溜烟没了踪影。

连天瞳笑着摇了摇头，几个人一起快步朝苏老伯家走去。

一进家门，圆月就迫不及待地喊道："爷爷，天瞳姐姐他们回来了！"

"哦！回来啦？"苏老伯赶紧拄着拐杖站了起来，"可算回来了，你们这一整天做什么去了？大家生怕你们有事啊！"

把背上的包袱放到地上，连天瞳赶紧走过去扶苏老伯重新坐下，嗔怪道："不是嘱咐过您要卧床休息么，胸口上那一脚虽然无碍，可是您年事已高，还是多多保重为妙。"

"只要看到你们平安在眼前,纵是拆了我这把老骨头也无妨啊。"苏老伯摆摆手,问道,"天瞳姑娘啊,你们究竟是去……"

"嘿嘿,苏老伯,您看这个!"钟晴打断了他,把身上沉甸甸的包袱放到苏老伯脚前的地上,"刷"一下打开,说,"当当当当!看!"

一团耀花人眼的金光银光从苏老伯和圆月眼中划过——

包袱里,不是别的,竟是一大堆金条元宝,珠玉首饰,闪闪发亮,惹人垂涎。

连天瞳走过去打开她的包袱,里面也是相同的内容。

"天哪……"对着这两堆算不出价值的财宝,圆月傻眼了,"我一辈子都没见过这么多……"

"这个……这个……"苏老伯使劲揉着自己的眼睛,惊得不知说什么好。

"你们别把嘴巴张那么大嘛。"钟晴拿起一块金条在手里掂着,笑道,"这些都是我们从那个胡贪官家里偷出来的,那家伙,真刮了老百姓不少油水呢。"

"胡……胡贪官?"苏老伯想了半天,这才缓过神来,说,"我说你们白天怎么问我那贪官的家在何处呢,原来你们是去……"

"呵呵,取之于民,用之于民。"连天瞳笑了笑,"这些钱财本来就是你们的血汗钱,苏老伯,就由你做主,把这些分给村子里的人吧。我想这些钱足够让你们过上好些年安稳日子了。"

"这,这如何是好?如何是好?"苏老伯不安地搓着自己的衣角,显然对这笔突降的丰厚财物一点心理准备都没有。

"这算是我们这几个白吃白住的家伙送给村子的一点礼物罢吧。"连天瞳看出苏老伯的局促不安,说,"苏老伯不必介怀,安心拿去用吧。"

"就是就是,不用白不用,否则就是便宜了那个贪官!"钟晴从包袱里拣了一只通透翠绿的玉镯出来,看了看,塞到了圆月手里,笑道,"拿去,这个适合你们女孩子戴。"

圆月呆呆看着手中这个以前想都不敢想的漂亮镯子,不敢相信地说:"这个……给我?"

"是啊,不喜欢吗?"钟晴奇怪地问,"女孩子不是都喜欢这些首饰什么的吗?"

"不是不是,钟公子误会了。"圆月连连摆手,生怕他误会,"圆月太喜欢了……太喜欢了……这么漂亮的镯子。"

"哈哈,喜欢就戴上吧,这些天你忙着帮我们打点那些琐事,也没什么可感谢你的,就借花献佛啦。"钟晴大方地说。

"嗯！"圆月欣喜地把镯子套在了自己雪白的腕子上，"圆月谢谢钟公子了！"

"好了，时候不早了，你们也早些休息吧。"连天瞳把包袱拴好，起身示意钟晴该离开了。

她刚一起身，那边一直没说话的苏老伯突然"扑通"一声跪在了地上。

这一跪，吓了正要离开的二人一大跳。

"苏老伯，你这是做什么？"连天瞳忙蹲下来扶住他。

"哎哎，苏老伯你跪我们干吗呢？"钟晴也赶紧蹲下来，要扶他起来。

"你们别扶我，让我把话说完。"苏老伯死也不肯起来，看定他们说道，"半边村不知道前世积了什么福，竟遇到了你们这些神仙下凡似的人物，数次救我们于水火。老朽无以为报，只能磕几个响头，以表感激。"

"苏老伯，此话言重了。"连天瞳阻止了硬要磕头的老人，说，"当年天瞳在半边村，也得了村里人不少照顾，该说感激的是天瞳才是。快快起来，否则天瞳要生气了。"

"就是就是，我们现在住在村子里，也算是半边村一分子嘛，出手帮村子做些事也是应该的。"钟晴扶住苏老伯的胳膊，"您老快起来吧，要是跪我们，我们会折福的呢！"

拗不过他们，苏老伯只得站了起来，皱纹密布的脸上已是泪水横流，喃喃道："你们呀……简直是菩萨转世……菩萨转世啊……"

"圆月，把东西收好了。"连天瞳扭头对圆月说道，"扶你爷爷去休息吧，我们先回去了。"

"好，我送你们。"

圆月正要挪步，却被连天瞳阻止了："你也早些休息吧，我们自己回去便可。"

说罢，她跟钟晴一道出了苏老伯的家。

走在回自己屋子的路上，钟晴似乎还在回味白天的"伟大事迹"。

"啧啧，没想到偷东西这么过瘾啊。还好有倾城这个搬运工啊，不然那么远一段路，带那么重的东西回来还真不是件容易的事呢。嘿嘿，你说要是那个贪官发现自己的钱全没了，不知道会不会气得当场毙命呀？"

"呵呵，不死也要脱层皮。"连天瞳笑道。

钟晴看着月光下她恬静的侧脸，坏笑道："看不出来你一表斯文，做起这些偷偷摸摸的事，还真是轻车熟路啊，你怎么那么快就找到那贪官的藏宝之地啊？"

"凭感觉。"连天瞳的回答非常含糊。

"感觉？这么厉害！"钟晴搓着下巴，一挑眉毛，"听你这口气，活像是个老手啊！你以前是不是经常干这种事儿啊？"

"偶尔。"连天瞳并不否认。

"啊？"钟晴吃了一惊，"你一个大夫，又是个什么听起来神秘兮兮的守陵人，居然也干这些？"

"有何不可？"连天瞳看了他一眼，"不过，盗亦有道。我从不胡来。"

"盗亦有道？"钟晴想了想，拍手笑道，"不错不错，就像我们今天一样，虽然是盗，但实际上做的却是劫富济贫的大好事！"

"这并非什么惊天动地的功劳，不必一直挂在嘴上。"连天瞳泼了他一头冷水。

"我……我只是随便说说嘛。"钟晴撇撇嘴，随即拿手肘碰了碰她，笑道，"不过话又说回来，咱们俩配合得还挺默契的，以后要是再干这种事，咱们可就是最佳拍档！嘿嘿，雌雄怪盗，一出江湖，天下财宝，尽入我手！怎么样怎么样，这几句编得够威风吧？"

"狗屁不通！"连天瞳一点面子也不给他，随即又"扑哧"一笑。

"喊，不懂欣赏！"钟晴为自己灵光一现的"文采"叫屈。

很快，二人走到了自己的草屋前。

看着静悄悄黑漆漆的房屋，连天瞳收起了笑容，说："看样子他们还没回来。"

钟晴几步跑到房前，推开门进去转了一圈，又跑了出来，摇摇头说："没人。Ken那个家伙找妹妹怎么找到现在还没回来？"

"再等等吧，明早他们若还不回来，再想办法。"连天瞳想了想说。

"会不会有事啊？"看看浓重的夜色，钟晴的担心越来越重了。

"他们都不是凡人，不会怎样的。"连天瞳朝村口看了看，说，"累了一整天了，睡去吧。"

说完，她转身回了自己屋里，关上了门。

见状，钟晴也只好回房，倒在床上，嗜睡的他竟然怎么也睡不着了。

迷迷糊糊中，有好几次钟晴都觉得是Ken回来了，可是一睁开眼，房间里依然只有他一人。翻个身，他终于昏沉沉地睡了过去。

钟晴做了一整晚的梦，梦到年幼的自己，梦到钟家所有的家人，还梦到了笑颜如花的连天瞳。每个人都在眼前晃来晃去，对他说着熟悉的话语，可是，他却总是看不清他们的脸，或者说，他们的脸，在一点点地模糊，一点点地淡去，像是有人故意拿橡皮擦擦掉了一般。

钟晴挥舞着手臂，想抓住他们，想阻止他们从自己眼前消失，但是，他始终碰不到他们，越是着急，他们消失得越快，末了，不知从哪里冲来一片殷红的血浪，将他们完全吞没其中……

"不要！"钟晴大叫一声，"噌"一下从床上坐了起来。

窗外，清脆洪亮的鸡啼声已经叫过了三遍，天边青亮一片，却不见太阳。

钟晴喘着气，半响才从那个奇怪的梦境里回到了现实。

一阵小风从窗户吹进，钟晴只觉背上冷得要命，伸手一摸，这才发觉背脊上的冷汗早已把衣裳浸湿了。

"什么乱七八糟的怪梦……是不是这几天精神太亢奋，睡眠质量变低了？"钟晴揭开被子，坐在床沿上自言自语。

使劲搓了搓脸，钟晴起身出了房间，到了外头一看，还是空无一人。

"一整晚都没回来，这家伙搞什么鬼？"

他正嘀咕，门外突然传来一阵扣门声。

"谁呀？门没锁，自己进来！"越想越担心的钟晴不耐烦地冲门口喊了声。

木门推开，连天瞳飘然入内。

"是你呀。"钟晴揉了揉发肿的眼睛，快步迎了上去，张口就问，"小妖精回来了没有？Ken 一整晚都没出现！"

连天瞳摇头："玲珑整夜未归。"

"这兄妹两个到底在玩什么？"钟晴觉得事情似乎有点严重了，盯着连天瞳，他有些着急地说，"一天一夜了，还是赶紧找人去吧。"

"只怕空费力气。"连天瞳拉住了打算朝外冲的他，说，"我昨日已同你说过，若玲珑有心躲藏，你我是找不到她的。"

"可是……她为什么要躲起来？前几天不还好好的吗！"钟晴终于问到了重点。

"我也想知道答案。"连天瞳叹了口气，"她有事瞒我。这个丫头，自从那夜从山坡上回来后，便如转了性子一般。"

"转了性子？"钟晴百思不得其解，"她有什么异常表现吗？我怎么没觉得。"

"你这粗心大意的家伙怎么会留意到这些小细节。"连天瞳顿了顿，以猜度的口吻道，"或许……玲珑的离开，与你有关。"

"我？"钟晴指着自己的鼻子，冤枉地说，"关我什么事儿啊？我没招惹她呀！"

"只是猜测罢了。"连天瞳摸着挂在胸前的双子水晶，"你可记得当夜你拿出此物之时，玲珑的反应？"

钟晴仔细一回想，说："怎么不记得，她反应还挺大。我怀疑是不是她头一次看见这么漂亮的东西，见我给你没给她，所以就抓狂了。"

"若真这么简单就好了。"连天瞳低头看着捏在指间的水晶，喃喃道，"他们之间，定是发生了一件大事……"

"什么？"钟晴没听清楚她后面的话，"你说什么大事？"

"算了，还是出去找找看吧，也许能逮到他们。"连天瞳抬起头，说，"顺道去一个地方看看，那里有故人留给我的东西。"

"那还等什么，赶紧走吧！"钟晴完全没有意见，顺手拉着她就朝门外走去。

刚冲到门外，钟晴差点跟迎面而来的人撞个满怀。

"哎呀！"

端着稀粥和几碟小菜的圆月躲闪不及，被溅出来的稀粥洒了一身，还好她身子稳得快，否则托盘里的所有东西早就摔个稀巴烂了。

"圆月？"钟晴这才看清来人，"你这是……"

"圆月见天瞳姐姐跟钟公子昨夜都没有吃晚饭，所以特意做了这些给你们送来，可现在……"圆月哭丧着脸盯着一片狼藉的早餐。

"呵呵，真是难为你了。"连天瞳笑了笑，盯着黏在她心口的米粒，关切地问，"没被烫到吧？"

"没事没事。"圆月连连摇头，旋即说，"你们稍微等等，我再去重新弄一份来。"

"不必了。"连天瞳叫住了她，"我们马上要外出。"

"是啊是啊，你做好了自己吃吧！"钟晴都奇怪自己一夜没吃东西，却连一点饥饿的感觉都没有。

说完，他拉起连天瞳的手就朝村口那边一溜小跑而去。

圆月端着热气仍在的早饭，有些失望地看着他们的背影。

八 | 恶咒

钟晴和连天瞳找遍了半边村附近的所有地方，只差将地上黄土给扒起来了，却仍没有刁玲珑和 Ken 的半点踪迹。

"这么空旷，除了土还是土。"钟晴看着身边黄土起伏的苍凉景致，焦躁地擦了擦额头上的汗珠，"他们总不会钻地里去了吧！这个 Ken 也是，找到没找到也该回来报个信啊，居然跟着一块儿失踪了！"

"这对兄妹……呵呵……"连天瞳苦笑，"确是伤透脑筋，当初若我出手阻止，恐怕就……"

"当初你什么？"钟晴转过头，问。

意识到自己失言，连天瞳忙住了口，搪塞道："没什么，随口说说。"

"哦。"空着肚子找了一上午的钟晴，疲倦地坐到了粗糙的地上，舔了舔干涩的嘴唇，望着前方，懊丧地说，"他们不会是已经离开这里了吧？可惜我灵力不够，否则就画个寻人符了。"

"他们一定会回来的。"连天瞳倒是笃定得很，抬头看了看天色，说，"不早了，休息一下就动身吧。"

"去哪儿？"身心疲惫的钟晴抬起眼皮看着连天瞳。

"故人之地。"她看了看不远处依稀可见的渭河，"就在渭河之畔。"

"那走吧。"钟晴呼口气，站起来，捶了捶酸痛不已的双腿。

"你不休息了？"连天瞳打量着疲态明显的他。

"还休息什么呀。"钟晴摆摆手，"早去早回，说不定那两个神经病已经回村了。

唉，真不让人省心！"

连天瞳一笑："总不让人省心的，怕是你自己吧。"

"我……"钟晴眼睛一瞪，旋即又蔫了下去，边走边嘀咕，"好像有时候是有些麻烦……"

"难得你肯承认。"连天瞳瞟了他一眼，突然话题一转，问，"来这里也有些时日了，你从没认真考虑过如何送自己回去么？"

"回去？"钟晴踩着大大小小的石块，老实回答道，"刚来的时候是迫不及待想回去的，不过现在……咳，想也是白想，我压根不知道怎么回去。"

"如果有办法呢？"连天瞳的口气突然认真起来。

钟晴挠了挠头，想了半天，说："应该会回去的，毕竟一千年之后才是我的世界。老爸老妈都在那里，虽然他们两个都是强人，不太需要我去照顾，但是，离他们太远，总还是不太放心。而且我还要找我姐呢！啊，对了，你不是说要帮我找人的吗！"

他转过头，正要继续说下文，却蓦地看到连天瞳眼中闪过了一抹他从未见过的神情——

失望和落寞。

转瞬即逝，不着痕迹。

但是，他看得清楚。

"怎么了？"钟晴不解地问，随即心头一动，笑道，"是不是舍不得我走啊？"

"要走的，留不住。"说话时，连天瞳的眼睛一直没有再看过他，脚步迈得更快了。

"哎，我开玩笑的，你生什么气嘛！"钟晴看她又摆出了一副臭脸，慌忙追上去，"慢点走好不好，我的脚都起泡了呢！"

一路上，任钟晴说什么，连天瞳就是不再开口同他说一句话。

跨过了好几个小土坡，又走完一条弯弯曲曲的不能被叫做路的崎岖小道后，他们来到了一片呈半月形的空地前，三座紧密相连的小山丘如手臂一般稳稳拥抱着这块黄沙遍地的地方，山丘后头，水声隆隆。

一棵枝丫横蔓的枯树，端端长在空地正中，除了黄土沙石，它是这里唯一的景物。

看着连天瞳停住了脚步，怔怔地看着眼前的一切，钟晴问道："这就是你要来的地方？"

"是。"连天瞳终于应了他一声。

"跟其他地方没什么区别嘛，空荡荡的，就多了几座山丘，还多了一棵枯树而已。"钟晴嘀咕着，还以为她说的故人之地是个什么了不得的地方，原来就是这么一个光秃秃的地方。

"今年没有落雪……"连天瞳环顾着四周，淡淡一笑，"待到天降大雪，此处便是另一番光景了。"

"哦？"钟晴开始努力地想象着这个地方被盖上一层雪会是什么模样。

连天瞳缓步走到枯树前，抚摸着粗糙的树皮，说："每到降雪之时，此树便会开出满枝红花，映衬雪上，却是凡间难得一见的奇景。"

"这个树会开红花？"钟晴的脑海里似乎对她说描述的景象有了些许概念，"红花，白雪……搭在一起好像是挺好看吧……"

连天瞳背过身，整个人舒服地靠在树干上，问钟晴："你可还记得我曾说过，将守陵之职交给我的那个人？"

"记得啊，你还说过那个人对你亦师亦友。"钟晴扣了扣树干，对这棵会在冬天开花的树很是好奇，顺口问道，"怎么突然提到这个人？"

"当年，我就是在这里遇见他的。"连天瞳垂下了眼帘，缓缓道，"我的名字，也是他给的。"

"什么？"钟晴收回放在树上的视线，走到她面前，"你说你的名字，连天瞳，是这个人给你取的？"

"是。"连天瞳点头，直起身子，望着头顶上的树枝，"不仅给了我名字，还教会我许多本事。伏魔诛邪，阵法口诀，你曾见过我使出的种种，大都是来自于他的传授。"

"真的？"钟晴吃了一惊，忙问，"能教出你这样的徒弟，这个人的本事岂不是更惊人？"

连天瞳笑笑："其实，从结识到分别，不过短短一月时间，我只知他是秦陵守陵人，还是一位将军。如此而已。"

"还是个将军啊！"钟晴脑中顿时出现了一个战甲披身，策马挥剑的高大形象，心头不由肃然起敬，脱口而出，"原来你师父是这么一号人物，难怪你那么剽悍。"

"当年，我与他分别前的一晚，他曾赠我几句话。"连天瞳走到枯树朝东的那面树干前，看着眼前这片灰褐的树皮，说，"上半阙，我看了。而后半阙，他却嘱我在遇到我该遇到的那个人之后，再回来此地观看。我说的故人所留之物，就是这两句话。"

"两句话？"钟晴越听越玄，"究竟什么意思啊？"

连天瞳伸出手，衣袖朝树干上一挥，如一片轻纱掠过，那粗糙的树干上竟现出了几行红字。

"自己来看吧，隶书应该不难辨认。"

她退开一步，给钟晴让出了一块地方。

钟晴狐疑地走上去，把脸凑近了一看——

少年郎，掌生剑。红似血，胜骄阳。

短短十二个字，不知是用什么方法写成，晃眼一看是刻在树干之上，但是细看才发觉，其实这几句话是浮在离树干小半寸远的空气中的，呈波浪状微微起伏着。

标准的隶书，钟晴每个字都认得清楚。

反复念叨了几遍，他问："这话有什么玄机吗？"

"这是他赠与我的预言。"连天瞳的手指轻轻抚弄着这些奇异的方块字，"他说，预言中的男子，于我而言，是极重要的人。"

"你师父还会预言未来？"钟晴咋舌，又把这几句话读了一遍，心头突然冒出一点点酸意，"对你很重要的人。哈，难道是你的真命天子？"

"这'重要'二字，含义太深，我琢磨了许久，也不知究竟所谓何意。"连天瞳摇头，"我也曾问过他，他却不明示，只让我遇到这个人之后，再回来看他留给我的下半阙预言。"

"下半阙？哪儿呢？"钟晴围着大树绕了一整圈儿，"没看见呀！"

"要看见，凭我一人之力是不行的。"连天瞳将手掌平放在字下的树干上，"需要预言中人与我共同出手，方能去掉遮住下半阙的封印。呵呵，想来是我这位师父怕我偷看吧。"

"啊！那不是白来了吗？预言里那个家伙，人在哪里啊？你又没把人给带来。"钟晴转过身，一本正经地说。

看见钟晴这个表情，听见他说这种话，向来冷静的连天瞳再也忍不住了，曲起食指在他脑袋上重重敲了一下。

"你怎么就比驴还笨哪！"

钟晴痛得叫了一声，看着柳眉微立的她，委屈地说："什么嘛？我哪里又说错了？你自己说要两个人才能看到下半阙的，现在这里除了你就是我，那……"

讲到这儿，钟晴突然打住了，扭头看了看那几行红字，心里一思量，脸上的表情顿时从迷茫变成了震惊。

"你……你别告诉我，那个预言里头说的什么少年郎……"钟晴指着自己的鼻子，结巴着说，"就……就是我？"

"你说呢？"连天瞳放缓了口气，"在石府，初见你的钟馗剑时，我心中已有眉目。"

"这个……掌生剑，红似血……好像说的的确是钟馗剑啊……"钟晴越想越觉得离谱，"但是……但是怎么可能出现在千年之前的什么预言里头？太夸张了！"

"是或者不是，很快便见分晓。"连天瞳把手重新放回树干上头，回头对他说，"把你的手放到我手上。"

钟晴小小犹豫了一下，还是把自己的手掌覆了上去。

连天瞳的手，温软如初，钟晴狂跳不止的心脏，在触到这股让人安心的温暖后，竟平复了许多。

"闭上眼，心无杂念，以念力朝前推。"她对他说。

"哦……知道了。"钟晴点点头，照她说的，闭上了眼，沉下心，努力排斥着心头那一堆又一堆乱七八糟的事情。

不知过去了多久，耳畔所有的声音渐渐离开了自己，钟晴只觉得身陷一片前所未有的寂静之中，仿佛全世界只剩下了他一个人似的。

心里突然空得厉害，灵魂似乎与肉体分开了一般，若不是掌心那缕温暖仍在，他简直要怀疑自己是不是还活着。

这奇怪的感觉，搅得他心绪不宁。

眼皮不停颤抖着，像在抗拒自己的命令，迫不及待想要张开。

虽然看不到，但是他能感觉，身边的一切，在无声无息地转换着。

钟晴再也按捺不住，忽地睁开了眼睛。身边的连天瞳不见了，只有他自己，独自站在树下。抬头一看，钟晴大惊。头顶上哪里还是刚才所见到的条条枯枝，只见到无数朵艳艳红花错落有致地开在绝无枯槁之象的青枝之上，生气盎然。

再看四周，满地黄土连同那三座山丘，已然被厚厚冰雪全部覆盖，钟晴眼中，纯白一片。

几道清冷的月光洒在雪地上，钟晴这才猛然发觉，原来天已经黑了。

难道自己的眼睛出了问题？明明在几分钟前还是青天白日的正午，怎么眨眼间就入了夜?!

钟晴越看越不对劲,他想喊,喉咙却出不了声,想走,双脚却像被钉在了地上。

正慌乱间,身侧却传来几声嗖嗖的声响。

小心翼翼转过头,钟晴顿时吓了一跳。

不远处的雪地上,不知何时有了一个人,一个身形高大,战衣加身的古代男子。

浓眉深目,高鼻薄唇,月光之下,一张英气逼人的俊美脸孔煞是惹眼。

一把巨大的弯弓紧握在男子手中,上箭,拉弓,一气呵成,又一支利箭离弦而出,乌黑锃亮的箭杆,划出一道笔直的光芒,直奔那半弯明月而去。

当箭光消失在夜空中后,男子低下了一直高昂的头,放下了弓箭,轻叹了一声,眼中似有一丝怅然。

看着这个素不相识的古代男子,钟晴突然生出了一抹熟悉之情,虽然他的脸孔如此陌生,但是他拉弓射月时的霸气,却不期然地令他联想到了另一个人。

胡思乱想间,一阵衣带摆动的窸窣之声从后头传来。

是个一身素衣的女子,踏着一地积雪,走到了男子身后。

钟晴用力眨了眨眼睛,仔细一瞧,顿时比见了外星人还要诧异。

素衣女子,不是别人,正是那连天瞳无疑。

此时的她,除了装束不同之外,与平时毫无二致。

钟晴正纳闷她怎么这么快换了打扮时,连天瞳的声音从那头传了过来。

"你真的要走了么?"

她看着男子的背影,语气淡然如初,听不出是质问还是挽留。

"是。"男子回过头,轻笑道,"缘尽人散,无需太过介怀。"

"去哪里?"连天瞳看着他的眼睛,"临别之前,仍要保密么?"

"天瞳,"男子端详着她的脸庞,半晌,语重心长地说,"我走之后,有你来接替,同样,别人走后,亦需要我去接替。"

"比守皇陵更重要?"她问得直截了当。

男子朗声大笑,拍了拍她的肩头,以欣赏的口吻说道:"有你青出于蓝,心怀叵测之辈断无机会对皇陵不利。想来,你能做得比我更好。"

"你……"连天瞳抿紧了嘴唇,沉默不语。

"上天将你送到我面前,于我是莫大的幸运。"男子看着她,亲切之态犹如面对自己的至亲,"当我在渭河之畔第一眼看到你时,我已然确定,你就是我要找的继任者。"

"是么？"连天瞳黝黑的眸子，专注地看着他，"那我是否也曾出现在你的预言之中？"

"在我打算做出寻找继任的预言的前一天，我便遇到了你。"男子摇了摇头，笑道，"你是个突然闯入的异数，我至今也看不透你这小女娃的真身。"

"既然看不透，你还信我，还教会我如此多的本事，就不怕我是妖魅邪人？"连天瞳相当认真地问他。

男子又是一阵大笑，宽阔的胸膛起伏不停。

笑过，他上下打量着连天瞳，慎重说道："天瞳，你通身灵气，绝世聪慧，当初我见你双目纯净灵动，似有窥透天机之能，故而为你起了这么一个名字。我断断不会看错了人。"

连天瞳愕然片刻，旋即淡然一笑："你赠我名字，且让我随了你的姓，如此说来，你是我的亲人；你又悉心教授我种种奇门异术，算得上是我的恩师。今日一别，恐日后再无重逢之机，就按照凡俗之礼，受我一拜吧！"

说完，连天瞳双膝一屈，跪在了雪地上，端端正正地朝男子磕了三个头。

见状，男子本想阻止，可是伸出去的手，却停在了半空中，由着她以这种最简单也最诚恳的方式表达着自己的谢意。

她的额头，直贴到了地上，白雪之上，被她磕出了一个深深的印子。

"起来吧。"男子扶住她的胳膊，将她拉了起来，拂去粘在她额发上的冰雪，笑，"日后，自己要多加小心，秦陵宝藏，不仅内贼觊觎，就连匈奴外敌也虎视眈眈，你当谨慎处置，用心守护！如此，我便安心了。"

"我会。"连天瞳重重点了点头，接着又像是想起了一件极重要的事，问，"你送我的那几句话，究竟是何意？"

"呵呵，那是我做的最后一个预言，权当是赠给你的临别之物吧。"男子的目光投向了钟晴这边，准确地说，他是看着这棵大树，"每个人的生命中，都会出现那么一两个极其重要的人。你也一样。既是预言，我自己也无法准确告诉你，那究竟是何意思，只能待你自己去解开了。"

"可是你说，那只是上半阙。"连天瞳疑惑地看着他。

"后半阙，待你等到那个少年郎之后，再一道回来看吧。"男子收回投向前方的目光，微笑着看向她，"只有你们两人一起回来，才能解开我加在上头的封印。"

"你……"连天瞳眉头一皱，旋即无奈地笑了笑，"要见识你这高人最后一个预言，真不是易事。可是，为何你以后都不做预言了？能知晓未来，是无数人梦寐以求的。"

"梦寐以求？"男子不以为然地笑了笑，看定她，"天瞳，你要明白，知晓未来，不代表可以改变未来。当你知道一些事情，却无力去做改变时，那滋味绝不好受。所以，今夜之后，我会封起我预知未来的能力，永远不再超越时间。"

"那……"连天瞳咬了咬下唇，"你看过你自己的未来么？"

"看过一些。"男子望着空中弯月，"有些寂寞……不过，在尽头似乎有个人，对我而言很重要的人，等着我……"

"重要的人……"连天瞳也把目光移到了那弯清辉萦绕的月儿上，心事重重……
……

"钟晴！钟晴！你醒醒！"

连天瞳焦急的声音突然从脑后传来。

冰天雪地，一树红花，连同那战衣男子和他身边的那个连天瞳，突然剧烈晃动了起来，如同被突然断了信号的电视画面一样，晃动几下之后，漆黑一片。

"钟晴！你怎么了？起来啊！"

飞出了身体的意识渐渐聚了回来，钟晴只感到有人不停晃动着自己的肩膀。

缓缓睁开眼，白日依旧，黄土环绕，头顶上还是那粗大交叠的枯枝。

没有冰雪，没有明月，没有红花，更没有什么战衣男子。

连天瞳，依旧穿着她的蓝衣裳，坐在地上，扶着自己的肩膀，喊着自己的名字。

"钟晴！"见他终于醒了过来，她松了一口气，问，"怎的突然晕倒了？"

"你把衣服换回来了？"钟晴睁开眼后的第一句话。

"换衣服？"连天瞳一怔，拍了拍他的脸，绷起脸问道，"你在胡说些什么？"

"我……"钟晴眨巴着眼睛，好像还没完全清醒过来，好一会儿，才把呆滞的目光移到连天瞳脸上，"我……好像做了个梦。"

"梦？"连天瞳又好气又好笑，嗔怪道，"我见你倒在地上，还以为你晕倒，却没想到你是睡着了。你这个人哪……梦见什么了？"

钟晴连做了几个深呼吸，说："梦见你了，还有一个穿着黑色战衣的男人，你们在冰天雪地的月夜下头聊天，说什么亲人，什么恩师，那个人又说你是什么通身灵气，绝世聪慧，还有这棵树，开花了，满树红花……啊，还有，我看到你跟那个人磕头呢！好怪的梦啊！"

他越说下去，连天瞳的神色就越诧异，微张着口，半天没能说出一句话来。

"太怪了,怎么会睡着呢？还做梦……"钟晴揉着太阳穴,还在回味着刚才的"奇遇"。

"你梦中所见……"连天瞳忽然开了口，缓缓说道，"确有其事。"

"你说什么？"钟晴停下了手上的动作。

"多年之前，我的确与我的师父在此地话别。那夜，雪满遍地，树开红花。"连天瞳似是陷入了一段非常遥远的回忆，"临别之际，我依俗礼，向他叩了三个头。"

"是啊是啊，是三个头，你磕了三个头！"钟晴触电了一样从连天瞳怀里弹了起来，惊讶无比地说，"我怎么会在梦里看到你的事情？"

"不知道。"连天瞳皱起了眉头，思索一番，"兴许是你我共同开启封印之时，你心思不稳，误窥了我的记忆？"

"不会吧？"钟晴一挑眉，"我们还没有心灵相通到这个地步吧？！你的记忆，我怎么看得到？"

"或许是师父的封印，激起了这小小的混乱吧。"连天瞳仰头看着身后的枯树，低语道，"如此看来，更是证明你的确是那预言中人，这后半阙预言，本就是留给你我二人的。"

"脑子好混乱……"钟晴狠狠敲了敲自己的头，随即问道，"对了，那封印开了吗？下半阙说什么？"

"你自己看吧。"

连天瞳站起身，看着枯树，神色凝重。

见她脸色有异，钟晴慌忙起身走到树前。

又是十二个红字，以同样的存在方式，出现在之前那几排字的下方——

心魔动，红颜惊。两相搏，未知劫。

"心魔动……未知劫……"在把整个预言合起来念了好几次之后，钟晴的心里"咯噔"一下，愣了半天，看向连天瞳，"这下半阙说的，好像不是什么好事儿啊！"

连天瞳不置可否，脸上阴霾重重，喃喃道："未知劫……两相搏……"

"你那个将军师父，真的会预言未来？"钟晴突然希望能从她口中听到否定的答案。

"从未出错。"连天瞳叹了口气，"我亲眼所见。"

这下钟晴没辙了，疑惑重重地嘀咕："说我是你很重要的人……上半阙还好好的，怎么下半阙，又是搏又是劫的，搞什么呢……"

连天瞳想了许久，也没有想出个眉目，她转过身，对钟晴说："算了吧，既是预言，就交与时间去验证。回村子里去吧。"

"预言……"钟晴又看了那二十四字的"预言"几眼，这才带着满腹疑问和一丝揪心的不安扭头离开。

走在回半边村的路上，钟晴一直沉默寡言，跟平常的他判若两人。

"怎的一脸心事重重的怪模样？"见他不再聒噪，连天瞳反倒觉得有些不习惯了。

钟晴咽了咽唾沫，心头的话在喉咙上绕了几圈，终于说道："我越想越觉得事情不太对劲。"

"何事不对？"

"我……我也说不清楚。"钟晴迷茫地摇着头，"我的身体，似乎有些不妥，这个你是知道的，昨夜我还做了一个噩梦，今天来又看到这么一个玄乎的'预言'，这一切，是不是在暗示着什么？"

"你这家伙，莫要胡思乱想了。"连天瞳接过话头，看似嗔怪，实在安慰，"现在不是什么事都没有么？凡事都有解决之道，多想无益。"

"但愿是我想多了！"钟晴用力拍了拍自己的脸，强打精神道，"得了，先回去吃饭吧，饥饿会影响情绪，填饱了肚子我还得去别的地方找Ken那个家伙。唉，怎么什么麻烦事都堆到一块儿了。老天爷真能折腾我呀！"

连天瞳笑了笑，没再搭腔。

紧走慢走，二人终于回到了半边村。

让他们意外的是，刚走到村口，就看到了从另一条路上匆匆赶回来的Ken。

看到他，钟晴一颗心总算放下了一大半。

迎上去，钟晴劈头就问："你这家伙跑哪儿去了？整晚都不见人，你知不知道我们出去找了你大半天呢！我脚都快跑断了！"

"我不就是找玲珑去了吗？！"Ken拍了拍一身尘土，疲倦地说，"找了一天一夜，连个人影都不见。"

"你人生地不熟，我们只怕你寻人未果，把自己也弄丢了。"连天瞳轻轻拂着被

Ken 拍出来的细尘,也许是被弄痒了鼻子,她揉了揉鼻头,怔了怔,马上又恢复了常态,笑道:"玲珑那个丫头,贪玩不知深浅,由着她吧,玩够了,她自会回来。"

"但愿如此……"Ken 依然愁眉不展,叹了口气,他转头看着钟晴,没来由地问了一句,"昨天到今天,你没遇到什么奇怪的事吧?"

"奇怪的事?没有啊。"钟晴摇摇头,可是想了想又马上改了答案,跳过去勾住 Ken 的脖子,在他耳边神秘兮兮地说,"要说怪事,我还真遇到了!"

"哦?"Ken 的神经顿时紧张起来,"出什么事了?你没怎么样吧?"

"我没事,跟你说啊,要是你知道了,肯定都不敢相信,今天我和她出去找你,在渭河边的一块空地那儿,看到了……"

两个男人一边说着,一边朝前走去。

连天瞳看着他们的背影,笑意渐渐淡去,回身看着后头空旷一片的山野之景,方才还是清澄明亮的天色,不知何时压上了几朵呈不断增加之势的厚厚乌云,沉甸甸地似要坠下地来一般。人看了,只觉心头翳得慌。

"天有异动,恐生变数……"

看着天空,她喃喃自语。

从午后到傍晚,刺骨的冷风一阵强过一阵,吹得半边村里的所有房舍纷纷咯吱作响,屋顶上那些没压实的茅草,乱七八糟飞得到处都是。一直到了晚上,风才止住。

此时,村民们拿着木料和工具,敲敲打打地为房舍加固,有的则抱着厚厚的茅草爬上爬下,把受损的屋顶一一补好。大伙儿都在担心这场突来的大风是不是预示着另一场暴风雨即将来临。

钟晴这会儿,正蹲在苏老伯家的屋顶上,帮这对劳动力有限的爷孙俩把屋顶上的漏缝修补好。

圆月站在屋顶下,仰头看着他,不时提醒他小心一些。

"把那个木条给我扔上来!"钟晴伸出头,指着圆月脚边大声说。

圆月马上把他要的东西拣起来,说:"接好啊,我扔上来了!"

"扔吧扔吧,我接着呢!"钟晴斜着身子,伸出手做好了接东西的姿势。

细细的木条抛了上来,钟晴手一抓,稳稳地捏住了。

"谢了啊!"钟晴冲她咧嘴一笑,低下头继续手头的工作,边做边问,"哎,我说圆月,你这名字是怎么得来的啊?是不是生在中秋节啊?"

"我是六月初八生的。"圆月仰着脸,认真地答道,"咱们村里起名字,大都是孩子出生时，当爹娘的看到什么，就拿什么给孩子作名字。我爷爷跟我说，我出世的时候，我娘一抬头就看到窗外头的月亮，所以我就叫了圆月。"

"哈，你们村起名字倒还方便。"钟晴抓了把茅草垫到漏缝上，大笑道，"幸亏你娘第一眼没看到马桶扫把什么的，否则你就麻烦了，哈哈哈。"

"啊？"圆月一愣，随即噘起嘴，红着脸嘀咕，"说的这是什么话嘛……"

对面，正帮着另一户村民加固房屋的 Ken，听到钟晴的笑声，不禁随口对一旁为他递着工具的连天瞳说道："钟晴这小子，不管之前遇到多麻烦的事，过不了多久就忘得一干二净。呵呵，你看看他，现在还不忘跟人说笑，果真是个单细胞生物。"

"聒噪莽撞，空有一副伶俐出众的好皮囊。"连天瞳垂眼一笑，"不过，心地却是纯良的，倒算得上一个重情义的家伙。"

"为数不多的优点。"Ken 小心钉着手下的木板，"能一直这么下去，也算是福气了。"

"谁的福气？"连天瞳顺口追问。

Ken 举着锤子的手，在半空中停了一秒，随即才重重砸了下去。

"所有人。"他眼也不抬地说。

"他可曾同你说过，他身子有所不妥？"连天瞳回头看了看在房顶上忙得不亦乐乎的钟晴，问道。

"还用说吗？"Ken 放下锤子，"明眼人早就该看出来了吧，他那些种种异常的表现……"

"我替他瞧过，并没有发现任何蛛丝马迹。"连天瞳收起笑容，出其不意地问道，"这里头的缘由，你可知晓？"

"哐"一声响。

Ken 的钉子钉歪了。

"现下只有你我二人，我也不妨直言相告。"连天瞳递过去一根新的钉子，"玲珑的离开，我虽不知其中详因，但我确定与钟晴有关，甚至……与你也有关系。"

"玲珑对你说了什么？"Ken 突然警觉地转回头。

"只字未提。"连天瞳见他一脸紧张，心中疑惑更重，面上却不动声色。

Ken 这才放下了心来，拿过她递来的钉子，认真地钉在了木板上，说："玲珑那个丫头，说话没边没际的，最好别把她的话放在心上。"

"听来，如同你很了解她一般。"连天瞳微笑。

"跟着我两百年，还有谁比我更了解她。"Ken叹息一声，停下手里的工作，眼中似有微光闪烁，像是想起了一些遗忘许久的往事，"一只小小鱼妖，也是个善解人意的姑娘。总喜欢在我身边唧唧喳喳，尤其是我心情不佳的时候，她总是想着法子逗我开心。呵呵，其实，她跟钟晴有许多类似的地方，爱笑爱闹，都是那藏不住心事的简单人。事实上，我一直都很宠爱她，视她如自己的亲生妹妹，全心全意地信任她……"

"她不是偷了你的东西么？"连天瞳翻出了旧账，"你仍旧信她？"

"她没有恶意。"Ken的声音夹杂着几许无奈，"所作所为，不过是……"

"不过什么？"连天瞳趁势追问。

然而，Ken却没有再说下去，摇头一笑："没什么。当一个人有心要维护另一个人时，行为出格也是正常的。"

"甚至可以不惜一切代价。"见对方顾左右而言他，连天瞳笑了笑，"你也有想要维护的人吧。"

"我？"Ken一愣，不自然地笑道，"干吗这么问？"

"一种感觉罢了。"连天瞳如是回答。

"呵呵，是吗？"Ken耸耸肩，敷衍了一句，侧过身去继续他的工作。

"我的感觉还告诉我……"连天瞳把身子朝前倾了倾，放低了声音，"你去过骊山地宫。"

Ken的手指差点被他当成钉子砸进木板。

"你……"他强压下心头的震惊，"你胡说什么呢？"

见他不承认，连天瞳嗅了嗅鼻子，笑："你的身上，有水银的味道。"

Ken扔掉锤子，下意识地拉起自己的衣袖一闻。

"呵呵，不必闻了。"连天瞳看着他，"在地底密埋了上千年的独特味道，只有我能分辨出来。白天一见到你时，我已然察觉。"

半是尴尬半是慌张，Ken放下手臂，嘴唇动了动，想解释，却又不知从何说起。

"说实话吧,你去地宫找什么？"不待他想好要怎么应答，连天瞳已经直接问道。

Ken依然沉默。

"相识一场，说出来，也许我能帮你。"连天瞳无所谓地笑了笑，转过身，整理着脚下散乱的工具，"若信不过，不说也罢。"

"我去地宫……"被她这一激，Ken严肃无比的声音从身后传来，"就是去找那块长生璧。"

几颗钉子从连天瞳手指间滑落下来，砸在地上，叮叮当当乱弹开去。

"长生璧？"她站起身，回过头，眼神突然冷到零下，"你可知此物是何等重要？！"

"我当然知道。"Ken咬了咬牙，"既然话已经说到这儿，有些事我也不瞒你了。在没有来到这个时间之前，当我还在中国逗留的时候，我已经去过地宫了。"

连天瞳没说话，沉着地等待着他的下文。

"可是，我寻遍了地宫的每个角落，也没有找到这块传说中的长生璧。"Ken的语气有些失望，"那时我曾以为，历经千年时间，或许这块玉璧早已经被人盗走。之后我用尽方法，满世界寻找它的下落，仍然一无所获。"

"故而你以为回到千年之前，在地宫中寻到长生璧的机会会大大增加？"连天瞳看透了他的心思，一口气说了下来，"早前从石府出来之后，你执意要到长安来，为的就是去骊山寻找此物吧。"

"是。"Ken点头承认，"我穿过你所说的结界，进到了地宫最里层，看到了数之不尽的珍宝，包括秦始皇的棺椁。可是，没有一件是我要的东西。千年前的地宫，依然没有长生璧的下落。"

"你因何目的要去寻长生璧？"连天瞳问出了一个最最关键的问题，"莫非，你也贪图永生不死？"

"我本就是神族后裔，根本不屑什么长生不死。"Ken果断地摇了摇头，顿了顿，说，"拿长生璧，只为救人。"

"救人？"连天瞳微愕。

Ken攥了攥拳头，一步跨到连天瞳面前，抓住她的手，恳求道："你是秦陵守陵人，我知道你断不能容忍外人觊觎如此重要的宝物，可是，我别无他法。上次你说过长生璧仍在地宫中，还说没有人可以从你手中拿走它，现在，我求你，求你帮我这个忙，将长生璧带出来给我吧！"

连天瞳神色凝重，他的殷切恳求，似乎并没有打动她。

"求你了！"Ken几乎是在哀求了，"你不知道它对我有多重要！"

连天瞳面不改色，仍旧一言不发。

见她对自己的恳求没有任何反应，Ken深吸了口气，松开了手，目光刹那变得锐利而决绝："若你不肯帮我，那么……就算把地宫倒翻过来，我也要找到长生璧。"

"莫说地宫,即便你将整个骊山夷为平地,也是徒劳。"连天瞳叹口气,嘴角挂着无奈的浅笑。

"什么?"Ken 大吃一惊,"你不是说过,长生璧还在地宫吗?难道你在撒谎?"

"长生璧的确在地宫。"连天瞳马上否决了他的猜想,"不过,并非骊山地宫。"

"不是骊山地宫?"Ken 糊涂了,"那……那在哪里?"

连天瞳拍掉手上沾的木屑,沉思片刻,看了看四周,缓缓道:"渭河之下。"

闻言,Ken 恍如大梦初醒,半晌才缓过神来,拼命控制着自己激动的情绪,在她耳边低声问道:"你是说,骊山地宫是假的?真正的秦陵地宫,藏身在渭河之下,是一座……一座水下皇陵?"

连天瞳高深莫测地一笑:"我老早便说过,假作真时真亦假。"

"天哪……难怪一直找不到……"Ken 的心情再也平复不下,看定连天瞳,迫不及待地问道,"既然你已经告诉我地宫所在,是不是表示,你愿意帮我取长生璧?"

"莫高兴得太早。我并未应允你去取那长生璧。"

连天瞳一句话,顿时凉透了 Ken 的心。

"你……"Ken 急了,千言万语堵在喉咙,到最后却只吐出一句,"我真的需要这块长生璧,真的需要啊!"

"你要救谁?"连天瞳问,"你若不肯明说,我是不会帮你的。"

"我……"

被逼无奈的 Ken,一咬牙,下了天大的决心一般,吐出一个名字:"钟晴。"

其实,连天瞳心中早已猜着几分,可是,在她头一回希望自己的猜测是完全错误的时候,Ken 的回答,即刻打破了她的愿望。

沉默,在两人之间只剩下沉默。

"喂!"一只大手突然拍在了 Ken 的肩膀上,钟晴不知什么时候出现在身后,奇怪地瞪着他们二人,说,"你们俩站这儿发什么呆呢?"

Ken 被他吓了一大跳,定了定神,回头问道:"帮苏老伯他们修好屋顶了?"

"当然!"钟晴走上前,拿脏手擦了擦额头上残留的汗迹,问,"别光问我,你们自己的活儿做好了没有呢?就看你们两个在这边嘀嘀咕咕的,说什么呢?"

"闲聊而已,你不也跟圆月聊得很热闹么。"连天瞳瞪了他一眼,旋即转过头对 Ken 说,"你的话,我会考虑,给我几天时间。"

"嗯!"

Ken从绝望的低谷一下子跳到希望的顶峰，狠狠点了点头。

"考虑什么？"钟晴听得糊里糊涂。

"没什么。"连天瞳走过来，推了他一把，"快回去洗脸，跟只花脸猫似的。"

不由分说，她押着钟晴朝前走去，不准他再聒噪下去。

Ken松了口气，下意识地搓了搓自己的手，这才发现，自己的手心里全是汗水。

眨眼间，又过去了五天时间。

日出而作，日落而息，半边村里的生活，平静依旧。唯一不同的是，村民们不再为衣食担忧，连天瞳和钟晴带回来的礼物，给了他们从前想都不敢想的物质保障。

刃玲珑仍然没有消息，而连天瞳也一直没有再同Ken谈起那件事，每天只是为村民们瞧瞧病，外出采点药，要么就跟钟晴东一句西一句地闲聊。

一直等不到连天瞳肯定的答复，Ken心里虽然着急，可是有钟晴在场，他又找不到机会单独跟连天瞳交谈。这件事，从头到尾，他都没有打算让钟晴知道。

村头的空地上，抬头看了看阴霾重重的天空，Ken随口说道："这几天的天气越来越差了。"

"也越来越冷了。"连天瞳朝手掌上呵了口气，而后继续把刚刚采回的草药一一铺开在竹筛子上。

钟晴把已经铺满的竹筛子端到一旁，换了个空的摆到连天瞳面前，不以为然地说："本来就是冬天了嘛，我看你穿得太单薄了，赶紧弄点厚衣裳穿上吧。"

"嗯。"连天瞳点点头，继续低头摆弄她的草药。

夹在他们两个中间，听着他们简单的对话，Ken头回觉得自己像个电灯泡。

连天瞳和钟晴，这两个起初很是八字不合的男女，不知从什么时候起，彼此间少了几分火药味，多了一点默契，点点滴滴的微妙变化，看在Ken眼里，却不知是喜是悲。尤其是在听钟晴告诉他，他是连天瞳那个很"重要"的人时，他简直不知道要如何表述自己的感觉，震惊？高兴？还是……恐惧？

"天瞳姐姐，又采了那么多药回来呀？"

圆月的声音，惊醒了神游在外的Ken。

"呵呵，是啊，晒干了好分给村民们。"连天瞳抬头，冲着路过的圆月笑了笑，问，"要出去？"

"嗯。"圆月拉了拉背在身后的背篓，说，"我出去捡些柴火回来生个暖炉，家里的不够用了，天冷了，我怕爷爷冻着。"

"你一个人去？"钟晴拍拍手站起来，看了看天色，"天气很差呢，你出去万一遇到下大雨怎么办，我那儿还有柴呢，你拿去用吧。"

"用完了你的，还不是一样要去捡。"圆月嘻嘻一笑，又抬头看看天，说，"我看一时半会儿这雨也下不来，我快去快回。"

"那你多加小心，别走太远了。"连天瞳嘱咐道。

"我知道。"圆月朝他们挥挥手，脚步轻快地出了村子。

"圆月真是个很可爱的小姑娘。"钟晴赞赏地说道，"勤快又孝顺。"

"是啊。"连天瞳赞同地说，旋即惋惜地说，"只可惜从小父母双亡，这么多年，日子本就艰难，还要照顾苏老伯，小小年纪，不容易。"

"也是个可怜的孩子呢。"Ken叹了口气，"人的命数，太难参透了。"

三人一时无语。

是夜，狂风大作，风里，不时裹来一些雨雪，不密，打在人脸上却硬硬地疼。

苏老伯颤巍巍地站在自家门口，焦急地朝村口张望着，扶着他的Ken不时出言安慰。

打开手里的油伞，连天瞳回头对苏老伯说："您老莫要着急，我们这就出去找圆月。"

"您老赶紧回屋去吧，马上要下大雨了。"钟晴也对老人家喊道，又指了指跟在自己身后的十来个村民，"放心好了，我们这么多人出去，很快就能找到她。Ken，你快把苏老伯扶进去吧。"

"有劳大家了！"苏老伯感激不已，但是始终不肯回屋去。

苏老伯担心，村民们担心，钟晴他们也担心。

因为，下去就出去捡柴的圆月，到现在都没见回来。

顶着愈发恶劣的天气和漆黑的夜色，钟晴他们一众人匆匆朝村口走去。

一个凡人姑娘，手无缚鸡之力，对于她，连天瞳的担心要远胜过刁玲珑。

然而，意外的是，大家还没走到村口，便看见一个背着沉重背篓的瘦弱身影，步履蹒跚地走进了村子。

"哎呀，那不是圆月吗？"马上就有村民辨认出了来者。

"谢天谢地，是她是她，这下苏老伯可放心了。"

"我这就去告诉苏老伯。"

圆月的回归,让笼罩在半边村里的焦虑之情烟消云散。

钟晴大步走上去,一边帮她接下沉甸甸的背篓,一边问:"怎么这么久才回来,你把大家担心死了,正要出去找你呢!"

圆月侧过脸,目光不复以前的光彩,像个倦极之人一般呆滞,额前的头发不知是遭了雨雪还是汗水,湿湿地贴在面上。

"圆月?"见她半天不说话,连天瞳又唤了她一声。

圆月迟钝地眨了眨眼,说:"我去捡柴,走了很远,捡了许多,很累。"

"早叫你别出去的,看吧,都累傻了。"钟晴帮她背起柴火,推了推她,"赶紧回去休息吧,你爷爷都等急了。"

她缓缓点了点头,抬脚朝自己的家走去。

"好了,既然人已经回来了,大家都散了吧。"连天瞳对大家说道。

待村民们放心地一一散去后,连天瞳快步追上跟在圆月后头的钟晴,悄悄拉了拉他。

"干吗?"钟晴放缓了脚步,盯着她问。

在跟圆月拉开了一段距离之后,连天瞳这才压低了声音对钟晴说道:"圆月似有些不妥。"

"不妥?"钟晴一愣,随即点点头,"看起来是有些不对劲呢,是不是累过头了?你看看我背上,满满一筐柴,不知道她今天究竟走了多远的路。"

"累极?"连天瞳看了看钟晴的背篓,笑了笑,"也许,是我多虑了。"

走到苏老伯家,大门敞开,还没进屋已经听到老人又急又气又喜的声音。

"你这个孩子,怎的出去这么久?是不是贪玩去了别处?害得村里人都为你担心!阿弥陀佛,还好回来了,你要是出了什么事,叫爷爷怎么办哪?!"

站在苏老伯面前,有些手足无措的圆月,揉着自己的手指,嚅嗫着说:"爷爷,对不起……圆月看天气不好,怕柴火不够,所以走远了些……"

"苏老伯,不要再责备圆月了。"连天瞳进了屋,笑着劝道,"人平安回来就好,她也是一片孝心。"

"就是,她跟我们说过,是怕您老人家冻着,这才冒着坏天气出去捡柴的。"一旁的 Ken 和钟晴赶紧作证。

"唉,老朽也是担心她呀。"苏老伯无奈地说,"这些年,就只有我们爷孙俩相依为命，若她有个什么闪失，百年之后，我如何向她九泉之下的父母交代啊。"

圆月垂着头，委屈而难过地抿着嘴。

"现在不是什么事也未发生么？"连天瞳继续着打圆场，走过去拉起圆月的手，说，"看你累成这副模样，快去休息，以后莫要再做让大家担心的事就好。"

圆月点点头，沮丧地回了自己的房间。

"苏老伯也早些歇息吧，天寒地冻的，莫着了凉。"连天瞳走过来，冲 Ken 使了个眼色。

"没错，苏老伯别生气了，我扶你进去休息。"Ken 立即会意，马上扶着长吁短叹的苏老伯进了房。

站在空空的外屋，听着从苏老伯房间里传出的断断续续的咳嗽声，连天瞳摇摇头，对钟晴说："今夜恐有暴雨，莫睡得太死了，谨防自己被风刮走都不知道。"

"喊！哪有那么夸张！"钟晴白了她一眼，随即又将这屋子打量了一番，说，"房子已经加固过了，就算下大雨吹大风，应该也不会有事了吧。"

"但愿无事。"连天瞳走到门边，拿起搁在那儿的油伞，甩了甩上面的水迹，"走吧。"

大风仍旧不停地刮着，降下的雪雨也越来越密集，到了后半夜，果真应了连天瞳的话，一场在冬天少见的瓢泼大雨倾盆而落，半边村里凹凸不平的土地上，很快形成了一个又一个大小不一的水坑，满了，溢出来，又集结成一条条迅速流动的雨河。幸亏之前的加固工作做得到位，各处房舍虽然在风中摇摇晃晃，但是暂时都没有被损毁的迹象。

躺在床上，呜呜的风声尖厉刺耳，一阵阵从钟晴耳旁呼啸而过，搅得他辗转反侧，无心睡眠。在换了无数种睡姿仍不奏效后，口干舌燥的他干脆坐了起来，起身走到外头去倒水喝。

一出房间，就看到 Ken 独自坐在桌子前，对着面前已经凉透的茶水发呆，虽然有灯罩护着，可是油灯的火光，依然微微颤动。

"你也失眠啊？"钟晴揉了揉眼睛，走过去提起茶壶，连杯子都省了，直接往嘴里灌着水。

"风急雨骤，动静那么大，吵死人了。"Ken 抬起了无睡意的双眼，看着咕嘟咕嘟喝个不停的钟晴，"你向来嗜睡，难道也被吵醒了？"

即将上市

袋梠双树 作品
雌雄怪盗（上下）

白饭如霜 作品
非人执事

夜不语 作品
时光包裹

侧侧轻寒 作品
捡到一条龙

蝴蝶蓝 作品
近战高手（1-2）

* 即将上市系列皆为示意封面，以最终出版物为准。

新品上市

穹顶之下（上/下）

刘慈欣等 作品
雾霾凶猛，末日已至，人类究竟何去何从？
刘慈欣、陈楸帆、宝树、马伯庸等一线科幻作家，联手打造末日危机科幻短篇集！
定价：29.80元/册

不想长大

FEFE 编绘
这是一本每一个不想长大的人应该看一看的书。
继职场爆笑系列后，人气漫画家FEFE全新创作首部温馨感人绘本。
定价：35.00元

陌上桑

袋梠双树 作品
乐府诗词中的奇女子，流传千古的故事，被重新演绎！
袋梠双树继《浮生物语》后最神秘新作
古风浪漫，温暖依旧。
定价：29.80元

蔡骏随笔集

蔡骏 作品
中国最畅销悬疑作家首部自传性质随笔集
道尽人间悬疑，揭示笔下天机
定价：29.80元

策划出品：漫娱文化
新浪微博账号：@ 漫娱文化
腾讯微博账号：@ 漫娱文化
好漫画微信账号、好漫画app 二维码：

每天推荐一款惊喜动漫产品

美人难做
橘花散里 作品

定价：35.00元

继《芥子》畅销30万册之后，百变大神橘花散里倾情打造经典华丽古言力作

封印师
两色风景 作品

定价：25.00元

被放逐的封印一族
少年×传说中的二尾妖狐

畅销作家两色风景超人气幻想新作

天使街9号店
微不二 作品

定价：35.00元

最神秘莫测店主，最匪夷所思案件，最惊心动魄冒险。

2015最好看动漫幻想悬疑小说

好漫画单行本系列 第一弹

怪物大师
于小发 作品

成长式冒险×心跳式阅读×漫画式改编
每一个雷欧幻像的书迷，都应该追看的漫画！

天才J
CMJ&白猫 作品

数学天才×生命公式×天才对决
优酷出品真人网剧同步线上火热播映中！

烈火青春
极乐鸟 作品

极乐鸟继《暴走邻家》之后，打造中国版《灌篮高手》

定价：12.00元/册

经典长销

怪客书店①	春十三少	28.00元
怪客书店②	春十三少	32.00元
暗夜协奏曲大画集	魔王S	48.00元
大人为什么不高兴	亚亚	35.00元
怦然心动	布果	38.00元
休止符	由·得林洛斯	28.00元
偷星2-3	周洪滨/江南	38.00元
偷星1星之指引	周洪滨/江南	25.00元
周洪滨教你画漫画·少年篇	周洪滨	28.00元
周洪滨教你画漫画·少女篇	周洪滨	28.00元
降灵家族（十年纪念版）	裟椤双树	36.00元
龙与少年游	江南	29.80元
蓝帽会	原晓	28.00元
灵魂摆渡（上/下）	小吉祥天	29.80元/册
少年夜不语系列5（奇迹森林/伤心涂鸦）	夜不语	29.80元/册
少年夜不语系列4（童话镇/倒计时）	夜不语	29.80元/册
夜不语诡秘档案3（上/下）	夜不语	29.80元/册
犯罪师对决	早安夏天	25.00元
浮珑·浮生物语前传	裟椤双树	26.80元
浮生物语外传·七夜	裟椤双树	25.00元

喝够了，钟晴放下茶壶，心满意足地抹了抹嘴，苦恼地说："什么被吵醒了，我根本就没睡着。天知道怎么搞的，往常我一沾枕头就见周公，可最近几天，这睡眠是越来越差了。"

"你说你这些日子常做噩梦？"Ken盯着他的脸。

"是啊，那天不是都跟你说了吗？"钟晴坐了下来，"前天跟昨天我又梦到我的家人了，还是看不到他们的脸，但是我知道是一定是他们。到了最后，又是一片血海淹过来……好怪的情景。虽然只是个梦，却搞得我有点不安呢。"

"也许是你想家了。"Ken的眼中闪过一丝不易察觉的担忧，随即却不动声色地找了个不成理由的理由安慰他，"没有想过回家吗？"

"想过啊！"钟晴肯定地说，"只不过……要让我现在走的话……"

"舍不得这地方？"Ken笑了笑，两簇灯火在他的眸子上跳动，"还是……舍不得某人？"

被戳中了心事，钟晴这回竟也不再辩驳，把下巴搁在桌子上，看着灯罩里昏黄的火光，说："有件事我一直没跟你说。"

"哦？"Ken把头一歪，目光绕过油灯看着钟晴，"什么事？"

"上次在大庆殿下头，我被盘古斧劈晕的时候，曾经在恍惚间听到了连天曈说了一句话。"钟晴目不转睛地盯着油灯，顿了顿，"'他若死了，我定不让你好过。'这话，就像是从她心里直接传到我这儿似的，直到现在想起来，她说话时的那股子绝然和狠劲儿，我依然印象深刻。"

"是吗？"Ken把头转了回去，笑，"听起来应该是对温青琉说的。呵呵，看来她也是很维护你的呢。"

"也许吧。"钟晴傻笑了一下，"其实我说不清对她是什么感觉。我最初对她是什么态度，你最清楚。可是到了后头，也不知哪根神经搭错线了，跟她在一起的时间越长，越不想离开她了。实话跟你说吧，当初替她挨那么一斧子，我后头虽说什么救人是我们钟家的责任，可当时要真换了别人，我不敢保证自己是否还能毫不犹豫地冲上去。那会儿我就一个念头，就是不想她受伤，其他的根本没考虑。后来，在知道了那个预言的事之后，对她的这种感觉更强烈了。我跨了整整一千年时间，看似一个意外，可到了现在，我觉得我好像就跟专门回来找她似的。哎，你说我是不是疯了，居然有这么玄的想法？"

"你现在应该还算正常。"Ken牵强地笑了笑，眸子里的光彩渐渐暗淡了下去，"或者，你们真的是对方很'重要'的人。缘分这个玩意儿，不会受时间地点乃至时空的限制吧。可是，照那预言的后几句看，你们……"

"唉，你还别说，那几句话看得我到现在心里都起疙瘩呢。"钟晴皱起了眉头，"什么心魔什么未知劫，说得恐怖兮兮的，不知道到底是什么意思。"

"心魔……"Ken喃喃道，"每个人都有心魔……胜不过它，你就会被吞掉……"

"你说什么？"钟晴直起身子，紧张地问，"难道看出点什么苗头了？"

"没有啊……我随口说说的。"Ken见他那么紧张，忙摇头否认，接着又看定他的眼睛，很慎重地说，"钟晴，你放心吧，不管什么魔什么劫，有我在，断然不能允许他们伤到你。"

钟晴一愣，旋即嘿嘿笑道："你这个家伙，为什么总是对我那么好啊？"

"因为我与你妈妈是故交啊。"Ken嘴角一翘，"怎么说你也算是我大侄子了，护着你也是应该的。"

"喊！谁是你侄子？"钟晴噌一下跳起来，"你看起来没比我大上多少，别随便冒充长辈行不行？"

"哈哈，我外表上跟你差不多，可是我真的比你大上好几百岁呢。"Ken笑不可遏，"这个长辈我是当定了。"

"你……"

钟晴被他"倚老卖老"的神情气得吹胡子瞪眼。

就在这时，一阵急促的叩门声响起。

"咦？都这么晚了，谁来找我们啊？"

钟晴和Ken对视一眼，嘀咕着走了过去，拉开门闩，"咣"一下开了大门——一把陈旧的油伞，下头站着瑟瑟发抖的圆月。

"圆月？"钟晴吃惊地看着她，"怎么这会儿还跑过来，有事吗？"

圆月的嘴唇被冻得乌青一片，颤着嗓子说："爷爷……爷爷让我来请刃公子过去，说有急事要跟他说。"

"苏老伯？找Ken？"

钟晴忙回过头把Ken叫了过来。

"你爷爷大半夜要你来找我？"Ken有些奇怪，他跟苏老伯好像并没有太多来往，"出什么事了吗？"

"不知道。"圆月焦急万分地摇着头，以乞求的语气对他说，"爷爷很着急的样子，一个劲儿要你快些过去！刃公子，求求你，赶紧去一趟吧！"

见她急得快要哭出来，钟晴忙推了Ken一把："愣着干吗，赶紧去啊！我跟你一块儿过去看看。"

"钟大哥！"圆月拉住了钟晴，说，"爷爷特别吩咐我，只要刃公子一个人过去！"

"啊？"钟晴挠了挠脑袋，嘀咕，"怪了，到底叫他去干吗啊？"

"刃公子！"见Ken还没动静，圆月几乎要跟他跪下了，"我不知道爷爷怎么了，他就是马上要见你！"

"别急别急，我马上就去。"

Ken抬头看了看屋外的大雨，一咬牙，连伞都没拿，只拿双手遮在头上，快步冲了出去，踩着一地泥水，往苏老伯家跑去。

见Ken终于去了自己家，圆月松了口气，说："打扰钟大哥了，我也回去了。"

"圆月，你爷爷他……"

钟晴正要追问，却见圆月偏过头，看向屋内，小口一张："哎呀，钟大哥家中还有别人么？圆月怎的看到一条黑影从屋内蹿过？"

"黑影？"钟晴一惊，当即转身跑进了屋，上下左右查看了个仔细。

可是，什么也没发现，整个屋子一点异常状况都没有。

"哪儿有黑影啊，圆月你是不是眼……"

钟晴回过头，那个花字还来不及出口，却惊见一把寒光刺目的匕首朝着自己的眉心刺了过来。

连退后一步的机会都没有，钟晴的双手一把抓住了锋利的匕首，迫使它停在了离自己脑袋不到一厘米的地方。

心头的震惊让他忽略了手掌的剧痛。

"圆月！你干什么？"他咬牙喝道。

匕首的主人，正是那刚才还是一副楚楚可怜之相的圆月。

这时的她，总是挂在小脸上的温和笑容早已不知去向，两只曾是水汪汪的圆圆大眼如同蒙上了一层灰翳，除了透出两道犀利至极的凶光，再无其他。乌紫一片的嘴唇只机械地吐着同一句话："你必须死！你必须死！"

钟晴的手腕剧烈抖动着，匕首离他越来越近，圆月的力气，突飞猛长了上百倍不止，他越来越抵挡不住。

"圆月，你疯啦？！"他大吼。

"你必须死，你必须死！"圆月像是没听见，拼命地把匕首朝他眉心压过去。

见势不妙，钟晴将头一偏，突然松开了手，顺势一掌击在了收不住力栽了出去的圆月背上。

这一掌，不重，钟晴有意省下了大半力气，只想推开，不想伤她。

倒在地上的圆月马上爬了起来，回头就朝钟晴扑了过去。

钟晴瞅准空当，猛地扣住了圆月的双腕，死死制住她，吼道："圆月！我是你钟大哥，你看清楚啊！"

圆月哪里听得进他的大吼大叫，奋力挣扎中，她眼里的仇恨越烧越重。

中邪了，一定是中邪了！

钟晴认定圆月是因为这个原因才迷失了本性，可是，在这个紧要关头，他又找不到有效的办法帮圆月恢复正常。

就在他无计可施之时，圆月大叫一声，硬是从他的钳制中挣脱出来，提起匕首就朝钟晴刺去。纠缠中，钟晴躲闪不及，肩膀被刺开了一道血口子。

火烧火燎的疼痛从伤口处传出，钟晴用力推开圆月，自己跳到一旁，拔腿就要朝屋外冲，可是刚跑到门口，"砰"一声就被弹了回来。

结界？！

他心头大惊。

来不及爬起来，头上已经扫过一阵杀气十足的冷风——

圆月高举匕首飞身扑了过来，照那个劲道戳下去，恐怕连钢铁也会四分五裂。

钟晴顺势一滚，匕首险之又险地插到离他的头不到半寸的地上。

不待他眨眼，圆月拔出匕首又朝他的眼睛刺来，招招都要取他的性命。

钟晴既要顾忌着不能伤她，又要顾着自己不被她伤到，两个人在地上扭打成一团。

桌椅全部被撞翻，茶杯茶壶碎了一地。

"钟晴！"

一身湿透的 Ken 冲到了门口。

刚刚去到苏老伯那里，老人家正在被窝里睡着，根本没有叫圆月来找过自己。

心知有异的他慌忙赶了回来，却不料一跑到家门口就看到这样一幕情景。

更糟糕的是，Ken 进不去屋里，如同刚才钟晴出不来一样。

一层牢固的结界，隔断了屋里屋外。

仍他使出浑身解数，就是进不去。

"莫再乱撞了，让我来。"

连天瞳的声音从Ken身后传来。

虽然外头风雨声重，但是屋内的搏斗声依然惊动了对面的她。

带着倾城，连天瞳站在门口，心头虽急，行动却颇为镇静，伸手碰了碰挡住她和Ken的无形结界，眉头一皱，举起食指放到口中，用力咬了下去。

抬起鲜血滴落的手指，连天瞳在大门口的空气中划拉起来。

虽然是划在空气上，可是，如同在玻璃上写字一般，一个大大的"开"字出现在眼前，冒着淡红的薄烟。

连天瞳吸了口气，将手掌贴在那个"开"字上，低喝一声："铁壁铜墙，万里厚土，一血为令，皆化虚无。开！"

说罢，她掌下一用力，那以血写成的"开"字顿时炸裂开了去，即刻在空气中消失得无影无踪。

"守在门口，不得让人接近！"连天瞳对倾城下了命令，随即闪身跳进了屋内，还不忘扔给Ken一句，"关门，莫惊动他人。"

不得不佩服连天瞳的细心，在这个时候还能想到这些小细节，跟着冲进屋内的Ken马上反手关上了大门。

"快过来帮忙啊！圆月中邪了！"钟晴的脸已经涨得通红，躺在地上拼命抵住铁了心要在自己身上戳几百个窟窿的圆月，他的力气几乎快要用尽，见两个救星杀到，他赶紧扯开嗓子大喊。

Ken马上冲过去，死死箍住了圆月，把她从钟晴身上拖了起来。

圆月愤怒地吼叫着，双脚在地上乱蹬，发狂般地挣扎着。要完全制住力大无穷的她，连Ken都觉得有点力不从心。

"圆月！你冷静一点啊！是我们，你看清楚！"Ken紧扣在一起的十指，就快要被圆月挣开。

钟晴喘着气爬起来，冲到圆月面前，抓住她的手要夺下匕首，边夺边对连天瞳喊："你也过来帮忙啊，抓住她的手，她力气好大！"

连天瞳却没有照他的话去做，她走到圆月后侧，右手突然摁低圆月愤怒而顽强的头颅，左手利落地撩开披散在她颈后的长发，圆月光洁白净的后脖颈当即暴露出来，颈椎处，一粒颜色鲜艳的红点分外惹目。

"果然……"连天瞳咬了咬牙，一股莫名的怒气蹿上来，呵道，"给我抓好她！"

说罢，她抬起小指，对准圆月颈后的红点扎了下去，嚓一声，整个指甲没入了圆月的皮肉。

闭目默念了一句什么，连天瞳柳眉一竖，喝了声："符出！"

只见她将左手朝后一抽，一张小小的纸片粘在她扎入圆月体内的小指上，从那红点中被拉了出来。

当纸片全部被取出时，先前还如野兽一般疯狂的圆月，霎时停止了所有的动作，整个人如同被抽去了骨头一般，眼一闭，软软瘫倒在 Ken 的怀里，手里的匕首"当啷"一声落在了地上。

"圆月！圆月！"钟晴试探着拍着她的脸。

"她晕过去了。"Ken 探了探圆月的鼻息，松了口大气，小心地把她放到了地上，擦了擦头上的汗珠。

"怎么会这样？"钟晴心有余悸地看着躺在地上的圆月，"圆月居然拿刀杀我？简直不可思议。"

"她中了傀儡之术。"连天瞳端详着手中画满了怪异符号的纸片，眼神冰冷。

"傀儡之术？"钟晴讶异地问道，"跟中邪差不多吧？"

连天瞳没回答，看了钟晴一眼，皱眉问道："你受伤了？"

"啊，没事，被匕首划破了点皮肉。"钟晴满不在乎地拍了拍自己的肩膀和手掌。

"钟晴，你……"Ken 的目光停留在钟晴的伤口上，"你的伤口怎么流的是黑血？"

"黑血？"钟晴忙低头一看，果然，白色的袍子与泛白的手心上，各有一行湿漉漉的黑色液体从他的伤口处汩汩而出。

"这……这是血吗？"他沾了一点在手指上，搓了搓，又闻了闻，"腥味……的确是血的味道，怎么会变了颜色了？"

连天瞳拾起落在一旁的匕首，放到鼻子下嗅了嗅，片刻，说："匕首上沾了蛇毒。"

"有毒？"

钟晴和 Ken 当即目瞪口呆。

蛇毒，黑血，意味着什么，钟晴很容易就想到了。

"完了，我中毒了！"钟晴慌乱地捂住自己的伤口，"剧毒吗？没药救了？"

"毒是一沾即亡的剧毒。"连天瞳把匕首扔到一旁，略有疑惑地看着钟晴，"可你却站到了现在。"

"啊？！"钟晴一听，合上了嘴，摸了摸伤口，说，"除了有点割伤的疼痛，我好像真没什么其他感觉，你要不说，我真不知道自己中了剧毒呢。"

"蛇毒对你没作用？"Ken锁紧眉，自言自语，"难道是……"

"谁干的？"钟晴抬起头，怒气冲冲，"圆月绝对不会有理由杀我！谁跟我有这么大的仇，居然拿这么卑鄙阴险的办法要我的命？"

"凶手……"

连天瞳拿起手中的符纸，右手一动，从袖间抽出一截红线，将线头从符纸上一穿而过，默念了一声什么之后，将手一扬，只见那红线就跟活了一般簌簌朝空中蹿去，像是被人从另一个看不到的空间给拉上去了一般。

"你这是在……"Ken看着不断从她手中延伸而出，消失在空气另一端的红线，惊讶地问。

"把凶手揪出来！"连天瞳咬了咬牙，脸上少见的怒意仍未减去。

"这样可以抓到凶手？"钟晴一下子兴奋起来。

不消片刻，连天瞳的红线突然停止了运动，绷紧成了一条笔直的线，如同拉住了什么东西一般。

连天瞳双眼微微一眯，双手拽紧了手中的红线，用力朝下一拉，厉喝了声："给我出来！"

没等其他两人回过神，一个人影竟从空中落了下来，狠狠栽到了地上。

"果然是你！"连天瞳看着倒在地上，腰上紧紧缠着数十圈红线的人，又气又急。

"玲珑？！"

"小妖精？！"

两个大男人已经不知道要如何表达自己的讶异之情了，尤其是钟晴，被打傻了似的盯着地上的人，连呼吸都给忘了。

从空中突然落下的，被连天瞳称之为"凶手"的，正是已经失踪了好些天的刃玲珑。

"你以为藏身到别的空间，我就找不到你了么？"连天瞳愤然将手中已经烂掉的符纸扔到刃玲珑面前，"傀儡之术是我教你的，只要有这个符纸，你纵是躲到九天云外，我也能把你抓回来！"

"抓我回来又如何？"刃玲珑缓缓撑起身子，"我要做的已经做完了。"

"小妖精,你是不是吃错药了?"钟晴冲过去,蹲下来一把抓住她的肩膀,"你怎么会做这种事?"

"你……"钟晴的突然出现,把刃玲珑吓了一跳,她颤抖着身子,看着他肩膀上的伤口,难以置信地问,"你不是中了匕首吗?怎么……怎么一点事都没有?"

"我问你,你为什么要杀我?"钟晴才不理会她的问题,摇着她的身子,"说啊,你到底发什么疯?"

"怎么会这样……那是剧毒啊……"刃玲珑捂住自己的嘴,目光在地上慌乱地扫视着,"你不可能还活着……"

"你说什么?"最后那句话,钟晴是听清楚了的。

突然,刃玲珑一把推开了他,身子一跃,扑过去拾起了被连天瞳丢到一旁的匕首,转头就要朝钟晴刺去。

然而,失去控制的刃玲珑被 Ken 及时拦了下来。

啪!

一记清脆的耳光。

刃玲珑手里的匕首落了地。

"你闹够了没有?"Ken 捏紧了拳头,指着一旁昏迷不醒的圆月,"你竟然会想到利用圆月?你知不知道这样可能会害死她的!"

"我……我……"刃玲珑捂着脸,身子瑟瑟颤抖,泪水在眼眶里打转,"我已经顾不了那么多了,只有他死了,你才能好好活着……"

"你……"Ken 气极,扬起手又想给她一巴掌,可是,停在半空中的手掌,终究还是没落下来,他愤然一甩手,呵斥道,"我跟你说了那么多,怎么你还是执迷不悟呢?我的事,绝对不准你插手!"

"喂!"钟晴冲到他们两人中间,吼道,"你们两个,究竟说什么?什么死啊活的?啊?到底是怎么回事?"

一看到他,刃玲珑的身子抖得更厉害,她一把揪住钟晴的衣领,咬牙道:"你出现那么多怪异的行为,知道原因吗?"

"玲珑!"Ken 想阻止她说下去。

"让她说!"钟晴回头狠狠瞪了 Ken 一眼,"我要知道实情!"

"事到如今,还有隐瞒的必要么?"连天瞳看了 Ken 一眼,扭头对玲珑说,"把你知道的,全部说出来。"

刃玲珑咬了咬嘴唇，松开了抓住钟晴的手，缓缓说道："你的身体，之所以会有那些怪状出现，是因为……因为你被人下了重咒。"

"重咒？"钟晴愣了半晌，"那是……什……什么咒？"

"三生绝魂咒。"刃玲珑抬起已有些充血的眼睛，看着他的脸，"中咒者，逢三必乱，三岁、六岁、九岁，每三年必有一劫，一次重过一次，到最后，活不过二十一岁。要解这个咒，只有一个办法，就是在中咒之人二十一岁的最后一天，以命换命。你只要知道，我哥铁了心要用自己的命为你解咒，要你活着，他就得死！我不能眼睁睁看他死去，只能赶在那一天到来之前……除掉你，如此，他就不需要再为你解咒了。"

钟晴觉得自己的语言功能全部消失了。

刃玲珑的话，他虽然不能完全理解，但是，他要活着，Ken就得死这一点，他是再明白不过的。

"竟有这等事……"连天瞳呆立原地，只觉得手心有些发凉。

"谁……谁这么告诉你的？"Ken冲上去一把揪住刃玲珑的胳膊，难以置信地问，"谁告诉你三生绝魂咒会害中咒者活不过二十一岁？苏雅维娜竟是这么跟你说的？！"

"是的！"刃玲珑顾不得被他揪得发疼的胳膊，含泪大声说道，"她什么都跟我说了，海底囚内封有七面海妖的血，还有下咒解咒的方法，甚至靠双子水晶的共鸣去寻找中咒之人，她全都跟我说了！"

"天……"Ken颓然松开了手，刚才的暴戾之气被无奈的平静所替代，"玲珑啊，你被苏雅维娜骗得太彻底了。"

"骗？"刃玲珑张大了眼睛，"她骗我什么？难道你没有进海底囚？难道你没有带着双子水晶去找人？难道你没有打算用自己的性命去解咒？"

"不错，这些都是真的。但是……"Ken看了看旁边焦躁又茫然的钟晴，深吸了口气，回头看定刃玲珑，说，"绝魂咒的后果……她只告诉了你一半。"

"一半？"刃玲珑愣住了。

"等……等等！"钟晴几近瘫痪的舌头终于恢复了功能，他看了看Ken，又看了看刃玲珑，指着自己，问，"你们的意思是，我所有的'不对劲'，是因为我中了咒？那个叫什么三生绝魂的咒？！"

"是……"Ken轻轻点了点头，沉默了许久，语气低沉地说道，"在人类世界基本成型之后的上百年时间里，北欧的两派神裔虽然会为争夺彼此的地位而互相争斗，但是，他们也常常为保护人类而同各种妖魔恶灵作战。在这些扰乱人类生活，甚至给人类带来莫大灾难的异类之中，有一只人身蛇首的七面海妖，每隔七年，它便会离开深海，化身为美丽的女人或俊朗的男人，在人类世界里游走，谁伤害了它，它就会吃掉谁，谁爱上了它，它也会吃掉谁。这只邪恶的妖怪，其实就是以人类的爱憎之情为食。"

"七面海妖？"钟晴讷讷地重复着这个怪异的名字，"可……这个跟那个咒有什么关系？"

"这只海妖，不仅邪恶，自身的力量也极其强大。收服它的时候，不仅出动了亚萨和华纳两族的诸位大神之外，连我们刃族的首领也加入了其中。至于结果，虽说费了不少力气，那海妖最终还是死在了神族的长矛之下。"Ken没有直接回答钟晴的问题，自顾自地继续说了下去，"之后，亚萨和华纳两族分别拿去了海妖的头和身体作战利品，而我们刃族，只是取走了它的一滴血，盛在一个小瓶里，封到了族里的禁地——位于万米深海的海底囚，严禁任何人碰它。关于这滴血，精于咒术的刃族首领曾告诉过族中少许地位高深的神裔，用这滴七面海妖血作咒，中咒者逢三必乱，一旦体内的咒超过二十一年，中咒人就会……"

"就会怎样？"钟晴急不可耐地问，"会死？"

"不会。"Ken摇了摇头，这后头的两句话，却说得分外艰难，"会带给他无人可及的强大力量。然后……逐一杀掉那些最爱他的人，父母、朋友、爱人，无一可以幸免。当然，还有那些憎恨他的人。没有谁可以逃脱，因为这些人的一切，早已经存在于他的记忆之中，谁对他好，谁对他坏，这个咒，会通过他的记忆找到他们，不论他们身在哪里……"

钟晴的脸开始发白了。

"你说什么？！"刃玲珑扑过去抓住了Ken的手臂，"苏雅维娜不是这么跟我说的，她只说过一旦过了二十一岁，中咒的人就会死，只要我能阻止你在这个期限内找到中咒的人，或者在你为他解咒之前杀掉他，你就不会有事了！"

"苏雅维娜早已经成了一部只懂得怨恨的疯狂机器了。"Ken轻轻拉下刃玲珑的手，"玲珑，你被她利用了。"

"苏雅维娜……那个镜子妖婆？"钟晴拼命稳住自己的情绪，迫切地问，"她不是已经被我们烧死了吗？怎么又扯到她头上了？老天爷，你们究竟瞒了我什么啊？"

现在，整个屋子里最安静的人，除了不省人事的圆月之外，就只有只听不说，暗自思索的连天瞳了。

"苏雅维娜曾经也是刃族的神裔，本名刃朵蓝，这个你是知道的。"Ken看着钟晴，揭开了在心中尘封已久的往事，"她与我，还有你妈妈刃珞秋，我们这群年轻的神裔一直在族里的海岛上过着平静的生活。长久以来，我知道刃朵蓝一直倾心于我，她甚至很明白地跟我说，她一定要做我的妻子。但是，我断然拒绝了她。之后不久，我继任为刃族的光之祭司，而暗之祭司，则会从她和你妈妈二人中挑选而出。按照刃族千万年来的规矩，被选中成为光暗两位祭司的男女，在修习完一个祭司应该掌握的全部法术之后，二人就要结为夫妻。刃朵蓝为了成为暗之祭司，用尽了一切方法。可惜，最终被选中的人，还是你妈妈。几乎疯狂的她不甘心接受这样的事实，动了被族里禁忌的邪术来对付一直拿她当亲姐妹看待的珞秋，为此，你妈妈差点就丧命在她手中，幸而发现及时，我们费了很大力气才救回了她。因为犯下残害同族的罪行，刃朵蓝被剥去了神族所有的力量，原本是要将她关入海底囚直到她死去为止的，但是我念她是一时鬼迷心窍，终究不忍看她凄惨死去，所以为她向长老们求情，最后，留下了她一条性命，将她永远驱逐出了刃族。我本以为今后她能有所悔悟，好好当她的苏雅维娜，可是，她做出的那些事……唉，这个女人，眼里除了怨恨，什么也看不见了。"

说到这里，Ken把目光转到已经不知所措的刃玲珑脸上，说："我想，正因为她恨我还有珞秋入骨，所以才会想到利用你来达到她的报复目的吧。编出那么一套半真半假的话，如果你成功地阻止了我在期限之内找到钟晴，他一旦咒发，他的妈妈定会成为他手下亡魂。而且，作为钟晴现在的朋友，我也会成为他下手的对象。退后一步说，就算被我顺利找到了钟晴，如果你想尽办法杀掉他，这样一来，他的家人一定会伤心欲绝，我也不会好过。如此，不论你做到哪一点，苏雅维娜的恶毒报复都算是成功了。因为我，给了她一个千载难逢的机会，一直等着这一天的她怎可能不好好利用？玲珑，你差点铸成大错！"

刃玲珑心头如遭雷击，不由自主地退后两步，喃喃道："被利用了？她竟然利用我对你的感情……骗我！"

"我老妈……居然跟那个妖婆有这么大的渊源？那个咒……"钟晴愣愣地看着地上，随即，他猛抬起头，问，"说了那么多，我中的那个该死的咒，究竟是谁给我下的？是不是那个老妖婆？可是……可是我之前从来没有去过北欧啊，那个老妖婆是什么时候给我下的咒？"

Ken 呼了口气，看定他的眼睛："这个咒，从你一出世便开始运行了。"

"从我出世开始？"钟晴的眼珠子就要从眼眶里掉出来了。

"你三岁，六岁，每逢三之倍数的年龄的时候，是不是都遇到过危及生命的祸事？"Ken 问道。

"祸事？"钟晴努力地回忆了一番，说，"我老妈好像说过，我三岁那年，吃果冻差点被噎死；六岁时候有一次站在家里的阳台上往下看，结果一不小心栽了出去，幸亏被楼下的雨篷挡了一下，只摔断了小腿……十五岁那年，我记得跟我姐去一座废弃的工厂抓鬼，差点儿被那只恶灵给吞了；十八岁……倒是没什么，就是跟我奶奶一块儿出了场车祸，当了好一段时间的木乃伊。"

"这就是绝魂咒的早期征兆。"Ken 没有再看他的眼睛，目光有些无意识地闪避，"这个咒，中咒的是你，可是被下咒的人……是你妈妈。"

"什么？"惊讶之余，钟晴又被搞糊涂了，"中咒的是我，关我老妈什么事？"

"这个咒，有别于那些下在谁身上就应在谁身上的恶咒。中咒的人，只要不生下子嗣，此生可保平安，一旦生下孩子，这个咒就会应在她的第一个孩子身上。到头来，中咒之人因为这层分割不开的血缘关系，照样会丧命于咒下。"Ken 叹了口气，苦笑，"死在至亲之人手上，还有什么比这更绝望呢？"

"好恶毒的咒……"连天瞳终于开了口，问道，"是那个一心报复的女人下的手？还是……另有其人？"

"对啊，快告诉我！究竟是不是那个毒妇下手害我老妈和我？"钟晴一把揪住了 Ken，双眼喷火地问道，"到底是谁啊？你快说啊！"

Ken 张了张口，可是，要说的话却卡在了喉间。

空气中，一触即发的紧窒压得人喘不过气来。

"是谁？你要急死我才舒服是不是？！谁下的咒？"钟晴狠狠摇晃着他，急得快要吐血。

"我。"一个字，轰掉了钟晴的三魂七魄。

刃玲珑再也站立不住，瘫坐在地。

向来冷静的连天瞳，第一次从她脸上读出了呆若木鸡四个字。

抓住 Ken 的手，慢慢松开了。

反倒是钟晴，没有大吼大叫，没有暴跳如雷，连一点讶异之情都没有出现。

看着眼光偏向别处的Ken，他再正常不过地说了句："你再给我说一次。"

"你身上的咒，是我造成的。三十年前，在你妈妈离开海岛的前一晚，我让她喝下了藏有海妖血的酒。"

当把藏在心底一直不肯说的话一股脑儿都倒出来之后，Ken突然有种难以言语的轻松。

"为什么？"钟晴一动不动，像看着一个陌生人般看着他，神态出奇地平静，连语速也比平时慢了许多，"你跟我妈妈……不是感情很好的同族吗？为什么要向她下咒？"

"我喜欢她。"Ken的嘴角泛起了涩涩的笑意，"喜欢她没心没肺的大笑，喜欢她稀奇古怪的行为，喜欢她善良单纯的天性。当她被选为暗之祭司的时候，我表面平静，心里却是狂喜的，我很清楚，以我们两人的资质，顶多用去短短两百年时间就能修成合格的祭司，到那时候，她就会成为我的妻子。你知道吗，我曾多么渴望这一天的到来。"

"你……"钟晴的神色有了点点变化，两道想杀人的犀利目光直刺到Ken的脸上，"你既然那么喜欢她，为什么还要……"

"三十年前，她独自离开海岛去外头游玩了一段时间，回来之后，她突然告诉我，她不愿再做暗之祭司了，她要离开海岛，因为她遇到了一个想和他过一辈子的男人。她说她之前其实根本没有弄明白她对我是怎样的感情，她曾以为她是喜欢我的，可是在遇到那个男人之后，她才明白，原来她对我的感情，一直都是妹妹对哥哥的依赖而已。"Ken说得很平静，像是在讲一个别人的故事一般，可是，却藏不住眼里的痛楚与怀念，"她请我原谅，并且当即就去向族里的长老们请辞，甚至甘愿以抛弃神族的身份为代价，只求一个自由之身。她一直是最受长老们宠爱的神裔，见她去意坚决，长老们商量之后，削去了她一半的神力，取消了她的祭司之职，放她离开海岛。"

讲到这里，Ken突然停了下来，下面的话，似乎需要更大的勇气才能说出来。

"见到她那么兴高采烈，一想到她那么幸福的笑容却是为另一个男人而展开，我的心，几乎要被妒火烧成灰烬。"Ken的手，攥成了拳头，缓了缓神，他吁了口气，继续道，"我佯装无事，请她留到第二天再走，说我有临别的礼物要送她，她答应了。当夜，几乎疯狂的我偷偷潜入了海底囚，取出了秘藏在那里的海妖血。到她临走的时候，我以饯行的名义，让她喝下这杯藏着重咒的美酒，对我毫无疑心的她一饮而尽。被妒忌与恨意冲昏了头的我，选择了以这样恶毒的方式去报复这个'背叛'我的人，去祭奠已经不可能再拥有的幸福。呵呵，没想到我做的一切，全被游荡在海上，对我仍不死心的苏雅维娜窥在眼里，难怪在幽灵船上，她会说我也不是什么光明磊落之辈。没错，现在想来，当时的我，跟不择手段要报复的她，没有什么区别……"

一只拳头，狠狠击在了Ken的脸上。

他一个趔趄，摔倒在地。

"哥！"刃玲珑惊叫一声，扑过去扶住了他。

"你……你怎么能做出这么狠毒的事情？"钟晴举着拳头，因为极度的气愤，身子剧烈地颤抖着，失望而痛苦地吼道，"我一直以为你是可以让我完全信赖的人！你……你的演技实在太好了！如果不是玲珑要杀我，你是不是还要把我当傻瓜一样骗下去？！"

Ken轻轻拉开刃玲珑想扶他起来的手，低声说："我没事。"

揩去嘴角渗出来的血迹，他抬头看着钟晴，释然地笑笑："打得好……"

"打得好是吗？"钟晴盯着他，再也控制不住自己的情绪，仅仅给他一拳是解不了恨的，他大吼一声，举拳又朝Ken冲了过去。

"够了！"刃玲珑闪身挡在了Ken的面前，"住手！给我住手！"

"钟晴！你冷静一些！"连天瞳见势不妙，赶忙从后头冲上来，紧紧拉住了钟晴的胳膊，厉声呵道，"现在动手打人一点意义都没有！"

"你们两个！"一个挡一个拉，动不了手的钟晴恼怒地瞪着她们，指着Ken吼道，"他对我下的什么咒你们没听到吗？我的亲人，会死在我手上啊！你叫我怎么能轻易放过他！"

"是咒就能解！"连天瞳狠狠回了他一句，"你听他把话说完行不行？！"

连天瞳的劝阻，对于几乎崩溃的钟晴，还是奏效的。

他喘着粗气，放下了拳头。

见他住了手，连天瞳松了口气，转头看着Ken："把解咒的方法，细细说给我听！"

"这个咒，没法解的。"Ken回答地相当干脆，继而说道，"她离开海岛后的第九年，有一天，我看到留在瓶子里的另外半滴海妖血消失了。于是我知道，她已经跟那个男人生下了孩子，而绝魂咒，也开始了它不可违逆的运转。在那一刻，我本该觉得痛快和满足才对，可是，我没有。看着这个空空的瓶子，我矛盾了。自她离开以后，我终年坐在海边，一言不发，什么都不愿意去想，像个会呼吸的石像一样，麻木地过着日子。然而，时间过得越久，我心底的愧疚就越重，静心想一想，她有什么错呢？不过是选择了一个她真爱的人而已。我非但不为她高兴，还用这样卑鄙的方式去伤她……呵呵，一个被心魔迷了心智的神，连禽兽都不如。"

"什么叫没法子解？"听着 Ken 带着明显忏悔之意的述说，连天瞳眉头一皱，"你是下咒之人，怎会不知解咒之法？"

"这个咒，已经完全跟钟晴的生命融合在了一起。除非他死，否则这个咒会一直运作下去，直到彻底爆发。"Ken 看了看悲愤难抑的钟晴，歉疚的目光旋即移到了别处，"这个咒正在一点点蚕食他的心性，只要过完二十一岁的最后一天，这个咒就会彻底爆发。正因为现在离这个咒发之日还有一段时间，所以他的身体还处于一种不稳定的状态，而你们之前看到的，他出现过的好几次异状，就是咒中的邪力在不时地蠢蠢欲动。离咒发的时间越近，他的'异常'就会越频繁。钟晴是鬼王后裔，又有神族血统，体内潜藏的力量究竟有多少，我不得而知。我只知道，咒中的邪性不仅会吞噬他的本性，还会将他自身的力量激发到以往的数百倍甚至更多，那种充满了毁灭和破坏的力量一旦爆发，我们没有人是他的对手。"

"毁灭……破坏……"钟晴低头看着自己的身体，几乎站立不住。

"不能解……"震惊之余，连天瞳的思路仍然清楚，马上对 Ken 说道，"如果不能解，你为何要千方百计寻找钟晴？莫非你还是有别的办法？"

"不能解咒，却可以移咒。"Ken 从地上爬了起来。

"移咒？"连天瞳揣测着这个"移"字到底意味着什么。

"七年前我离开海岛，想凭着双子水晶的共鸣去寻找珞秋的下落，只有找到她，才能找到她的孩子。这水晶是刃族神裔的专属物，彼此间会有感应，只要她还将水晶留在身边，我就能找到她。可是，也许她不愿意被人找到而故意封闭了水晶的灵性，我用了很久的时间都感应不到她的下落。那一年，我到了中国，一面继续寻找她的下落，一面去寻找长生璧。但是，老天真是会开玩笑，我苦苦寻找的珞秋的孩子，早在三年前就曾数次出现在了我面前，可我却不毫不知情。后来玲珑偷走了我的双子水晶，我疯了似的到处找她，以至于后来中了苏雅维娜的计，被困在了一艘幽灵船上。就在我几乎绝望的时候，钟晴救了我。当我看到他佩戴的双子水晶的时候，当他说这是他妈妈送给他的东西的时候，我不得不叹服上天的安排。丢了双子水晶，钟晴依然出现了，对我来说这是天大的幸运，是我挽救这场灾祸的唯一机会。"Ken 一口气说了下去，"只要将钟晴被'污染'的生命，移到另一个人的身体里，杀掉这个人，绝魂咒便会彻底消失，对钟晴再不会有半点影响。"

"任何一个身体都可以？"连天瞳皱眉问道。

Ken摇摇头，说："如果任何一个身体都可以，那倒简单了。"他叹了口气，继续道，"这个身体，或者说这个准备接受钟晴被污染的生命的人，他从心里，必须是自愿的。"

"此话怎讲？"连天瞳对这"自愿"二字颇为疑惑。

"当这个跟钟晴的生命混为一体的咒被移出他体内时，会形成一块看似有形的光体，假设这个玩意儿是个'食物'，那吃下它的人，必须是发自内心想吃它，这个咒才会扎根到新身体之中。如果我们逼一个不愿意'吃'的人吃下它，不出一个时辰，咒就会同新身体产生排斥，继而冲破这身体，重新回到钟晴体内，如此一来，咒力因为接触过一个新生命，威力将会比原来更大。"Ken每说一个字，就像有一把刀，扎到在场每个人的心里。

沉默良久的钟晴，眼睛突然一亮，冲到Ken面前大声说："既然你可以把咒移出我的身体，为什么一定要把它再植入另一个身体？难道你不能就地毁灭它？"

"不能。"Ken清楚地否认，"我说过，绝魂咒非常特殊，它是跟生命紧紧相连的，换言之，只有在'生命'这个容器里，才能彻底销毁它。不然，任何一种方法都不能阻止这个咒再回到你的体内。它必须消失在生命里，明白么？"

"找一个自愿替我吞下咒的人？"钟晴喃喃道，颓然坐到了地上，"岂不是一命换一命……"

连天瞳看了钟晴一眼，面无表情地说："若一命换一命还好，只怕这么一来，咒可灭，人却不可活。"

在场众人，除了Ken，其余俱是一惊，不明白连天瞳为何要说出这样的话。

"命咒相连，若把钟晴的咒移走，岂不是连他的命一道移走了么。"连天瞳一语道出玄机。

闻言，钟晴如雷轰顶。对啊，移咒，不就是移命么。自己的身体里没了生命，那不是死路一条是什么？怎么这么简单的事自己都没有意识到？！

"所以我要你帮我拿到长生璧！"Ken一步上前，紧紧抓住了连天瞳的手，"长生璧是上古神物，服下它能不能长生不老我不清楚，我只知道，这块玉璧可以给人一条新的生命。当我把钟晴的性命移走之时，他的身体不会立刻死去，只要在一个钟头之内把长生璧送进他体内，他就会获得一条新生命！"

连天瞳沉默了，手掌突然变得冰凉透骨。

"要长生璧……"刃玲珑坐在地上，呆呆地说，想站起来，奈何身体里的力量像是已经溃散殆尽，根本无法动弹。

"尽管你找到了钟晴，可是若没有遇到我，你找不到长生璧，那又预备怎么办？"连天瞳定了定神，问道，"之前你找了那么多年，都没有长生璧的下落，难道你没有想过就算你找到钟晴，你也可能因为没有这块玉璧而救不了他么？"

"我没有想那么多，只要不到最后一刻，我都会找下去。"Ken决然说道，"何况，我终究还是找到了，钟晴，还有那块长生璧，只要你肯帮我！"

连天瞳缩回自己的手，看着满眼期待的Ken，考虑了许久，问："我想知道，若我不能帮你拿到长生璧，你将如何应对中了咒的钟晴？"

"咒发之前，我会亲手杀了他。"Ken的话很平静，心却要裂开，"这样，起码他身边的人可以活下来。然后我会回海岛去，向至今也不知道我所作所为的长老们领罪，残害同族，我死有余辜。这是我曾想过的，最坏的一个结果。"

此话一出，屋里顿时生出了死一般的沉寂。

钟晴的头，痛得几乎要炸开。他没有想到在自己身上，竟然藏着这样大的一个秘密。

因为爱不到求不得，因为妒忌怨恨，因为鬼迷心窍，自己莫名其妙成了一个无辜的牺牲品，一场会致命的变故，如蓄势待发的猛兽，在不远处张着血盆大口，贪婪地等着自己乖乖地落进它的腹中。只要一想到自己的亲人朋友可能会一一丧命在自己手中，钟晴只觉得身体里的血液几乎都要停止了流动。

"还好老天开眼，送你们到了千年之前。"沉思了许久的连天瞳，突然放下了所有的紧张信号，轻松地笑了笑，"七天之后，我们去渭河皇陵。"

"真的？！"Ken一阵狂喜。

"见死不救，我……做不到。"连天瞳眼神复杂地看了看钟晴，旋即又回头问Ken，"若我猜得不错，拿到长生璧之后，你打算把钟晴的咒……移到你自己身上？"

刃玲珑身子一颤，用几乎乞求的目光紧张万分地看着Ken。

"是。"Ken回答得无比轻松，脸上竟浮现出安心的笑意，"我下的咒，回到我的体内，再由我来处理，最好的结果。我是最佳的'志愿者'，不是么。"

"你……"刃玲珑突然来了力气，从地上跳了起来，冲过来抱住Ken，噙着泪喊道，"我知道你的打算……可是，我费尽心思，就是不想你送命啊！"

"玲珑，不要再孩子气了。"Ken轻轻握住了她环抱着自己的双手，"我闯下的祸，理当由我来善后。你的心意我都知道,你不能看着我送命,难道你可以看着更多……甚至包括你师父在内的无辜者送命吗?"

"我……"刃玲珑泪如雨下。

"你已经了解了整个事情的真相,我这个卑鄙无耻的神,不值得你对我如此用心。"Ken 幽暗的目光投向前方,柔声道,"你原本是个那么快乐的姑娘,可是自从跟着我以后,你的笑容越来越少。没了我,你可能会难过一段时间,但是,跟着我,你一辈子都不会快乐。玲珑,好好去过你的生活吧。"

"我知道,我知道你心里只有刃珞秋一个人!"刃玲珑紧抱着他不放,"我不管你心里有谁,我不管你做了什么该死的事,你就是你。从你在海边救了我的那一刻起,从你用你的体温温暖我几乎冻僵的身体时,从你用温柔的笑容问我好些了没有时,我就认定你是我要跟随一辈子的人。我说过,我不要你给我什么,只要能跟在你身边,我已经满足。我……我要你好好活着!"

"玲珑,我很抱歉。"Ken 低下了头,一声若有若无的叹息。

刃玲珑的泪珠,浸湿了 Ken 的衣裳。

"你……你怎么能搞出这么大一个麻烦?"钟晴抱着头,刚才那股想狠狠揍死他的怒气被他发自内心的忏悔之意和刃玲珑伤心欲绝的泪水化解了大半,两行冰凉的液体从他的眼角渗出,"你这个王八蛋……我……我真恨不得杀了你!"

"对不起……"Ken 抬起头,"之前瞒着你,是不想让你担心。放心吧,我一定会圆满解决这件事。"

"解决?你解决个屁!"钟晴又恨又急,"把咒移到你身上,你又要怎么解决?是让别人杀了你,还是自己动手结束性命?一命换一命算他妈的什么解决方法?!"

"是一命换多命。"Ken 笑了笑,"说来还是我赚了。"

"你……"

恨归恨,气归气,可是最初的暴怒过去之后,从心底来说,钟晴绝对不愿意看到 Ken 落到丢了性命的可悲下场。这段时间的相处,他已然视 Ken 为自己的好友,以他的性格,不可能做到看着好友面临死亡却无动于衷,尽管这个家伙干下了这么大一件该杀千刀的错事。

难道真的没有别的解决方法了?

钟晴的心,矛盾到四分五裂。

"算了,都别说了。"连天瞳走到他们中间,"等去了皇陵,拿到长生璧再说吧。

或者，会有别的方法。"

"真要去皇陵？"刃玲珑止住哭泣，红肿的双眼愣愣地看着连天瞳，"可是……"

"我自有主张。"连天瞳打断了她，看着昏迷的圆月，突然问道，"圆月手中的匕首有剧毒，为何钟晴会安然无恙？莫非是……"

"是他体内的咒，化解了蛇毒。"Ken 如是说道，"就像当初他被盘古斧重伤，而伤口很快就不药而愈一样。这个咒本身就是充满了攻击与毁灭之力，这些外来的伤害，会被它以毒攻毒地抵消掉。"

"原来如此，此咒害人，却也能救人，真是天下少见。"连天瞳笑了笑，旋即沉下脸对刃玲珑斥责道，"你这个不知轻重的丫头，居然用傀儡之术去控制圆月，你可知道如果你操控不好，她可能会丢了性命。"

"哥哥他很清楚，一旦我知道了钟晴就是那个中咒的孩子，我一定会想办法杀掉他。他对我已经有了防备之心，由我亲自出面，恐怕不能一举得手。所以我选中了圆月，我知道你们对她毫无防范之心。利用她引开哥哥，我再布下结界不让你们进来，虽然不能阻挡你们太久，可是我想那点时间已经足够让圆月伤到钟晴，只要他中了匕首，必死无疑。但是，我万没想到，我的蛇毒会被那个咒给化掉。"刃玲珑愧疚地垂下头，啜泣着，抬眼看了看连天瞳，又嗫嚅道，"其实……之前我也犹豫了很久，如果钟晴死了，你一定不会原谅我。但是……我还是自私地……"

"够了，我了解。"连天瞳制止了她，叹了口气，看了看一片狼藉的房间，"收拾一下吧，要是被村民们看到，还以为我们出了什么大事呢。还好现下风雨交加，屋里的动静应该没有惊动到别人。"

"我们本来就出了大事。"钟晴无力地俯下身，扶起倒在一旁的板凳。

连天瞳瞟了他一眼，笑了笑，弯腰拾起了地上的碎瓷片。

屋外，狂暴的风雨依然没有减弱半分，半边村的村民们都缩在自家屋里，有的睡得很沉，有的则害怕地紧裹着被子，生怕风雨吹垮了自己的栖身之所，没有人知道，就在刚才，在村子里那间普通的草屋之中，发生了一件多么重要的大事。

命运的轨迹，自今夜之后，悄悄地变化了……

绝战

京城，一座隐没在民巷中的普通府邸。

"温大人，长安那边的急报！"一个官吏打扮的人，将一个信封递上前来，"一名胡姓县令上报说，发现了那几个钦犯的行踪。"

拿过信封，拆开，将信纸取出，靠近桌上的灯火，温青琉细细看了起来。

寥寥数行字，很快阅毕。温青琉将信纸横折，问："此急报有否知会他人？"

"自然没有，温大人不是吩咐过下官，各地关于钦犯的急报要先过府给大人一览么？"官吏拱手道。

"好极。"温青琉嘴角一扬，一挥手，"退下吧。"

官吏立即依命退出了书房。

"半边村……"温青琉翻转着手中的信纸，嘴角的轻笑寒气逼人，"难怪占不到你们的下落，原来藏到了那么偏僻的地方。"

揭开灯罩，温青琉将信纸放到了跳跃不止的灯火之上。

"钟姓一出，万事不成……"他看着迅速燃烧起来的信纸，目光中的犀利足以让人毙命，"我温家命定的克星？哼哼，我温青琉偏就不信这个邪，谁阻我大事，谁就得死！钟晴，你断我双腿，这笔账，我要你双倍奉还！"

松开手，已成灰烬的信纸飘落了一桌。

温青琉身子一动，摇动着轮椅从书桌后退了出来。

这时，书房的大门被轻轻叩响了。

温青琉看着门口："进来。"

"爹！"大门被推开，一个脆生生的童音传了进来。

"博儿？"温青琉看着朝他欢步走来的绿衣男童，奇怪地问，"怎的还未就寝？"

"爹又没有出来吃晚饭，博儿怕爹饿着，所以端了点心给爹吃。"这个约摸六七岁年纪的可爱男童，把一盘香喷喷的糕点举到了温青琉的面前。

"博儿乖。"温青琉怜爱地摸了摸他的头，接过糕点放到一旁。

"爹一定要吃哦！博儿不打扰爹了！"男童高兴地转过身，蹦蹦跳跳地朝门外跑去。

"博儿！"温青琉突然叫住了他，"过来爹这里！"

男童停下步子，回过头，乖乖走到了温青琉面前。

看着眼前乖巧俊秀的幼子，温青琉将他揽到自己怀里，端详了半天，说："博儿，你谨记了，将来你不论做什么事，一旦过程中有姓钟的人出现，一定将其除之而后快！温家与钟家，势不两立！"

"姓钟的人？"男童忽闪着漂亮的大眼睛。

"对，留着姓钟的人，会坏我们的大事！"温青琉沉下脸，问："记住了么？"

"哦……博儿知道了。"男童似懂非懂地点着头。

温青琉非常满意地笑了笑，阴沉的目光投向窗外的沉沉夜色。

后天，连天瞳就要带着他们去渭河下的皇陵了。

打从那个风雨之夜后，有整整三天时间，钟晴没有跟 Ken 说过一句话，一见到他就愤愤然地把头别到一旁，拿对方当空气处理。见他这样，Ken 总是一笑了之。钟晴的脾气，他实在太了解，自己对他做出这样的事，素来冲动暴躁的他没有当场扭下自己的头，已是奇迹。如今他虽然对自己冷眼相待，但他知道钟晴心里的痛苦与矛盾，一直纠缠不休。而他自己呢？将整个事情和盘托出之后，轻松了太多，尤其在连天瞳允诺带他们去取长生璧之后，他心中大石总算落了地。

知道自己不久就要丢掉性命，却还为此欣慰不已，这样的念头也算罕见了。

但是，Ken 的确是这样的感觉。

这些天，连天瞳就像什么都没发生过一样，帮着村民们制药，与他们闲话家常。只是，她偶尔会对着天空发发呆，一刹那的心事重重。

刃玲珑几乎整天整天不说话，只是默默帮着连天瞳干活，一双眼睛总是红红的。

村民们都觉得他们几人之间的气氛有些小小的怪异，可是，谁也猜不到原因。

问他们，每一个都说没事没事，村民们虽然纳闷，却也不好再追问下去。

坐在自家的房舍前的栏杆上，连天瞳入神地看着天上的云朵，拿在手上的一棵药草就快要被她无意识的揉搓弄成一团烂泥了。

"后天，你真要带他们去皇陵？"刃玲珑走到连天瞳身旁，轻声问。

"是。"连天瞳头也不回地答道。

"可是……"刃玲珑似乎急了，一步垮过栏杆坐到她身边，"去了皇陵又如何？你明知道……"

"我有分寸。"连天瞳打断她，低头看了看手中被蹂躏得不成样子的药草，"你放心，我会保住他们两人安然归来。"

"保住他们两人？"刃玲珑心中大惊，拽住连天瞳的胳膊问，"你要怎么保？你打算干什么？"

"我说过我有分寸，不要再追问了。"连天瞳回过头，甚少透露出心思的眼睛里溢出淡淡的温柔与怜爱，"你这个傻丫头，一个在水镜中见过一面的男子，竟引得你如此死心塌地。两百年的时间，你真的只甘心做一个他身后的影子么？还有，你这只'鱼妖'，还准备瞒他多久？"

"喜欢一个人，可能就是一眼之间。"刃玲珑垂下眼帘，咬了咬嘴唇，"他的心一直被另一个人占着，我怎么都挤不进去。既然进不去，就让我远远看着，那也很好了。至于我的身份，瞒不了的时候再说吧。"

"每个人生命里都会有一个很重要的人，你找到了。"连天瞳轻轻拂开刃玲珑额前的头发，微笑着说，"不会挤不进去的，你需要的只是再多一点时间。傻丫头，要好好珍惜以后的日子。"

"可是，已经没有时间了。这个你我都知道。他没有，我也没有了。"刃玲珑的眼圈又红了，哽咽着，好一会儿，她才稳住了自己的情绪，笑着对连天瞳说，"钟晴那个笨蛋，不知道以后还会惹出多少麻烦，你跟着他，一定要看好他。上天真的很有趣，竟然给你寻了这么一个'重要'的人，你说是不是应了那句'巧妇常伴拙夫眠'呢？"

"重要的人……"连天瞳一笑，"也许师父当初说的'重要'，并不是你我想的那个意思……心魔起，红颜惊。两相搏，未知劫……下半阙预言，煞费思量啊。"

"心魔？未知劫？"刃玲珑愣了愣，"下半阙预言，真是这么说的？"

"是啊……"连天瞳把药草放进搁在膝上的竹筛里，"师父的话，会逐一应验。"

"不会的！"刃玲珑抓住她的手，"不是你想的那样，既然是劫前头有未知两字，说不定会有意外的转机呢？不会有事的！你们一定会平平安安的！"

"玲珑！"连天瞳看着她，轻叹了口气，"你我心里都明白，要彻底解决这件事，我们……必须有人牺牲。总之，你不要插手，我知道该怎么做！"

"你……"刃玲珑正要说下去，却突然闭了口。

钟晴从对面的房舍里冲了出来。

冲到她们俩面前，钟晴二话不说，拉起连天瞳就走。

"你这是做什么？"

这突然一起身，她膝上的竹筛被打翻在地，药草散得到处都是。

"我有件事跟你讲，出来再说。"大步流星的钟晴一脸严肃地说了一句。

连天瞳被他抓得牢靠，一时挣脱不开，只得随着他朝前走去。

"哎！你们……"

刃玲珑站在原地，追也不是，不追也不是。

这时，Ken 也从房间里钻了出来。

刃玲珑赶忙跑过去，指着村外说："钟晴他拉着我师父冲出去了！"

"他又发什么疯？"

Ken 眉头一皱，拉上刃玲珑就朝钟晴他们的去向追去。

钟晴拉着连天瞳，一口气跑到了渭河边。

"你拉我到这里做什么？"连天瞳甩开了他的手。

一把扳住她的肩头，钟晴喘着气，一字一句地说："我想好了，你别带我们去找什么长生璧了！"

"什么？"连天瞳愣住了。

"我……我不要 Ken 来为我移那个该死的咒！"钟晴说的每个字，都不是在开玩笑，"只要我死了，这个咒就没了，大家都没事了。我请你来帮我这个忙，我没胆子自杀，我知道你一定有办法，选个比较舒服的死法，反正别让我难受……"

"你……"

他这么慎重地跟自己说，要自己杀了他？

连天瞳简直不知道用什么语言才能应对他这个近乎疯狂的要求。

"钟晴！"紧随他们足迹撵来的 Ken 狠狠推了钟晴一把，吼道，"你是不是吃错药了！"

　　钟晴对连天瞳说的话，他听得清清楚楚。

　　打了个趔趄的钟晴猛回过身，一把揪住 Ken 的衣领，用比他高十倍的声音吼道："你他妈才吃错药了！只有这样才是又快又好的解决方法！"

　　"混蛋！" Ken 一拳打在钟晴脸上，厉声呵斥，"你要是出事了，你父母怎么办？还有连天瞳呢？你不是很喜欢她吗？"

　　钟晴擦掉嘴角的血迹，扑过来狠狠还了 Ken 一拳头，指着呆立在一旁的刃玲珑对他大吼："那你死了呢？玲珑又怎么办？"

　　"玲珑……"倒在地上的 Ken 看了看刃玲珑，心肠一硬，"她会照顾好自己。"

　　钟晴冲过去将他从地上拖了起来，咬牙切齿地说道："她那么喜欢你，为你哭得那么伤心，你要真死了，她的眼泪不把整个地球都给淹了？告诉你，老子这辈子最怕见到女人哭，你就算帮我个忙，别让我摊上一个整天只知道流眼泪的女人行不行？那跟杀了我有什么区别！那个小妖精只有你能降服得了，你他妈的能不能好好跟她过下半辈子！她都跟了你两百年了，你就让她再跟下去行不行？"

　　"钟晴……"刃玲珑的眼泪夺眶而出，钟晴的话虽然难听，可里头的成全之意，是她始料未及的。

　　一口气说完，钟晴似乎平缓了些，他微微喘息着，看定 Ken："总之，我不稀罕你的命，好好留着吧。呵呵，我现在才明白为什么那天晚上，老祖宗会说我额间有一道阴蓝之气，要我小心，看来，这就是我钟晴命该的劫数。"

　　"去他妈命该的劫数！" Ken 发怒了，"这不是你该承受的！都是我造成的，理当由我来解决这一切！你不要再发疯了好不好？！"

　　"我已经决定了！"钟晴掰开他抓住自己的手，"我……"

　　"你们两个闹够了没有？"连天瞳走到他们中间，面无表情，"你们都不会有事，会好好活下去的。"

　　知道她从来不说没把握的话，钟晴和 Ken 心下一惊，紧抓着对方的手渐渐松开了。

　　"难道你还有别的办法？"钟晴将信将疑地问。

　　"对。"

　　连天瞳轻轻点了点头，正要说下去，却冷不丁被一个恐慌的喊叫声给打断了。

　　"天瞳姐姐，钟大哥！不好了！"

圆月一路高呼，跌跌撞撞地朝他们跑了过来。

"出什么事了？"连天瞳赶忙迎上去。

"村子里……村子里来了个……来了个骑着怪物的男人。"圆月扑到连天瞳怀里，带着哭腔，她上气不接下气地说，"他……他抓了全村的人，要村里人把你们几个交出来！我侥幸跑了出来，幸好找到了你们！"

"哦？"连天瞳眉头一皱，转头对钟晴他们说，"先回去看看，那件事稍后再说！"说罢，她拉上圆月就朝半边村跑去。

他们几个意识到事出蹊跷，急忙跟了上去。

刚一回到村口，连天瞳已然感到了弥漫在空中的阵阵杀气，似曾相识。

浓重的血腥味，没有出现在钟晴的鼻子里，而是出现在他不安的心里。

"多加留神！"连天瞳看了看近在咫尺的村口，"来者不善。"

这一点，每个人都清楚。

互看一眼，一行人快步踏入了表面上与往日并无不同的半边村。

进得村里，令人震惊的一幕当即映入他们的眼底——

村子里的空坝上，一村的老老小小全部聚集在此，一个从地下生出的火圈，蹿着半人高的蓝色火焰，将村民们牢牢堵死在其中，不时有妇人与孩童惊惧的哭泣声断断续续从火圈里头传出。他们之中，还有几个躺倒在地的男子，脸上身上，全是非常严重的灼痕，多半是想冲出火圈却没成功，反而被这圈颜色诡异气势汹汹的蓝火烧成重伤。

一只体态壮硕、通身墨黑，似猎豹又似猛虎的怪兽，舔着猩红的舌头，在火圈外头来回踱着步子。它的背上，驮着一个黑衣加身的男人，手中折扇轻摇，怡然自得之态与身边有如炼狱般恐怖的情景形成了极其强烈的对比。

"温青琉？！"

钟晴的神经骤然紧绷。

"这个家伙……"Ken盯着那怪兽的主人，攥紧了拳头，"居然真的杀来了……"

连天瞳走前一步，冷冷一笑："温大人，别来无恙吧？"

怪兽在温青琉的示意下，停止了走动，虎视眈眈地望着毫无惧色的连天瞳。

"托二位的福。"温青琉微笑着看了连天瞳和她身边的钟晴一眼，"在下不过是断了双腿而已，还好有这畜生，可做代步之用。"

"温大人千里迢迢来这穷乡僻壤，若只是要同我们闲话叙旧，无需扯上这么多村民旁听吧?"连天瞳瞟了瞟那火圈,面上带笑,话里要他放人之意再明显不过,"他们与大人并不熟识,有什么话,大人单同我们讲就是了!"

"呵呵,若没有这些村民在场,恐怕我与诸位就谈不起来了。"温青琉晃着折扇,话中有话。

火圈的蓝火,比刚才又蹿高了一截,引得被困村民又是一阵惊叫。

"啊!救命啊!"

"天瞳姑娘救我们啊!"

"娘,我怕!呜呜呜!"

温青琉故意的,他怎可能买连天瞳的账!

"温青琉你个王八蛋,你抓这些村民干什么?"钟晴再也按捺不住,冲出来对他破口大骂,"你他妈有本事就冲我来,你的腿是我弄断的,关这些村民鸟事!赶紧给我放人!否则我不只断你的腿,连你的头也拧下来!"

一见钟晴,温青琉脸上虚伪的笑容一扫而空,他双眼微微一眯,讥讽道:"已是朝廷钦犯,还敢口出狂言!"

"钦犯?"

众人一愣。

"擅闯皇家禁地,盗神斧毁宫殿,重伤朝廷官员,条条都是诛九族的大罪。皇上龙颜大怒,早已下旨缉拿你们这一对雌雄盗贼。哼哼,死到临头还懵然不知!"温青琉"刷"一下收起折扇,语出惊人。

"你……你这个小人!"钟晴吃惊之余,怒火中烧,"居然把事情闹到皇帝老子那儿,想借他的手来除掉我们!你实在太卑鄙了!"

"我不过是据实呈报罢了,难道你们盗斧之事是我捏造的么?"温青琉振振有辞,旋即打量了四周一番,冷笑,"你们的藏身之地倒也选得隐秘,若不是收到密报,要找到你们还真要费我一番工夫。"

"既是捉拿钦犯,缘何只见温大人孤身前来?"连天瞳面不改色,"还是后续军队尚在途中?"

温青琉摇了摇头,出人意料地答道:"现下,只有我知道你们的下落。放心,皇上的大军暂时还不会到来。"

"你这算是唱的哪一出?"Ken插嘴进来,带着嘲笑质问,"难不成你以为凭你一个人就能对付我们?姓温的,想独吞功劳也要掂量掂量自己的斤两!"

"这样的功劳，我毫无兴趣。"温青琉低头一笑，"今天我来，只有一个目的。只要你们其中一人乖乖留下性命，我立即放了所有村民。当然，皇上那头，我亦会永远保持缄默，至于剩下的人，可以放心过你们的安稳日子，朝廷不会再来找你们麻烦。"

"留下性命？"连天瞳眉头微皱，但很快又舒展开来，故作轻松地问道，"你要谁的性命？"

温青琉手腕一动，举起折扇朝前一指："他！"

折扇正对钟晴。

"我？"钟晴心里"咯噔"一下。

"荒谬！"Ken顿时又急又怒，喝道："人命岂是你想要就要的？"

"要么你自己动手，要么请你身旁的朋友动手。"温青琉并不理会Ken，杀机四起的目光紧抓住钟晴不放，"给你片刻时间考虑。若你不肯，我会一个一个杀掉火圈里的人。"

说罢，他伸出手掌朝火圈的方向作了个抓东西的姿势，登时就见一个三四岁的稚儿从火圈里飞了出来，眨眼间落到了他的怀里。

那把比刀刃还锋利的折扇，"呼"一下抵在了大哭不止的孩子的咽喉上，低头看着孩子被吓到血色全无的小脸，温青琉笑道："多可爱的孩子，活不活得下去，就看你那位钟家哥哥肯不肯救你了。"

"我的孩子！把我的孩子还给我呀！"

火圈里传来女人绝望的叫喊。

"好无耻的东西！"刃玲珑跳出来，指着温青琉大骂，"有本事一对一单挑，拿老人孩子的命要挟别人，你算什么男人？"

"要我的命……"钟晴的心里，突然有了别的想法。

"钟晴！"连天瞳觉察到钟晴的神色有异，忙用手肘狠狠撞了他一下，小声说，"告诉你，温青琉心狠手辣，这次他有备而来，你不要以为老老实实交出自己的性命，他就会放过村子里的人还有我们。赶紧给我收起你的荒唐想法！"

"我……"

把性命交出去，既可以救村民，又可以中止那个该死的咒，原本已有求死之念的钟晴的确是想马上答应温青琉的条件的。可是，被连天瞳这一说，他犹豫了。

连天瞳看着他的眼睛，紧紧抓住钟晴的手，对他附耳说道："不要再胡思乱想，就算你要以死成全,也得把温青琉这个祸害收拾了再说!那个火圈,由温青琉操控,只有打垮他,火焰才会消失。我想办法救下孩子,趁那个空当,你和玲珑他们伺机动手制住他。"

"这……"钟晴看了看被困的村民,又看着那趾高气扬势在必得的温青琉,一咬牙,"我知道了。"

连天瞳的心总算放下少许。

转过头,她迎向温青琉阴沉的目光,脸色一变,厉声呵道:"温青琉,你口口声声说我们是诛九族的钦犯,你自己呢?你犯下的滔天大罪,莫说诛九族,就算将你九族五马分尸也不足以抵消!"

温青琉的头微微一歪,皱眉问道:"你在胡说些什么?"

"我们不过是盗了皇帝的东西,你却盗了皇帝的性命。"连天瞳的语气不容置疑,一边说着一边朝温青琉那边逼近,"石顺口里的高人,除了你这位本事非凡心计过人的钦天监大人之外,还会有别人么?你教石顺入骊山地宫盗取长生璧,可你明知石顺拿到的是龙纹翠,你还教他以人血开封,增其阴毒之气,再以长生璧之名献给赵匡胤。大宋太祖皇帝,本该继续稳坐龙位,却生生被你害了性命!"

"你……"温青琉的脸一阵青一阵白,握着折扇的手不自禁地抖了抖。

"你与石顺狼狈为奸,假意处处帮他,为他布诛邪阵,为他石牢里的铁链施咒,若我没猜错,苍戎山下石家三夫人的居所下头埋的驱魔符纸也是石顺拜托你下的吧。"连天瞳言语紧凑,掷地有声,"做了这么多,你无非是要利用深得太祖皇帝信任的石顺来完成你不可告人的秘密,拿假的长生璧毒杀皇帝,就算他日东窗事发,黑锅亦有石顺来背,你仍可高枕无忧。温青琉,你在盘算些什么,我清楚得很,休想否认!"

说罢,连天瞳距他已不过一步之遥。

"你这个女子……果真不是凡品……"温青琉眼露佩服之色,但旋即就被凛冽的肃杀之气所遮盖,"我不清楚你是凭空猜想,还是真的知道什么。不过,你说的那一切,我不否认。我的确是石顺的'帮手',而他,亦是一颗很有用处的棋子。若不是你们半道杀出,我还准备多留他几年呢。"

连天瞳一怔。

"事到如今,我也不妨实言相告,既然永别在际,死也要让你们死得明白。"温青琉俯视着仰头冷看他的连天瞳,"赵匡胤的确死于我手。他一死,他弟弟赵光义继位。看似顺理成章,可朝中依然有人暗有质疑,认为太祖皇帝驾崩事有蹊跷,且这蹊跷与赵光义脱不了干系。虽说我知此事与赵光义无关,可是我偏要让人以为与他有关。尤其是信我如知己的赵德芳,他认定他父皇是被觊觎皇位的叔叔害死,这小王爷表面顺从于新皇,其实早已暗中积蓄实力,一待时机成熟,必会与他皇帝叔叔操戈相向,届时必有一场恶战。呵呵,我不但要皇帝死,还要他赵氏一门自相残杀,我要他大宋江山天下大乱!"

语不惊人死不休,温青琉这番话,惊得钟晴他们倒吸了一口凉气。

"皇室内讧,江山大乱……"连天瞳异常冷静,又问,"目的呢?"

温青琉抬起头,看向乌云滚滚的天空,沉缓说道:"那群凡夫俗子,不配拥有万人之上的天子之位。只有我们温家子嗣,生就便是人中龙凤,文武异术无一不精,只有我们才当得起这高高在上统领万民的位置!"

"原来……温大人也是一位做着皇帝梦的痴儿。"听了他的话,连天瞳非但不吃惊,反而讥诮地笑道,"那龙椅,岂是谁都坐得的。温大人,世上并无一条坐龙椅的人定要比坐不到的人优异的规则。那把椅子该谁坐,命中早已注定,你再是强求也是徒劳。"

"我命我立!"温青琉收回目光,冷冷回了连天瞳一句,"只要是我温青琉要的,就算是把天地翻转过来,我也要拿到!"

"只怕命运不会垂青温大人这样心怀恶毒的人吧。"连天瞳笑笑,目光移到温青琉握扇的手上,"大人可敢与我打个赌?"

"赌什么?"温青琉饶有兴致地睨了她一眼,不明白这个女人怎么死到临头还有兴趣与他打赌。

"赌……"连天瞳见他抵着孩子的折扇略有松懈,眼中利光一闪,喝了声,"赌你不可能活着离开半边村!"

一条红线从连天瞳手中以迅雷不及掩耳之势飞向温青琉的手腕,瞬时将其缠了个牢靠。

这突如其来的偷袭,温青琉还未反应过来,握着扇子的手已经被连天瞳的红线轰然拉开,一时间无法再对他怀中的小儿构成致命威胁。

瞅准这个一闪即过的机会,连天瞳飞身而起,一脚踏在黑色怪兽的头上,另一脚又狠又准地朝温青琉头部踢去。

温青琉见势不妙,奈何右手一时无法挣脱连天瞳的红线束缚,只得松开箍住人质腰部的左手，一把挡住这力道不轻的一脚。

见温青琉手下留出了空当，钟晴一跃而上，扑过去抓住孩子的脚往下一拖，顺利将人质从温青琉的魔爪里抢救下来，回身又将孩子朝紧跟过来的Ken用力抛去。

这次的营救行动，一连串动作恰到好处，不过是眨眼间，孩子安全地落到了Ken的怀里。退后几步，将孩子交到刃玲珑手里，Ken扔下一句："看着孩子和圆月！"

话音未落，他一个箭步朝温青琉冲了过去。

这边，钟晴和连天瞳正站在怪兽的背上与温青琉斗得不可开交。

连天瞳紧拉着红线不松手，钟晴一手抢着温青琉的扇子一手死死制住了温青琉还能活动的左手，以防他再有机会使出什么花招。

而奇怪的是，温青琉对于他们两人的联手进攻，并没有做出太大的抵抗。

就在连天瞳对温青琉的反应感到不对头时，温青琉的嘴角突然露出一丝不易觉察的笑容。

正当这时，两条毛茸茸的又像尾巴又像触角一样的东西突然从怪兽的身后蹿了过来，闪电般迅速地缠住了全无防备的连天瞳和钟晴，这看起来软绵绵的玩意儿，缠在身上却像是钢筋铜条一样坚硬有力，那股一阵紧过一阵，几乎要勒断全身每一寸骨头的力道清楚地提示着被缚的人，要想从它这里逃脱，是绝对不可能的。

两条"尾巴"分别朝左右轻轻一扬，不费吹灰之力就将连天瞳和钟晴从怪兽背上摔到地上。

"砰"的一声，胸口猛撞到地面的钟晴只觉得眼前金星乱冒。背脊着地的连天瞳也摔得不轻，身体像被撞裂开了似的难受，手中的红线也无力地散落了一地。

突然的变故惊呆了冲过来的Ken，还有落在后面的刃玲珑与圆月。

来不及多想什么，Ken一下子扑过去，一把抓住其中的一条黑尾巴，默念一句咒语，举起的右掌突然升起一层金蓝相绕的火焰状光芒。以掌为刀，他用力朝着这尾巴劈了下去。

"小……心……哪！"

钟晴几乎要被勒得闭过气去。

一掌下去，Ken只觉一阵钻心刺痛。

手掌裂开了一条血肉模糊的大口子，但是挨了一掌的尾巴却毫发无损。

"哈哈哈。"温青琉大笑，慢条斯理地解开了腕子上的红线，"你们真是太轻敌了。我能单枪匹马来见你们，自然是做好了万全的准备。这只被我用人类魂魄和妖魔之肉精心喂饲长大的畜生，遇人吃人遇神杀神，原本你们按我的意思留下钟晴的性命，我是不会让它为难你们其他人的，可是你们有活路不挑，偏要朝那死路里跳，那就莫要怪我了。"

"带他们上天去！"温青琉拍了拍怪兽的头。

只听一声狂吼，怪兽脚下一蹬，轰一下朝天上蹿去。

连天瞳和钟晴，被拖在怪兽后头，被迫冲上了万米高空。

一见此景，Ken忍住手上的剧痛，飞身而起，拼命朝空中追去。

刃玲珑见状，哪里还待得住，扔给圆月一声"自己小心"之后，也运力飞向空中。

看着这些平日再普通不过的人，一个个在自己眼皮底下飞上了天，圆月抱着吓呆了的小人质，瘫坐在地上说不出话来。

"你没事吧……"在不断飞速上升的途中，钟晴侧过脸，拼尽力气冲着不远处的连天瞳喊。

连天瞳竭力调匀自己的呼吸，大声说："此兽铜皮铁骨，妖气过人，不要太过挣扎，否则会越勒越紧！"

钟晴连呼吸的力气都快没有，哪里还有多余的气力挣扎。

连天瞳咬紧牙关，看着前头这只肆无忌惮的黑色怪兽，用最快的速度寻找着脱身之道。

在空中划了几个圈，温青琉让他的坐骑停了下来。

虚无的空气，怪兽踩在上头，如同踩在土地上一般稳当。

温青琉回过头，用胜利者看待战败者的目光打量着被怪兽的尾巴困在下头的一对男女，对钟晴冷笑道："不需我动一根指头，只要将你从这里扔下去，粉身碎骨是你唯一的下场。"

"有本事你扔啊！老子不怕！"钟晴搭眼看了看自己身下的万米高度，不服输地大吼。

"扔你下去？那未免太便宜你了！"温青琉笑容一收，喝了声，"把他给我带过来。"

怪兽尾巴一晃，钟晴被拽到了温青琉面前。

看着面前颇为狼狈的对手，温青琉伸手拨开遮住了钟晴眼睛的乱发，不屑地说："啧啧，这就是我们温家命定的克星？钟姓一出，万事不成……呵呵，简直是天大的笑话。今天我就要彻底让你这个克星从我温青琉面前消失！"

举起没能被钟晴抢走的折扇，温青琉"刷"一下将其展开，将锋利的扇边对着钟晴喷火的双眼，笑："永别了，我的克星！"

折扇高高扬起，薄而致命的边缘，猛然朝钟晴的头颅划了下去。

钟晴将脸一侧，紧紧闭上了眼。

他一贯认为自己很怕死，可是当死亡真正来临到面前时，他居然一点恐惧都没有。

这一扇子下来，应该不会疼吧？

刹那的胡思乱想中，钟晴只觉得有股带着微温的气流从自己面前擦过，阻断了另一股凉透人心杀气腾腾的利气。

钟晴下意识地睁开双目，第一眼就看到温青琉的折扇被打飞了老远，飘飘悠悠地朝地下坠去。

惊讶不已的他猛转过头，竟发现连天瞳不知在什么时候挣脱了那可恶的尾巴，站到了自己身边。

"你……"钟晴惊喜之余，却发现身边的连天瞳似乎跟平时所见有些不同。此时的她，整个人呈半透明状态，额头上出现了一块眼睛大小的光团，埋在体内，闪着荧荧绿光。再朝怪兽后头一看，他更是傻了眼，尾巴那头，分明还是紧紧困着一个连天瞳啊，只不过双眼紧闭，像是没了一点意识。

魂魄出窍？

钟晴立刻想到了这一招。

不等所有人反应过来，连天瞳"呼"地飞到了怪兽的面前，手指在额前一撮，旋即对准那怪兽的眼睛直戳下去，一道碧绿的光芒从她指尖蹿出，"咻"一下穿进了怪兽还来不及闭上的眼睛里。

一声撼动天地的痛苦嚎叫从怪兽口里爆发而出。

受了这突然的一击，剧痛不止的怪兽发了狂一般张开血盆大口，不顾一切朝连天瞳所在的方向一阵乱咬。而它一直紧箍不放的尾巴，也在这个时候突然松开了。

钟晴只觉得胸口一阵无与伦比的轻松。

但是，这种轻松不过持续了千分之一秒。

少了那只尾巴的牵制，不会飞天之术的钟晴如同个大沙袋一般笔直地朝下坠去，速度比上来的时候快了百倍不止。另一边，连天瞳没有意识的身体也遭遇了同样的处境，两个人被逃不开的地心引力狠狠拉向粉身碎骨的深渊。

"不好……"忙于应付怪兽攻击的连天瞳的魂魄见钟晴和自己的肉身都出了麻烦,忙一侧身,"咻"一下朝他们坠落的方向赶去。

怪兽上扑下跳痛疯了般的狂烈动作,差点把温青琉从背上给颠下去。他好不容易稳住身子,一手揪住怪兽的领毛,一手出掌,用力压到它的天灵盖上,一圈斑斓的光芒从他掌下激荡而出,在空中回旋一番,忽一下钻进了怪兽的脑袋里,须臾间又从它的额头上穿了出来。

光芒散去,一只血红大眼赫然开在了它的额头正中,凶光聚敛,煞是骇人。

也许重见了光明,也许是温青琉的招术缓解了它的疼痛,怪兽停止了疯狂的动作,俯首立在云朵之上,呼呼喘着粗气。

"竟然敢冒魂魄出窍之险……"温青琉恼羞成怒地看着连天瞳追去的方向,拍了拍身下的坐骑,"方才一时大意,让她的小伎俩伤了你双眼。我已催开你第三目,马上去给我把他们撕成碎片,一个不留!"

怪兽仰天大吼,声里的怒意不比它杀红了眼的主人少,又将身子一弓,以疾风般的惊人速度朝下方追去。

从一坠落开始,钟晴的手脚本能地在空中胡乱挥舞,慌乱间的眼神扫视着不远处对现在的危险毫无反应的连天瞳。在这样的非常时刻,他没想过自己马上会遭遇怎样的境地,他只求老天爷保佑,千万别把连天瞳摔坏了。

就在这万般紧要的关头,连天瞳的魂魄从上空飞降而下,来不及回到自己的身体里,她猛伸出手去抓住了钟晴的衣领,可是,救人心切的她忽略了一个问题。

以她现在这样的魂魄状态,她的手根本触碰不到钟晴。

如果等她回到身体里再返回来救人,恐怕钟晴早已摔成了肉泥一堆。

千钧一发之际,两个人影从下头飞了上来。

现在才追到半空中的 Ken 和刃玲珑,这飞行速度比起那只怪兽来,委实慢了许多,不过,来得正是时候。

连天瞳大喜,冲他们喊道:"赶紧接住钟晴!"

Ken 和刃玲珑抬头一看,两个人影正朝下坠来。

顾不得多想什么,二人飞身上前,一人接一个,刃玲珑一把抱住了连天瞳的身体,这下坠时的巨大冲力拖着刃玲珑朝又下坠了好一段距离,她才勉强在空中立稳了身子。

钟晴的胳膊,也被 Ken 稳稳拉住了,让人心都要惊掉的高空坠落总算被制止了。

"真重……"Ken拉着他，一边掌握好平衡，一边稳速朝地面上降去。

惊魂未定的钟晴仰头看着Ken，大声问："她怎么样了？"

"我没事。"不等Ken回答，连天瞳的声音已经从钟晴的另一侧传来。

钟晴猛转过头，看到半透明的她正稳稳飞在自己身旁，又惊又喜："你……你玩什么呢？灵魂出窍？"

"不这样怎能脱身偷袭那头怪物？"连天瞳看了看不远处被刃玲珑救下的身体，吁了口气，"还好肉身没事，否则麻烦不小……"

"你这个女人胆子也太大了！"听了她的话，钟晴神情一变，很是生气地呵斥道，"灵魂出窍这种招术太危险了，你知不知道，没了肉身保护，情况又这么混乱，万一魂魄受损，你就活不过来了！"

"我知道。"连天瞳没事人一样回了他一句，"总不能眼见你丢了性命。"

言毕，连天瞳看了他一眼，笑笑，转身朝刃玲珑那方飞去，再不回去自己的肉身，她怕刃玲珑担不起自己的重量。

就在众人的心稍稍放松了些许的当口，一阵裹着浓重腥味的悍风从他们的头顶上直压了下来，其猛烈之势让人根本睁不开眼睛。Ken的身子被这股比龙卷风更胜几分的气流吹得整个人朝后仰了过去，拉住钟晴的手差点脱开了来。

风未刮过，一只有甲如利刀的黑色爪子猛然出现在钟晴的正上方，一爪朝他的头部抓来，来势之汹，似乎连空气都要被这一击的威力撕成碎片。

"小心！"

Ken一声大喝，手下用力一拽，钟晴顺势将头一偏，那只伸出前爪的怪兽擦着钟晴的身体冲了过去。

尽管它的爪子只是擦身而过，可是钟晴的胸前还是出现了四道深深的血痕，不仅渗着血，还冒着丝丝乌黑之气。

没有扑准目标，怪兽一个利落的转身，吼叫着又朝钟晴他们杀来，这回不止是利爪大开，连它额头上那只怪异凶悍的眼睛也突然喷出了炽烈的火焰，这双管齐下的攻势，不取他们性命誓不罢休。

"快放开我！"钟晴大吼。

他知道，如果Ken要保证自己不掉下去，就腾不出手来挡住怪兽。就算是只躲不攻，拖着自己这么一个大包袱，他动作的灵活性也不足以避开这接连不断、一次狠过一次的致命袭击。

"我一放手你就会摔死！"Ken 认为他一定是被吓昏了头，虽然他们已经降落了不少，可是现在的高度，摔死这个家伙仍绰绰有余。

一吼一喊之间，两股无色通透的水流从怪兽后头飞速冲来，这看似柔弱无力的清水，铺天盖地地将怪兽还有温青琉浇了个透心凉。不但熄灭了那条已经舔到钟晴他们面前的如长舌一般的火焰，更将怪兽冲了个趔趄，摇摇晃晃地偏向了一边。

钟晴和 Ken 转头一看，连天瞳和刃玲珑正并肩飞在后头，那两股救命的水流正是从她们二人捏诀的指尖上奔涌而出。

刚解了燃眉之急，那边刚刚站稳的怪兽甩了甩头，没有再做出什么攻击性的动作，只转身恶狠狠地盯着他们，而温青琉则冷冷一笑，左手捏诀暗念了一句咒语，对准怪兽的后颈处一点，顿时就见怪兽大口一张，竟放出了一堆长着骷髅头模样的古怪灵体，个个张牙舞爪地朝他们几人扑来。

这一大群东西移动得相当迅速，转眼间就将钟晴还有连天瞳他们一众人重重包围起来。

再熟悉不过的妖气扑面而来，其中还混杂着丝丝缕缕的妖魔之味。

这只吃人类魂魄和妖魔长大的怪物，究竟还会多少要命的伎俩？！

钟晴眼看着这群恶灵冲到了他和 Ken 的身边，一个个张开大口狠狠朝他们身上咬了下来，可是，自己消失的灵力一直没有恢复，而 Ken 两手拽着自己，除了用脚狠狠踢开身下的那些恶灵，几乎没有还手之机。这群龌龊的恶灵似乎瞅准了这一点，肆无忌惮地撕咬着他们的身体。

他绝不能让自己和 Ken 一起成为这堆饿死鬼一般贪婪恶心的鬼怪的食物。

情急之下，他腾出一只手来，从怀里拽出了护身符，捏在手里，压上身体内能用的所有灵力，大吼一声，将护身符朝上一亮。

一团比太阳更耀眼的红光从护身符里四射开来，利剑般从这群恶灵的体内一穿而过。

刺耳的怪叫从它们口里发出，如同受惊的奔马一般，它们轰然朝四面八方窜逃而去，不光是他们这边这一群，就连围着连天瞳她们的那一群，也被护身符的力量震得四散开去。混乱中，Ken 被咬伤的手臂被几只慌忙溃逃的恶灵猛力一撞，手下一滑，竟脱开了钟晴。

还来不及叫一声，钟晴又成了自由落体。

而这回不比刚才，离地面近了这么多，就算 Ken 还有连天瞳他们的身手再快，恐怕也救不了自己了。

"钟晴！"

他们几个人不约而同地惊叫一声，齐齐朝下头扑了过去。

但是，六只手，没有哪只挨得到他。

这回死定了吧……

钟晴看着离自己越来越近的土地，紧紧闭上了眼。

"砰"一声闷响。

着地了？

怎么一点也不疼？还是，已经被摔死了感觉不到疼痛？

不对啊，如果是落在硬实的土地上，为什么会有一片热烘烘毛茸茸软绵绵的感觉？

钟晴忽地张开了眼，一片灿烂的金毛立即进入了他的视线。

不顾身上被恶灵咬出来的大大小小的伤口，钟晴猛地坐了起来，擦了擦眼睛，又看了看自己的身下，马上不可思议地大喊出声："倾……倾城？！"

一阵再熟悉不过的，就像是笑声一般的呼哧声传入他的耳中。

稳稳接住他的，正是那不知从哪里冒出来的倾城。

扇动着巨大的双翼，倾城将头向后一摆，一件东西端端落到了钟晴面前。

"盘古斧？"钟晴眼前一亮，马上将其握在手中，但是，他的眉头旋即一皱，"怎么湿嗒嗒的？"

倾城又是一阵呼哧呼哧的坏笑。

钟晴抬头看了看倾城的脸，两行睡觉时流出来的口水还挂在它的嘴边。

敢情这家伙刚刚才睡醒呢，连口水都还没干。

"贪睡的小胖子！"钟晴呵呵一笑，随即脸一沉，看着上空若隐若现的影子，一拍倾城的背脊，"我们上去！"

倾城转过头，低吼一声，驮着钟晴朝上奔去。

有倾城来助阵，还有盘古斧在手，一边倒的不利战局在顷刻间产生了变化。

除了温青琉之外，每个人都对倾城的出现大感惊喜。

面对这个金光灿烂、威风凛凛的对手，那黑毛怪兽的独眼里，射出了警惕又危险的光。

刚才他还能依赖他厉害的坐骑来对付钟晴他们，可现在多了一只实力不详的倾城，四人一兽对付一人一兽，如此看来，温青琉已落下风。

"呵呵，哪里闯来一只金毛小兽？"温青琉斜睨了倾城一眼，看定他们几人，笑道，"以为多一只小兽就能扭转乾坤么？！"

"小兽？它的个头可比你那头黑毛怪大多了！"站在倾城背上，钟晴一挥盘古斧，呵道："温青琉，我跟你无冤无仇，你为什么非要咬着我不放？！"

突见他手中的盘古斧，温青琉眼色一变。

这把斧子，他一到半边村时就已经细细搜过它的下落了，可是，任他占上多少卦，也寻不到此物的位置。将村民用作人质，很大一个原因是他对落在钟晴他们手里的这个武器尚有忌惮之心，有村民在手，钟晴他们必不敢轻举妄动。然而，起初当他看到钟晴他们并没有带着盘古斧前来时，虽心有疑惑，却暗自松了口气。本以为可以轻而易举收拾了钟晴，却没想到就要大功告成之际，杀出了一只倾城，还带来了这把无往不胜的上古神器。

见温青琉半晌没说话，连天瞳身子一跃，落到钟晴身边，说："方才你没有听到他说么，你是他命定的克星，只要你活着，他的大事就成不了。钦天监善推命占卦，恐怕早就得知会有你这个阻挠他的异数出现了。"

连天瞳这一说，钟晴才恍然记起温青琉在用扇子杀他之前，曾说过一句"钟姓一出，万事不成"。想到这儿，他眉头一皱，对温青琉喊道："你这个王八蛋是不是想当皇帝想疯了？天下间姓钟的多了去了，难道个个都是你的克星，你个个都要杀？简直荒唐！"

"只要你死，我温家大业垂手可成！"温青琉抬眼盯着钟晴，杀气腾腾，"我的卦，绝不会有错。钟晴，我断断留不得你在世上！"

话音未落，温青琉双掌一合，闭目念出一串古怪的咒语。

"冥地牢，飞天梏，三千禁灵动，幽浮魑魅出！"

每念一句，天空中的光线就暗一分。

转眼间，四周已是暗如黑夜。

虽然停留在虚无缥缈的空气中，可是从四面八方传来的震颤之感却是如此真实而清晰。

"那个混蛋，又在玩什么？"看着身边突然而至的异状，钟晴握紧了盘古斧。

"他好像在做召唤……"Ken站在倾城身边，从温青琉的架势推测着他的意图。

越来越黑的天空像一个即将收紧的口袋，将所有人牢牢地困在了里头，那种泰山压顶般的迫力，令见者无不心惊肉跳。

阿嚏！

钟晴打了一个无比响亮的喷嚏。

妖气，浓重到无以复加的妖气，正从上下左右全包围似的渗透进这个黑暗的"口袋"中来。

"怎么突然来了那么多邪灵？"钟晴顾不得揉一揉痒得难受的鼻子，大声说道。

连天瞳打量着四周，眉头一皱，说："他把能召来的鬼魅全弄来了。"

"召鬼？"刃玲珑站在 Ken 身后，警惕地望着这片已经不能被叫做天空的诡异空间，"那个人一定是疯了！大量召唤邪灵，如果他控制不住，会出大乱子的！"

她话没说完，只见无数道颜色各异的光体从黑暗中飞速地冲了进来，那阵势，像极了壮观的流星雨，只不过全无流星雨的美丽浪漫，倒是充满了令人窒息的死亡之气，腥腐无比。

"流星雨"虽多，可是却不乱，来自不同方向的它们，纷纷朝着同一个目的地——黑毛怪兽张开的大口，接连不断地冲了进去。或者说，它们根本就是被温青琉加诸在怪兽身上的法力给吸纳进去的。

"那些全都是亡灵啊……"蓦地，钟晴紧张地吼道，"黑毛怪吞了那么多亡灵，一定是想同它们的力量合而为一！"

"你们两个留在原处，尽全力布下一个任何灵体都出不去的结界！温青琉就交给我和钟晴去解决！"连天瞳冲着 Ken 和刃玲珑大声说道。

"嗯，知道了！你们小心！"Ken 和刃玲珑都很清楚连天瞳的用意，现在守备与攻击同样重要，万一亡灵失控，只要有他们的结界阻挡，它们便无法窜入人界作乱。情况紧急，四个人只能分工合作了。

连天瞳回过头，一声断呵："倾城，上去！"

主人一声令下，倾城大吼一声，身子一弓，离弦之箭般驮着他们二人朝黑毛怪兽冲了过去。

这时，黑毛怪兽已经吞下了温青琉召来的所有亡灵，大口一闭，几十道半青半红的光束突然从它身体上的每一个部分钻了出来，妖异的光芒照亮了半壁天空。

温青琉继续闭眼念着他的咒语，而身下的怪兽在主人授予的无形力量之下，身形赫然涨大了数倍，额间那只血红的独眼，暴突而出，根根红蓝交织的血丝状物迅速蔓延了整个眼球。

突然，温青琉睁开了眼，抬手指向冲上来的钟晴他们，对他的黑毛怪兽喝道："给我吞了他们！"

怪兽将脖子一伸，呼一下张开了利齿如剑的大嘴，一团巨大无比的漩涡状青色气流从它喉间飞旋而出，漩涡中，隐没着张张丑陋的人脸和苍白的人手，交替翻滚着。这些人脸张张都大开其口，而人手则不停地朝外挥舞着，像是拼命想抓住什么似的，尖厉的嚣叫穿插在这一大片形态混乱的残脸碎肢中，如此情景，根本不敢想象如果被这个漩涡吞没，将会有怎样恐怖的下场。

与这个几乎已经变了形的对手相比，此刻的倾城显得如此弱小，但是，它毫无退缩之意，展翼昂首，运尽全力朝那诡异漩涡大吼了一声。

这一声吼，有如惊天炸雷，山崩地裂。

钟晴的耳朵被震得嗡嗡乱叫，现在他完全相信倾城绝对有吼塌一座城池的本事。

那片朝他们笼罩过来的漩涡受了倾城这一记吼，居然像被肢解开来了一般，"轰"一下消失得无影无踪。

此时，倾城离那黑毛怪兽已不过数米距离，一见机会来了，钟晴心一横，踩在倾城头上用力一蹬，趁怪兽还没缓过神来的这一刹那，整个人一跃而起，落到了怪兽的背上，举起盘古斧就朝温青琉劈了过去。

温青琉没想到钟晴敢那么不怕死地跳到敌人的背上，双脚已断的他顺势躺倒，火速朝旁边一滚，钟晴的斧子"锵"一声嵌进了怪兽的背脊上。

"嗷"一声惨叫，怪兽痛彻心肺，回头就是狠狠一嘴，想要一口咬死停在它背上正拔斧子的钟晴。

可是，它的大嘴，在离钟晴不到半尺远的地方被迫停住了。

不是够不着，而是它的耳朵，被倾城死死咬住，并且拼命朝后头拖。

连天瞳一纵身，踩着怪兽的头跳到钟晴身边。

她的脚刚一沾地，钟晴正好把深深砍进怪兽体内的斧子拔了出来，一股浓稠的鲜血，从怪兽的伤口出喷涌而出，沾了他一脸都是。

见他们二人统统跳到了自己面前，已无退路的温青琉抬眼看着他们，一言不发，毫无惧色。

"温青琉，既然你自己都说我是你的克星，那你又拿什么跟我斗？"钟晴胡乱擦了把脸上的血污，举起斧子指着温青琉，"搞这么多事情出来，只会整死你自己！"

"聚集亡灵的怨力来武装你的坐骑，想以此吞噬我们，温青琉，你这一招的确是大手笔。"连天瞳冷冷看着他，"可惜，既然注定了钟晴是你的克星，那么无论你用上多少种方法，也逃不开命定的结局。温青琉，这一仗终是你输了。"

"少跟他废话了！"钟晴愤然对着温青琉下了最后通牒，"你这个混蛋居心恶毒，留在世上只会害人！自己选吧，要么自尽，要么我来动手！"

"要我自尽？"见钟晴义正词严的模样，温青琉嘴角一翘，"恐怕没那么容易吧……"

连天瞳心头一惊。

不等他们作出任何反应，温青琉突然伸出手指朝自己额前一戳，一抹鲜血瞬时浸满了他的指尖，就着这带血的手指，他眉头一皱，迅速在他身前的这块黑色皮毛上一笔画成了一方看不出形状的简单符号。

这一系列动作，完成得干脆利落。

钟晴他们还没明白过来是怎么一回事时，数十柱鲜红的血液突然从怪兽身上喷出，而以温青琉画下的符号为起点，几道骇人的裂纹迅速蔓延到了怪兽的整个身子，纹缝中隐约可见岩浆一般闪亮沸腾的物质。

这时，脚下这只庞然大物突然剧烈地颤抖起来，轰隆有声。

钟晴摇晃着身子，心知不妙。

"不好，他要把被怪兽吞下去的所有亡灵之力一举释放出来！"连天瞳对钟晴大声喊道，"快下去！"

"什么？"钟晴大惊失色，那只黑毛怪兽刚才吞下那么多亡灵，如果将这些亡灵所带来的所有怨力一下子释放出来，会带来怎样的后果，钟晴没见过，也不敢去想象。

连天瞳拽住钟晴的胳膊，二人正要从怪兽身上跳开，不料脚下却踏了空，那一直踩在脚下的厚实脊背突然没了踪影，他们只觉心脏一沉，双双坠了下去。

还好倾城反应够快，吐掉含在口里的半只耳朵，"咻"一下飞了过去接住了连天瞳和钟晴。

刚刚站稳了身子，二人便听到头上传来一声巨响，举目一看，那只怪兽竟然在空中炸裂开来，而温青琉亦被淹没在那一片触目惊心的血肉横飞之中，再无半点踪迹可寻。

"他……居然把自己给轰了？"钟晴讶异地说道，"他不是要释放亡灵吗？"

看着那一大片从空中四散落开的血肉毛皮，连天瞳皱眉道："怕没有那么简单。"

果然，她话音未落，一阵半是冰凉透骨半是灼热至极的气浪，突然从怪兽消失的地方喷薄而出，一圈半青半红的幽光闪过，而后便见一个巨大的黑色球体渐渐浮现其中，转眼间，一只半人半兽的怪物，带着熏人的鬼妖之气，从球体内破壳而出。

看那怪物的半边人脸，竟越看越像那温青琉。

"那个……"钟晴愣愣地看着那只怪物，瞪大了眼，"温青琉跟他那只黑毛怪合成一体了？"

"岂止，他的体内还饱含了那万千亡灵的怨力！"连天瞳攥紧了拳头，"这个家伙，竟然甘心舍弃人身，堕入魔道！"

"魔？"钟晴紧握着盘古斧，一边留神着那个怪物的行动，一边问，"你说他成魔了？"

"以人身加上妖兽元灵，再混以亡魂之妖气，非人非鬼非妖，那就是魔。"连天瞳慎重地答道，"温青琉孤注一掷，定要小心应付！"

"简直是疯了！"钟晴惊异之余，心中也在思量究竟是怎样强烈的欲望才能如此不顾一切地把自己从人类变成这么一个四不像的怪物。

在左右两旁特定的方位上，Ken和刃玲珑早已合力布好了一层最最坚固的结界，确认无误之后，二人忙返身朝倾城身边飞去，欲助连天瞳他们一臂之力。

他们刚刚落到倾城旁边，便有一声响彻天地的吼叫从已成魔物的温青琉口中爆发而出。睁开他那半边人脸上的一只眼睛，温青琉说话的声音如同被故意拉慢了速度的录音带一般古怪："你们这群人，活路不走偏寻死路，既如此，索性跟钟晴那个小子一道下地狱吧！"

说罢，他身子一动，猛虎扑食般朝钟晴他们冲了过来。

见对方来势凶猛，几人忙朝四边闪开，连天瞳趁势拉出红线化为利剑，双脚在倾城身上一蹬，回身就朝温青琉眉心刺去。而Ken也"嗖"一下冲了过来，念动咒语，竟将自己的右手化成了完全透明的状态，一掌朝敌人的心脏击去。紧跟而至的刃玲珑居然也学着连天瞳的样子，从袖口拉出一截红线，出其不意地绕在了温青琉的脖子上，死命拉紧。至于钟晴，让倾城火速绕到了温青琉背后，瞅准一个空隙，举起盘古斧就朝他的头顶上劈了下去。

四个人默契十足的反攻，看来非常奏效。

连天瞳的剑刺穿了温青琉眉心，Ken的手竟直接插入了他的体内，刃玲珑的红线几乎将他的脑袋跟脖子勒分了家，而钟晴的盘古斧，更是深深劈入了他的头顶。

成魔了又如何？遇到他们四个高手，再厉害的妖魔都是不堪一击的废物。

看着此时此刻的温青琉，恐怕没有人会认为他还有生还的机会。

钟晴正要拔出斧子再狠狠给他一下，却不料突然有一股墨紫之气从温青琉头顶的伤口冲出，"轰"一下顶开了钟晴的斧子，也将他的人冲开了老远。

跌坐在及时接住他的倾城的背上，钟晴还没来得及眨眼，便见一道长长的幽光从温青琉体内蹿出，落到一旁，转眼便化成了另一个完好无损的温青琉。

而还被其他三人制住的这个"温青琉"，却如同泄了气的皮球一样，迅速瘪成了一副皮囊，瘫软了下去。

这个魔头居然会脱皮？

钟晴噌一下跳了起来，还没来得及作出下一个反应，他的脖子已经被一只冰凉的手，或者说是一只丑陋的爪子给牢牢掐住了。

轻松脱身的温青琉不知是用转移之术还是其他的妖法，竟在须臾之间出现在了倾城的背上，一手掐住钟晴的脖子，一手紧紧抓住了他手里的盘古斧，用力朝后一推。

一个重心不稳，钟晴从倾城背上栽了出去，两脚悬空地被温青琉制在了半空之中。

见此情景，倾城张开大口回头就冲温青琉扑去。

"多事畜生！"温青琉暗骂一句，将身子朝旁边一闪，灵活地避开了倾城。不仅避开，他还趁势狠狠一脚踢在倾城的左翼上。

只听"咔嚓"一声脆响，倾城的左翼竟被他这狠毒的一脚生生折断。

一声闷吼，失去平衡的倾城竟从空中坠了下去。

"倾……城……"钟晴从喉咙里硬挤出了愤怒无比的声音。

眼看着倾城被温青琉偷袭受伤，连天瞳不由怒火高烧。

可是，空围着一副皮囊的他们，也遇到了意料之外的麻烦。

连天瞳的剑拔不出来不说，连自己的手也被一股力量强摁在剑柄之上，而Ken的手更是深陷在那块表面看起来薄薄一片里头却深如沼泽的皮囊中动弹不得，刃玲珑的红线也是相同处境，不但解不开，反而衍生出一股邪力将她的双手紧紧黏在了上头。

越是挣扎，困得越牢。

骤然间，皮囊又如遇火之蜡一般，在他们眼皮子底下化成了一摊污秽的泥浆状物体，几十只只有四指的怪异人手从泥浆里猛然冒出。

他们这才发现，原来自己的手竟是被这些四指鬼手牢牢缚住了。

泥浆迅速地滴落，露出了鬼手纠结在一起的肉红色末端，看起来就像是从一块变质的面包里突然钻出无数条扭动不停的虫子一般恶心。

这些鬼手虽然绵软，可是韧性极强，被它们制住，不但身子动不了，甚至连魂魄出窍这招也使不出来。眼看着钟晴身陷足以致命的危险，连天瞳心急如焚，而缚住他们的鬼手，得寸进尺般越长越长，竟将他们的脖子紧紧勒住，如蟒蛇一样想把他们活活缠死。

情势危急，命在旦夕。

这头，尽管已经快要窒息，可是任凭温青琉怎么抢，钟晴抓住盘古斧的手死也不肯松开。

这个魔头已经这么厉害，如果再让他拿到盘古斧，他们这群人就别想有机会见到明天的太阳了。

"嘿嘿，你以为你现在还能与我抗衡么？"见他一直不肯撒手，温青琉冷笑，"看到你的同伴了么？他们一个都跑不了。这都该怪你，如果你肯听我的话一早自尽，他们几个还是可以活下来的。"

钟晴眼角的余光瞟向连天瞳那边，又气又急，嘶哑着声音道："死老怪物……有种你冲我一个人来，放了他们……"

"现在才这么说，太晚了……"温青琉把脸靠近到他耳畔，阴阴一笑，"肚子有些饿了，正好拿你充饥，呵呵。"

说完，他突然将头一埋，一口咬在了钟晴的肩膀上。

难以言表的剧痛瞬间充满他的四肢百骸，想大叫，声音却怎么也冲不出喉咙。

恍惚间，钟晴看到了连天瞳惊急的脸庞，听到了Ken不顾一切的喊叫。

视线越来越模糊，听觉也越来越迟钝。

唯一的感觉，只有痛。

可是，痛觉过处，好像有一股本来不属于他，却又在他体内潜藏已久的力量在慢慢复苏，那种从小到大，由轻而重的强烈感觉冲击着他全身的每一个细胞。

自己的灵魂，像是要被挤出身体似的。

而挤迫着他的，正是那带着无边怒火的毁灭之感。

钟晴猛地睁开了眼，脖子虽然还被温青琉掐着，可是已经全然没有了窒息感。

侧目看着正咬着自己肩膀的温青琉，钟晴双目透出了森冷的凶光。

抓住他掐住自己脖子的手，钟晴轻松地朝下一掰。

"咔嚓"一声，温青琉的左手断成了两截。

温青琉猛抬起沾满钟晴鲜血的脸，还没反应过来，钟晴已经屈起脚，照准他的身子狠狠踢了下去。

毫无防备的温青琉被这个早已经被他判了死刑的对手踢开老远。

"你……"好不容易才站稳的他恼怒地捂住了自己的断手，投向钟晴的目光里掺杂着一丝疑惑与畏惧。

"你想杀我？"钟晴看了看自己肩膀上鲜血淋漓的伤口，冷笑，"没有人可以伤我……"

此刻的钟晴，不借助任何外力，竟也稳稳当当地立在空中，这突然的变化，引得温青琉心头一慌。

他突然想起了当初在大庆殿下，钟晴发狂似的用斧子劈断了他双腿的那一幕。

现在的他，那种表情，那双目光，跟那个时候如出一辙。

但温青琉已经顾不了那么多，将头一晃，肩膀上竟然又生出了一个大口利齿的怪兽头颅，而他的背后，也赫然增出了几十双亦兽亦人的肢体，凶悍地扭动着。

万分之一秒的时间，这个名副其实的魔怪"腾"地飞了起来，灼人的火焰混着妖异的黑雾从那个兽头口中喷出，而身后的肢体也在瞬间拉长了数十倍，张牙舞爪地朝钟晴扑来。

钟晴漠然地盯着这头要害他性命的魔物，举起了手中的盘古斧，对准它的来向用力一挥。

一道呈青蓝之色的利气从斧上奔跃而出，"刷"一下斩断了那些冲在最前头的恶心肢体。

被这道利气震开了数十步的温青琉一声惨叫，从高处跌落了下来。

见状，钟晴笑了笑，轻松地飞身过去，落到了还能勉强站立得住的敌人面前。

"今天……会是你的忌日。"

钟晴歪着头，看温青琉的眼光如同打量一只即将被自己踩死的蚂蚁。

"是么？"温青琉抬起头，强挤出一个难看的笑容，旋即神色一变，突然朝后退开数步，狠心咬破了自己的舌头，"噗"一下将一口鲜血吐到自己掌中，旋即朝前一推，登时便见一道混合着妖魔鬼魅之气的暗紫光流从他掌中滚滚而出，光流前端霓时化成了一只有口无眼的猛兽之脸，呼啸着朝钟晴杀去。

钟晴不闪不避，反而迎面而上，手中神斧一劈，将这来势汹汹的邪兽之脸从中间一分为二。

只听他大喝一声，身体朝前一冲，以神斧开路，竟从容不迫地从这道光流中间直奔后头的温青琉而去。

一声混合着绝望与痛苦的呻吟，从温青琉身上传出——

钟晴的盘古斧，端端地劈进了他的胸膛。

毫无温度可言的鲜血，从他的胸口轰然而出，溅了钟晴一脸一身。

一道极亮白光从他的后背激穿而出，其后跟着大大小小颜色各异的无数光团，失去控制一般从他的体内溃散而出，朝着四面八方逃开了去，转眼便化为无形。

再看温青琉，那妖魔之态在身体里这些光团离开之后，渐渐变幻，直到完全恢复成了他作为正常人类时的样貌。

低头看了看仍插在自己胸前的盘古斧，他一把抓住了钟晴的胳膊，被咬伤的舌头还在往外头滴着血。

"钟晴……你害我难成大业……今世杀不了你……来世……我定报此仇……"眼中充斥着无边的绝望与怨恨，温青琉费力地说道，"温家与钟家……势不两立……"

温青琉的话，还没来得及说完，一阵抽筋断骨的剧痛袭上胸口。

朝钟晴脸上吐出一大口鲜血之后，他头一歪，渐渐没了声息。

钟晴面无表情地看着他几乎扭曲的脸，像是听不懂他在说什么。

"伤我的人，必须死。"

钟晴将神斧朝外一拔，一脚踢开了死不瞑目的温青琉。

这个至死都不甘心的敌人，迅速从空中坠了下去，很快便没入了无尽的黑暗之中。

冰凉黏稠的人血从钟晴的眼皮上淌下，他的视线，一片殷红。

随着温青琉的消失，困住连天瞳他们的难缠鬼手顿如散沙一般没了踪影。

刃玲珑捂着脖子一阵猛咳，半响才缓过气来，惊魂未定地说："这个温青琉，使的是什么怪招，太厉害了。"

"从没遇到过这么牢固的东西。"Ken 大口呼吸着新鲜空气。

连天瞳没说什么，三两下调匀了呼吸，转身就朝钟晴身边飞了过去。

"你……怎样了？"停下来，连天瞳打量着白衣已成红衣的钟晴，不放心地问了句。

对于她关切的询问，钟晴一点反应都没有，他的眼睛仍然定定地看着温青琉坠下的方向，几缕未干的血迹，从斧刃上滴滴落下。

刃玲珑和 Ken 也紧跟着飞了过来，看着木头人似的钟晴，刃玲珑轻轻拍了拍他的后脊，小心翼翼地问："你没事吧？说话啊！"

"钟晴！"Ken 探头看着他的眼睛，伸出手在他面前晃了晃，"没事了，温青琉已经死了，我们都安全了！"

钟晴的眼睛里，好像根本没有他们的存在。

这时，四周一直黑沉一片的天空，渐渐敞亮了，再正常不过的青天白云终于回到了他们的视野。

一切似乎都恢复正常了，但是钟晴的状态却让所有人担心。

如果是以前，亲手灭掉了这么一个大魔头，恐怕钟晴早已经得意得一蹦三尺高，大呼小叫地把自己捧到天上去了，可是这会儿……

他突然之间拥有了飞天之术，他除掉温青琉时的易如反掌，还有他目空一切的眼神，Ken 的心里突然有了非常不好的预感。

"把结界解开，我们先回地上去。"连天瞳看了看周围，对 Ken 他们说道。

她这一提醒，他们俩才想起刚才布下的防止亡灵溃散脱逃的结界，可是经由钟晴那一阵折腾，不止温青琉丢了性命，连充斥在他体内的亡灵也集体消失不见，这个结界算是有备无用了。

Ken 和刃玲珑念咒解开了结界，几人拉着钟晴，从空中缓缓地降了下去。

历经了刚才那一连串惊心动魄的空中生死战，当他们的脚挨着实实在在的土地时，每个人都下意识地松了口气。

还是脚踏实地的感觉最好。

他们的着陆点，不是别处，正好是渭河的对岸，巍巍骊山就在身后。

"我去找倾城，你们看着钟晴。"连天瞳看了依旧跟个木头桩子似的钟晴一眼，摇摇头，转身沿着渭河朝前走去。

"但愿倾城没事！"刃玲珑咬了咬牙，"那个温青琉实在可恶！"

"放心，倾城是神兽，只是伤了翅膀，不会有事的。"Ken 安慰道。可是，他也知道，从那么高的地方坠下，对于一只飞不起来的神兽，怕也不容乐观。

的确，除了钟晴这个家伙，还有一只倾城让他们万般挂心，这只通人性的可爱灵兽如果出了什么意外，他们会如丧失了亲密伙伴那般伤心。

就在连天瞳走出去不到十步的时候，眼前汹涌奔流的渭河河面突然出现了一个直径足有三米的大漩涡，一阵冲天的波浪从漩涡中轰然涌出，还没看清怎么回事，倾城竟从四溅的水花中一跃而出，稳稳落到了岸上。

"倾城？！"连天瞳大喜过望，当即三步并两步地跑到了倾城身边，顾不得它一身水湿，一把抱住了它，"好极了，幸而安然无恙！"

刃玲珑一见倾城活生生地出现在面前，当即欣喜万分地冲到了倾城身边，抱住它亲了又亲，激动得差点哭起来："你这家伙，看到你被温青琉踢断了翅膀，还以为你……"

松开倾城，连天瞳忙起身查看它折断了的翅膀，很快，她吁了口气，说："伤势虽不轻，上药休养一段时间当可痊愈。"

"倾城没事了？"刃玲珑抬头问她，"它的翅膀能恢复？不会有后遗症吧？"

"我会为它上药。"连天瞳拍拍倾城的头，笑道，"从那么高的地方跌落下来，还好你是落进了渭河，否则，断掉的便不止是翅膀了。你这家伙，命不该绝！"

倾城亲热地舔了舔她的手，紧接着用力抖了抖身子，甩了她们两个一身河水。

"顽皮的东西！"

连天瞳揩着脸上的水，无奈地看着倾城。

她们这一方，虽然有所损伤，但是每个成员都好好地活着，这是连天瞳最最庆幸的。

看着她们两人和倾城重聚时的高兴样子，Ken总算放下了心，他转头瞧了钟晴一眼，这一看不打紧，钟晴的一个小动作却引起了他的注意——

目光空洞的钟晴，忽然伸出了舌头，舔了舔淌到唇边的鲜血。

这鲜血，来自于黑毛怪兽和温青琉，腥咸之味极重，吃到嘴里的味道肯定不好，但是不知道钟晴的味觉出了什么纰漏，居然很有滋味地咂着嘴。

"钟晴！"Ken一步跨到他的正面，拍了拍他的脸，"你干什么？回答我啊！"

钟晴的目光终于对他有了反应，缓缓移到了他的脸上。

这时，Ken突然脸色大变。

因为，他看到钟晴的瞳孔，猛然缩小成了灰色的一点，而他的额头上，竟有一条泛着蓝光的蛇形符号从他的皮肉之下蜿蜒而现。

钟晴的四肢，骤然绷紧了，一仰头，他发出了一声足令天地变色的狂叫。一柱红蓝相交的暗光从他额上的蛇形符号上射出，在半空中形成了一只看似有形实则透明的人身蛇首的怪物，盘旋两圈后，这怪物竟"咻"一下钻进了钟晴的胸口。

一切似乎又恢复了平静，钟晴缓缓低下了头。

"糟糕……怎么会这样？"Ken低呼一声，脚下一软，下意识地后退了好几步。

连天瞳和刃玲珑被身后的情景吓了一大跳。

连天瞳一个箭步冲到Ken身边，看着紧握着盘古斧，耷拉着脑袋立在原地动也不动的钟晴，问："他怎么了？刚才钻入他体内的是……"

"我好像看到一只人身蛇首的怪物……"刃玲珑回想着刚才看到的一幕，嘴巴登时合不上了。

"恐怕……"Ken握紧了拳头，"是要咒发了！"

他话音未落，钟晴突然抬起了头，灰色的眸子闪着不属于人类的阴冷光芒，扫视着站在面前的三个人。

很快，他的目光停留在连天瞳脸上。

"连天瞳……"他低唤着她的名字，缓缓举起了手里的盘古斧。

"快闪开！"Ken一把推开了连天瞳，自己也顺势跳到了一边。

一道要命的利气猛地砸到了连天瞳刚才站的地方，地上的土石被袭出了一道尺来宽的裂缝，深不可测。

"钟晴！"连天瞳"咻"一下飞到空中，冲他大喊一声，"你看清楚，是我啊！"

"连天瞳……你是第一个……"钟晴脚下一用力，竟也轻松地飞了起来，直视着对面的她，冷冷地笑："伤我的人要死，爱我的人……也要死！"

说罢，他人已经高高跃起，一斧就朝连天瞳劈了过来。

连天瞳慌忙闪到一旁，险之又险地躲了过去。

"老天……"下头的刃玲珑见状，不顾一切地飞了上去，从后头一把抱住了钟晴拿斧的胳膊，大吼，"钟晴！不要再劈了！你赶紧醒一醒啊！"

这时的钟晴，哪里肯听她的。

用力一挥胳膊，刃玲珑被狠狠甩到了地上。

一低头，他举手就要朝刃玲珑身上挥斧，幸亏Ken一头冲了上来，将他的胳膊朝旁边一推，这才让盘古斧的利气偏了方向，保住了来不及躲开的刃玲珑一条小命。

"钟晴，你赶紧住手！我是Ken啊，你一定还认得我们的！"Ken死死扣住了钟晴的双手，吼道，"现在还不是咒发的时候，你赶紧给我醒过来啊！"

钟晴转头看了他一眼，笑："你是第二个……"

"什么？"Ken一惊。

钟晴整个手臂朝前一扬，竟将Ken高高地抛了起来，旋即一脚踢在了他的心口上。

只觉得胸前一阵爆裂开来的剧痛，Ken不由自主地松开了手，重重跌到了地上，双眼发黑，连魂魄都摇晃不稳了似的。

正要举斧劈向Ken，钟晴的双臂突然被一根细细红线紧紧缠住了。

红线的另一端，被连天瞳死死拽着。

用力太大，那细细的红线，几乎没入了钟晴的皮肉之中。

空中，一条红线拴住了一对僵持不下的男女。

心魔起，红颜惊。两相搏，未知劫。

在这剑拔弩张的时刻，连天瞳忽然悟出了这下半阙预言的意思。

就在这时，钟晴不知道哪里来的蛮劲，大吼一声，突然朝地上跳去，同时紧抓住红线用力一拖，居然硬生生地把连天瞳从空中拽了下来。

不等连天瞳站起来，他已经纵身跃到了她的面前，一脚踩在了她的背脊上，面无表情地举起了手里的斧子。

"钟晴！你不记得你砸穿了我家的屋顶么？不记得碧笙和白狼么？你手中的盘古斧是我们一起从皇宫里盗出来的！你还为我挡过一斧！你说你还要去找你姐姐，你全忘记了么？"被死死踩住动弹不得的连天瞳，忍住他这一脚带来的断骨般的疼痛，大声说道。

听到这些曾经熟悉的地方和名字，钟晴的眼睛眨了眨，举起的盘古斧也停在了空中。

可是，这让连天瞳惊喜的迟疑仅仅维持了不到一秒钟。

钟晴的斧子毫不犹豫地朝她身上落了下来。

"姐姐！"

刃玲珑惊叫一声，猛地扑了过去。

可是，以她的速度，根本不可能在斧子落下前阻止钟晴。

生死关头，一道金色的影子从另一端闪电般扑到了钟晴的身上。

连人带斧，钟晴被这股巨大的冲力按翻在地。

"嘭"一声巨响，身下的泥地被他撞出一个凹洞，无数土块飞溅而起，他执斧的右手重重磕在一块硬石上头。

手指一松，盘古斧差点脱手弹出。

倾城把钟晴牢牢踩在了自己的脚下，一口衔住了他的咽喉。

但是，仅仅是衔住而已，倾城并没有真正咬下去。

然而，已经失去常性的钟晴却借由倾城的口下留情，突然握紧了盘古斧，挥手就朝倾城的脖颈砍了过来。

霎时，倾城愣住了，身体如凝固了一般。

只有那双圆圆的大眼，不解地盯着它身下那张再熟悉不过的脸。

这个常常被自己喷口水的家伙，这个总是爱叫它小胖子的男人，为什么会毫不犹豫地把斧头劈进了自己的身体？

倾城不明白。

一汪暖融融的鲜血，从斧子与它的身体相契合的地方，迅速溢出。

钟晴看着倾城无辜的眼神，无动于衷地拔出了斧子。

倾城的鲜血，喷溅而出。

染红了四周的土地，也染红了钟晴的眼睛。

额前蛇形符号沾了倾城的血，竟冒起了丝丝蓝烟，符号上的颜色像是被带走了似的，慢慢淡了下去。

一声低低的哀鸣，倾城身子一歪，倒在了钟晴的身边，庞大的身躯慢慢缩回了小狗般大小。

已经动弹不得的它，半睁着眼睛，拼着最后一丝力气，伸出舌头舔着钟晴的手，像是要把他给叫醒似的。

钟晴仰躺在地上，手上那股湿漉漉热乎乎的感觉，隐约勾起了一些若隐若现的记忆，一些被某种强大力量给深深掩埋的记忆。

小胖子！你又喷我口水！

连天瞳，你就不管你的宠物了吗？！

小胖子……小胖子是什么？

连天瞳……连天瞳又是谁？好像是个女人，长着一双慧黠冷静的眸子……

还有，Ken，刃玲珑……多耳熟的名字……

凌乱的话语与场景在钟晴眼前忽闪交替，一张张人脸忽隐忽现。

他很努力地想去看清楚听清楚，但是却有一只挣不开的手，拽着他，不肯让他接近他想接近的东西。他抗拒不了这股力量，只觉得身体不停朝下坠，坠到无底深渊，永无天日……

倾城与钟晴片刻间的纠缠，惊呆了其他三人。

准确地说，是被他手起斧落的狠绝给惊呆了。

见钟晴突然没了动静，Ken起身冲到他身边，看着他茫然的眼神还有额头上变浅了颜色的符号，他眉头一皱，迅即蹲下身来，伸出右手食指朝那符号上一戳，闭眼默念了一句什么。念毕，他收回手，抓起钟晴的右臂，拿下他手里的盘古斧，毅然朝他双手手腕上的血管处各划了一斧。

泛着蓝光的血液顺着伤口连续不断地淌了出来，将钟晴身下已成红土的土地浸润得更加鲜艳夺目。

做妥了这一切，Ken擦了擦额头上的冷汗，轻轻吁了口气，低语："幸好……"

连天瞳支起差点被钟晴踩断的腰肢，跌跌撞撞地扑到这边，一边抱起奄奄一息的倾城，一边看着双目紧闭的钟晴，心慌意乱地问："这……这究竟是怎么了？你不是说过，要到他过完二十一岁的最后一天才会咒发么？"

"这个……我也不太清楚……"Ken为难地答道，"如果不是咒发，像之前的那种情况，他只会在自己遇到危险的时候才会出现反常举动，而且过后就能恢复正常。可是，照他刚才的疯狂举动看，他的咒的确是发作了，否则他不会拿你我开刀，更不会眼都不眨就对倾城下毒手。"

"倾城……"连天瞳顾不得再问下去，忙出掌捂住了倾城的伤口，运起灵力为它止血疗伤。

"可是……他的咒怎么会提前发作呢？"刃玲珑手足无措地看着眼前的一切，抓住Ken的手臂问道，"如果是发作了，你又是用什么办法将他制服的？不是说咒发之后，我们中间没有人是他的对手吗？"

"温青琉……"Ken突然想起了什么，一抬头，大声说道，"一定是温青琉他们的血！他和他那只坐骑，他们的血满布邪性，又灌有亡灵怨气，而且温青琉一心想做皇帝，执念太重，至死不甘，那种疯狂的欲念早已渗透了他的血脉，钟晴体内的咒力本来就蠢蠢欲动，如今被这种种的邪腥孽愿一引，难怪会出现咒发之状！"

讲到这儿，他停了下来，看了看命在旦夕的倾城，说："但是，我不明白的是，为什么倾城的血可以暂时控制住他的狂性？"

"倾城的血？"

连天瞳收起灵力，皱眉看着倾城颈上。如果倾城只是一只普通的小兽，只怕这一斧早已要了它的命，尽管已经为它止住了血，可是伤口依然豁开着，没有愈合的迹象。

它能留着一口气到现在，已算是天大的奇迹。

Ken 指着钟晴的额头，说："这个蛇形符号，正是咒发时的标记。越到后头，这个符号的颜色会越深，也表示着咒的力量就越大。可是你看现在，被倾城的血沾过之后，它只剩下了一个淡淡的印记。也正因为如此，我才有机会暂时封住这个咒。"

"倾城不仅是只貔貅，也是真正秦皇陵中的镇墓兽。"连天瞳抬起头，"它的血，有辟邪灵镇妖魔之能。若钟晴的咒力有所减缓真与倾城有关，想来也只有这个原因吧。"

"秦陵镇墓兽？"Ken 惊讶于倾城的又一重身份，不过此刻也无暇细问，他马上对连天瞳说，"不管是什么原因，钟晴暂时不会再对我们构成威胁了。他额头上的蛇印变浅了，有可能只是受了意外之力而暂时隐减。只要蛇印不消失，就说明他体内的咒力仍然存在，尽管我已经在咒上加了封印，但是我没有把握把这个随时可能复苏的咒封太长时间。所以我才割开钟晴的双腕，逐步放出他体内被咒力侵蚀的血，希望可以将他咒发的可能降到最低。可是这么一来，等钟晴的血流光了，他也就没命了。以他的体质，最多撑上三四个钟头，我……"

看着 Ken 复杂的目光，连天瞳似乎猜到了他的心思："那你是想……"

"马上带他去水下皇陵，拿长生璧救人！"Ken 刻不容缓地说。

略一思索，连天瞳抱着倾城站起来，转头看了看澎湃汹涌的渭河，吸了口气，"好，我们即刻去皇陵。"

"你们……"刃玲珑的呼吸骤然减弱了，可是心跳，却比河水的流速更快。

拖起钟晴放到背上，Ken 看着这条深不见底的大河，有些担心地问："是不是先找条绳子把钟晴绑在我身上比较保险？"

既然是水下皇陵，要进去肯定得先入水，可是渭河如此浑深湍急，Ken 害怕还没进皇陵的门，背上跟死人差不多的钟晴就被河流冲得无影无踪。

"是需要一根绳子。"

连天瞳把昏迷的倾城交给刃玲珑，自己从袖子里抽了一根红线出来，细细在钟晴和 Ken 的手腕上都绕了一个结，再把另一头系在了自己手上。又将手指放到唇边，低念了一句："遇水化无，遇空则实，一线为引，入我陵寝。"

念毕，她伸指在红线上轻轻一捻，一道波光从线上流出，闪了几闪，红线渐渐消失无形。

"皇陵四周有结界保护，拴上红线，我方能以自身灵力引你们安全入内。"连天瞳转过身，朝四周看了看，确认在渭河两岸只有他们几人之后，举步朝河堤上走去。

Ken正要追上去，却被旁边一道埋有万般滋味的幽怨目光拉住了脚步。

"玲珑，你……"心中有所触动的他，看着默不作声的刃玲珑，轻叹了口气，旋即露出了一个灿烂的笑容，"你就好好留在岸上吧，不要跟我们下去了。今后，自己照顾好自己。还有，一定去把游泳学会！"

"临别赠言吗？"刃玲珑埋着头，不敢正视他的脸。

Ken的笑容凝固了，一时不知该如何回答。

"玲珑必须跟我们一同前往。"他们两人的简短对话一字不差地落在连天瞳的耳朵里，她回过头，"现在并非你们话别之时。"

"为什么？"Ken讶异地反问。

无可挽回的死别，他不想让刃玲珑看到，

"我自有我的理由。"连天瞳回答，一贯的冷静不容反驳。

"那……"Ken知道自己反对不可能有效，看着连天瞳的手腕，说，"那你不给她绑上红线吗？"

连天瞳笑笑："她不需要。"

Ken愣了愣，疑惑之心顿起。

"随我来吧。"连天瞳没有多作解释，朝前迈了一大步，双手捏诀，闭目念道，"玄玄天河水，现我千年路。"

随着她的一声断喝，奔流不息的凶猛河水居然像被施了定身术一般，整个河面在瞬间停止了流动。

"开路！"

连天瞳手臂一扬，凝固的河水竟无比听话地朝左右两旁分开了去，如同两大块装了滑轨的石板。河水退开处，一方在液体与固体两种形态间不断交替转变的空间呈现在他们面前，大量天蓝与赤金色的不规则光斑像是一大群顽皮的鱼儿，在这个空间的上头和里头热闹地游弋着，看起来既壮观又奇妙。

从他们所站的角度俯瞰下去，这个从河水中现出的神秘空间，初看是浅浅一层，再看却又深不可测，不断变幻，根本无法目测出深浅。

"随我下来。"连天瞳纵身朝这个河中空间跳了下去。

Ken一咬牙，脚下一用力，背着钟晴跳了进去。

刃玲珑紧随其后，不敢耽搁半分。

待三人的身影都隐没在那片空间下时，分开的河水立即重新合拢在了一起，恢复了正常的流动，将河水下的异景掩藏得干干净净，不留半点痕迹。

渭河，依旧波涛涌动，表面一切如故。只是在那滔滔河水之下，一场不可预测的变故，悄然揭幕……

十

水下皇陵

耳边，充斥着哗哗的水声，夹杂着气泡冒起时的咕噜咕噜声。

眼前一直是模糊一片的，而脚下，像有一张绵软的垫子托着，踩在上头，不费力，也不担心会突然摔下去，很安心地，整个人只是稳稳地降落，降落……

当脚底触到一片硬实真切的土地时，Ken的视线也骤然清晰了。

一块足有一个足球场大小的空间，没有任何隔间，放眼就能看到底。

顶上，罩着一块无比湛蓝的美丽"天空"，虽明知道那只是一层虚无的光影，但是那种澄澈清朗的感觉却教人心旷神怡。"天空"上，那些金蓝色的"鱼儿"仍在缓缓游动，一柱轻曼的柔光从上笼下，照了一地的漂亮斑驳，让人忍不住想伸手把这些光的精灵抓过来捧在手心里。四周，不断流过的明黄河水，形成了四面稳固而奇异的墙壁，水光潋滟又规规矩矩，虽没有任何阻挡之物，可是没有一滴水落到不该落的地方，地上，是一片厚到敦实的黑色泥土，温润但不潮湿。整个空间里，弥漫着淡淡的香味，有檀香的悠远，又有花草的清新。有这样的情景映在眼帘，有这样的味道充盈其中，如果不是场地正中摆放的那一具金边黑木，表面上以泛着微光的朱砂画满各种怪异花纹的宽大棺椁，实在令人无法想象，这个地方并非仙境，只是一个供人长眠的千年陵寝。

"这里……就是真正的秦始皇皇陵？"Ken把钟晴小心放下，目光锁定在了那副坚固的棺木上头，准确地说，应该是锁定在了棺木的上头——

没有任何牵引物，三朵通身透明的硕大莲花漂浮在棺木上头三尺左右的地方，呈规整的等边三角形分布，那花瓣的边缘上，透着一点艳艳的红。那第一朵莲花的花心之上，盛着一块四方玉玺，翠绿欲滴，通透若水，雕工绝佳；第二朵莲花上，悬着一柄三尺长剑，龙纹浮刃，寒光逼人，敛破天之利气，令人敬畏。

可是，第三朵莲花上头，是空的。

"是，这里便是无数人寻找了上千年却始终寻而不得的秦皇陵。"连天瞳小心翼翼地把怀中的倾城放到软土之上，又出掌过了些灵力在它的伤口上，这才平静地打量着四周，像个久未返家的人，目光里流着淡淡的感慨，"当年，嬴政在骊山大兴土木建造陵寝，唯恐世人不知，暗地里却悄悄网罗了一些能人异士，在渭河水底修成了这方以水为壁，与世隔绝的隐秘空间。这明修栈道暗渡陈仓之计，保全了嬴政死后上千年的安稳。除了世代的守陵人，没有谁知道世上有这处水下皇陵的存在。"

"秦始皇果然不是泛泛之辈，居然能想到在水下建陵寝……"Ken难掩心头惊叹，又说，"可是粗看这里，完全没有一代帝王沉眠之地应有的浩大繁盛。"

"觉得过于简单平凡了？"连天瞳看透了他的心思，一笑，"骊山地宫你是去过的，那里头水银为天河宝石为星月的场面，确令人叹为观止。而嬴政将那些在平常人眼中价值连城的金银玉器，全部堆放在骊山地宫，要的就是这个'叹为观止'，只有这样的阵势，方能彻底蒙蔽那些惯于拿表面来确定事实的无知世人，令他们坚信骊山就是秦陵所在。"

"老天……秦始皇这场假戏，做得实在逼真。"Ken突然领略到了另一重意义上的"叹为观止"，但是，另一个疑问却紧随而出，"既然此地已经如此隐秘，又有骊山地宫作为完美的挡箭牌，那何苦还要你们这些守陵人世世代代守护这里呢？"

"轻易就被金玉珠宝迷惑了双眼的俗人，固然不会对真的皇陵构成威胁。"连天瞳抬头看了看顶上的奇异精致，神色渐渐严肃起来，"须知世上还有一类人，他们身怀异术，心眼厉害于双眼，要骗过他们，仅凭几堆珠玉宝石是不够的。真龙天子长眠之地，必有皇气缭绕其中，骊山地宫修筑得再浩大，没有真正的秦始皇躺在里头，那皇气又从何谈起。若感应不到皇气，这些人必会心生疑窦，继而想方设法以此为突破口寻找真正的皇陵，长此下去，水下皇陵早晚会暴露人前。秦陵守陵人，要完成的，就是移花接木之任。"

"移花接木？"

连天瞳看着前头的棺椁，点点头，说："自秦始皇之后，千年时间，登上龙位的人数不胜数，不论他们是雄才大略的天子抑或亡国败家的昏君，他们身上天生的皇气，是一样的。故而守陵人会从历代的皇帝身边取走他们的贴身之物，这些东西终日与他们相伴，不可避免地沾上了或淡或浓的皇气，将它们带来此地，置于秦皇灵柩之前，以守陵人之灵力将这些皇气融合之后，将其取出带往骊山地宫，封于地下，造成假天子真皇气之势，如此一来，配合上地宫中的盛大堂皇，方能瞒天过海上千年，天衣无缝。"

"不可思议，原来你们做的，竟是这样的事！"Ken不免咋舌，旋即心头一惊，问，"你说拿皇帝们的贴身之物来造皇气？那……那宋太宗的国玺还有枕头被子是被……"

"我偷的。"一直闭口不言的刃玲珑语出惊人，"宋太宗要找的京城大盗，就是我。半年前我离开安乐镇，就是去盗这些东西。而不久前那些京城高官家的财物，也是我顺便偷去救济穷人的，他们家里的火，也是我放的。碰到你们的那天，我刚刚从京城回来。"

"你？"Ken知道她顽皮，但是万没想到她就是那拨大宋皇族心心念念要找的神秘大盗。

"不必如此惊讶。这些'嫁接'入内的皇气，至多维持三年，故而每隔三年，我们便要入皇宫窃物。"说到这儿，连天瞳瞪了刃玲珑一眼，嗔怪道，"你这丫头太顽皮，不只盗物还去放火，以后绝对不准再胡来了，否则我如何放心将守陵之职完全交予你？"

"姐姐……你说什么？"刃玲珑杏眼圆睁，一把拉住连天瞳，"你要我守陵？"

"除了你，还有谁更合适呢？"连天瞳笑了笑，"你我是姐妹，身上流着相同的血，我能的，你也能。"

她们不是师徒吗？为什么现在姐姐妹妹叫个不停？

Ken越听越糊涂，不禁问道："你们两个在说什么？你要玲珑当守陵人？"

"不错。"连天瞳看着他的眼睛，"我曾向我师父承诺过，会生生世世保秦陵太平。如今我要离开，只有将秦陵托付给她，我方走得安心。"

"你要走？去哪里？"Ken慌忙问道。

连天瞳没说话，径直走到棺椁前方，问："看到这三朵莲花了么？"

"看到了。"Ken跟过去，"花上面的东西，难道就是……"

"一为传国玺，二为太阿剑，三……"连天瞳举起的手指突然停顿在半空，"三为……长生璧。"

"长生璧？"一听到这三个字，Ken的神经猛然抓紧了。

"这三件宝物的价值，纵是十个骊山地宫也抵不过。多少年来，外界关于它们的传言多不胜数。"连天瞳看着在眼前缓缓飞旋的美丽花朵，"呵呵，没有人知道，真正的宝贝，一直藏身在此处。"

"第三朵莲花上盛的是长生璧？"Ken又走前了一步，用力擦了擦眼睛，"可是……为什么我什么都没看到？还是，你把长生璧给加了隐身封印？"

"长生璧……"连天瞳垂下了眼帘，长长的睫毛有些微微的颤动，嘴角，漾出了一朵神秘却又掺杂了丝丝无奈的笑容，"不就在你面前么！"

"我面前？"Ken焦急不解的目光还紧抓着那朵空空的莲花不放，"没有啊，我真的没看到啊！"

"我就是那块长生璧。"

一语既出，四下无声。

如果不是鱼儿一样的光斑还在面前缓缓移动，Ken一定以为包括时间在内的一切物质，甚至于自己的呼吸，都已经停止了运行。

"天地初成之时，女娲上神行游蓬莱仙山，偶得一方玉石，其碧绿灵透令上神爱不释手，遂滴指尖血于细藤，化作红色软线穿上此物，挂在项上，经年不曾离身。这玉石，受了上神血气浸润，天长日久，渐渐通了人性。后来，上神造人之时，念此玉石难得，于是也为其塑成一个女身，再将玉石嵌入肉身中，充为魂魄精元。至此，我才得以人形见世，留在上神身边供其差遣。后来，世间人类渐渐繁衍起来，而上神在行补天之举后，元气大伤，最终消失于天地之间。至于她创出的子孙们，随着时间的推移，善恶渐分，其中一些垂涎于上神遗留下的神物，千方百计想据为己有，其中便包括我这块有赐人新生之能的，被他们称为长生璧的玉石。"这个比神话还要神话的事实，连天瞳讲起来，却平静地像在说一件无关紧要的邻家小事，"女娲上神已经不在，为了避开那些心怀叵测的凡人，我悄然回到了蓬莱仙山，化成原形栖身于一方不起眼的角落，以长眠来打发无聊的时间。可是，我没有想到，多年之后的一天，那秦始皇派出的徐福竟来到了蓬莱，并且发现了我的所在，他认定我是传说已久的长生璧，万般兴奋地将我带回了中土。回去之后，秦始皇已然驾崩，徐福恐赵高之流的奸佞强夺这块神物，于是找来一块假玉璧应付大权在握的赵高，一直忠于秦始皇的他，将我秘密送入这水下皇陵，同秦始皇最钟爱的传国玺太阿剑一起，作为陪葬物永留于此。之后他又恐事情败露招来杀身之祸，带领家眷东渡海外避世，再也没有回到中土，而长生璧的真相，也就成了千古谜团。"

她说的每一个字，Ken都不敢相信，但是，又不得不信。

"徐福带你回来，中途你为什么不逃脱，就任由他把你封在这个不见天日的地方？"Ken定了定神，问道。

"我亦是好奇。"连天瞳的答案，诚实而简单，"我睡了不知多少年月，也想看看千万年后的世界，变作了什么模样。被送入皇陵之后，我化回了人形，发现了被同时送入这儿作镇墓兽的倾城。不知它是从哪里被那些异人寻来的，貔貅辟邪，想来那些人也是希望这只神兽能防止邪灵入侵惊扰帝陵吧。偏偏倾城与我投缘，在皇陵里待了一段时日，我便带着倾城离开了这里，去到人世闲逛，转眼便过了上千年时间。"

说罢，连天瞳走回来，蹲下身，看着面色苍白，呼吸微弱的钟晴，苦笑："两相搏，未知劫……我等了千年的'重要'之人，原来竟是要我以己身救你一命……"

心心念念要找到的东西，现在终于找到了。

但是，为什么心里那么难受？

救钟晴，必须牺牲长生璧。

可是千辛万苦寻来的长生璧，竟是个活生生的人，还是让钟晴牵挂不已的女人。

Ken只觉得自己身上的力气，在刹那间被抽离得无影无踪。

步履沉重地走到连天瞳身边，他张了张嘴，想说点什么，却又不知从何说起。

"刃千冰。"连天瞳突然非常正式地叫出了Ken的全名，抬起头，淡然说道，"玲珑这丫头，也是个死心眼的家伙，以后，代我好好照顾她。还有倾城，它重伤在身，需要好些日子才能复原，也拜托与你了。"

Ken听她话里有话，脱口问出："代你照顾玲珑和倾城？"

"是否将此咒移到另外一个自愿接受的身体中，再毁掉这个身体，此咒就算彻底完结？"连天瞳不答他，反而问了个看似不相干的问题。

"是的。"Ken点头，"所以我才要把咒移到我自己……"

连天瞳一摆手，打断了他："既如此，将咒移到我的体内吧。虽然我是长生璧所化，但是女娲上神给予我的身体，确是货真价实的血肉之躯。届时我的元神会与身体分离，化回原形，你再以此为钟晴续命吧。"

"你说什么？"Ken差点跌坐在地，"你要我把咒移到你体内？"

刃玲珑放下抱在怀里的倾城，扑到连天瞳身边，傻了般摇晃着她的身体，哽咽着喊道："我就知道……我就知道你想这么做！你知不知道这么一来，你会形神俱灭的！"

"只有长生璧可以救回钟晴一命，纵是不将咒移到我体内，长生璧是我的魂魄，是我的元神所在，没了它，留着我的身体也不过是具无知无觉的躯壳罢了。"连天瞳紧紧抓住刃玲珑的双臂，又看了看不知所措的Ken，说，"既如此，委实没有必要再让别人多作牺牲。你们两个人，都曾为了爱人而伤人，我要你们好好留着一条命，用以后的时间来弥补往昔的过错。"

"钟晴呢？"Ken一咬牙，蹲下来逼视着她的眼睛，"他醒来之后，我该怎么跟他说？说你的元神续了他的命，你的身体为他承了咒？那个家伙怎么能受得了？"

"没有什么受不了的。"连天瞳握住了钟晴冰冷的手，笑，"他与我相处时日并不长，不至于有什么放不下的，纵是难过，也不会太久。何况，再不用听他在我面前聒噪，于我也是好事一件。"

"口是心非！"刃玲珑的泪水决堤而出，抓住她的肩膀，"在半边村的那个夜晚，你是怎么跟我说的？你忘了么？"

"没有忘。"连天瞳拉下她激动得发颤的双手，"他曾为我挡过一斧，救我一条性命，如今还他一命也是应当。"

刃玲珑咬住嘴唇，拼命摇头。

"呵呵，人的命数，就是如此玄奥，连我这个不算人的人，也不能幸免。"连天瞳释然地笑道，眉宇间却划过一丝遗憾，"这小子，还说要与我做什么雌雄怪盗，看来，他今后得另选同伴了……"

"为什么事情会搞成这样？"Ken垂下头，两手不自觉地用力揪着自己的头发，"都是我干的好事……"

刃玲珑再也忍耐不住，泣不成声。

钟晴与倾城似有似无的微弱呼吸，死别生离时的伤怀哀戚，是此刻唯一能听到，能感到的东西。

"动手。"

连天瞳松开已经被自己掌心的温度捂得有了暖意的钟晴的手，打破了沉默。

Ken的手指动了动，但是仅仅是动了动而已。

他下不了手。

矛盾，空前强烈的矛盾，野兽般嚼食着他的意志。

动手，连天瞳会死，不动手，钟晴会死。

在两种死亡中做选择，无论怎么选，结果都是相同。

"快些动手移咒！"连天瞳见他迟迟不肯动手，有些生气了，一把揪住他的衣服，说，"没有什么可犹豫的，我在世上已经过了千万年时光，该看的看了该听的听了，该等的人也等来了，没有遗憾了！你不必抱有什么歉疚感，若你真要做点什么才能安心，那么，以后好好对待玲珑！"

"我……"Ken直视着她坚决的眼神，一颗心仍在痛苦的煎熬中摇摆不定。

"快啊！"连天瞳一声怒吼。

其实，谁不愿意好好活下去呢？

她也想。

过了千万年又如何，对她来说，真正的生活，也许才刚刚要开始……

可是，不得不止步于此了。

戏弄人的命运之神，总喜欢将遗憾作礼物。

要或不要，由不得你。

看着钟晴渐渐衰弱的身体，Ken狠狠吁了口气，像要把身体里所有的痛苦和矛盾全给吐出来一样。

咬紧了牙，他缓缓举起手掌，覆在了钟晴的额头上。

"深隐的诅咒之神，中止你无休无止的湮灭，离开血肉相连的身躯，以生命交换，再次堕入光暗轮回。"

低沉的咒语从Ken的口中送出，简单一句话，字字千钧重。

他的手掌，从钟晴额头上移到他的心口，又从心口移回额头，如此反复了多次。

在他最后一次将手掌停在钟晴额头的时候，四条如人类血管一样的细长光纹，浸着忽蓝忽红的颜色，从钟晴的四肢匀速延向了他的心口，眨眼间收缩成了一个拳头大小的光团，又从心口向上一蹿，冲到了钟晴的额间。

钟晴苍白的脸，在这个古怪光团的作用下，从皮肉下头泛出了幽蓝的光。

Ken的手掌开始颤抖，像有一股强大力量马上就要从他的手下强涌而出。

大喝一声，Ken猛地抬起了手掌。

一个如蛇身一般扭曲着的光体，从钟晴额间的蛇印处钻了出来，在离他脑门约半尺的地方飞速旋转着，最后竟成了一个拳头大小的幽蓝色球形光体，而球体中央，含着一小滴血液状物体，透着一圈诡异的暗红。

钟晴的脸，回到了刚才的苍白，一股若有若无的白气，从他微翕的嘴中散出。

此刻，他本就跳动微弱的心脏，骤然进入了停止的状态。

"这个……就是绝魂咒。"Ken凝神看着光体中的血滴，伸出手托住它，"在蓝光消失前吞掉它，咒便会转入那个人的身体，否则，它会再次回到钟晴体内。"

"吞掉它就可以了么？"连天瞳注视着眼前露出真容的毒咒，眸子里映着红蓝两色的妖异光芒。

"是……"Ken回答得非常艰难。

连天瞳垂下脸，看着命悬一线的钟晴，她意味深长地浅浅一笑。

早已做好的决定，如今该是实施的时候了。

然而，就在她刚刚伸手想去触碰Ken手里的咒时，她的肩膀，被人重重地击了一掌。

身子一歪，连天瞳被掌力震飞到了十尺开外的地方。

与此同时，Ken只觉手心上一凉，托在上头的咒竟被人一把夺走了去。

紧拢着抢到手的咒，刃玲珑当即腾空而起，飞到了接近皇陵顶部的地方。手一挥，一层闪着隐约水光的透明结界将她自己牢牢封在了里头。

"玲珑！"Ken大惊失色，轰然起身朝她大吼，"你干什么？"

迅速从地上爬起来的连天瞳二话不说，脚下一用力，正要朝空中飞去，却被刃玲珑毅然决绝的声音制止了——

"你们谁都别过来！"

她一手捧着那个幽蓝夺目的咒，一手擦了擦被泪水迷蒙了视线的双眼，露出了一个许久未见的笑容。

"玲珑，你又要胡闹是不是？赶紧给我下来！"Ken又急又恼，在这么一个生死攸关的时候，这只执拗的小妖精抢走了这个咒，难道是想自己吞下去？

猜到她的意图，他当即大喊："玲珑，你不行的！你是妖精之体，这个咒本就是取自海妖身上，不会与你的身体融合的！你不要乱来！你……"

"哥……"刃玲珑打断了他近乎歇斯底里的呼喊，平静地看着他，"我并不是什么鱼妖……其实，她不是我的师父，是我的姐姐，我跟姐姐拥有相同的身体，我……我也是长生璧。"

Ken呆住了，望着她："你说什么？"

"玲珑！你马上撤掉结界下来！"连天瞳双眉紧结，强压住心头不可名状的慌乱与焦急，以命令的口吻道，"连我的话你也不听了么？"

"这么多年的相依为命,你虽然极少外露你的感情,但是我知道,你总是护着我的。姐姐……我明白你想成全我,但是,不需要,真的不需要。"刃玲珑深深地望着连天瞳,每句话都透着发于内心的感激,随即她将目光转回到 Ken 身上,"其实,女娲神佩戴的那块玉石,被她不小心磕成了两半。原本她想将其重新弥合,可是又发现这一分为二的玉石一温一热,似乎各有灵性,所以打消了最初的念头,在为其中一半塑成肉身后的第二天,又如法炮制地赐了另一半一个相同的身体。刚才姐姐对你说的那些往事都是真的,只是故意把我给漏掉了。我们姐妹两人化回原形,相拥沉眠于蓬莱仙山,被徐福无意挖到时,他还以为长生璧上的这条裂纹是天然生成的,哪里知道长生璧实际上是各自独立的两块。"

"不可能……玲珑,你不要疯言疯语了!"Ken 摇着头,半个字也不肯信。

"之前对付温青琉时,你也见我从袖间抽出了红线,其实这红线就是当初女娲上神用血染成的挂绳,后来成了人形,便成了我们姐妹两人的防身之物。当初姐姐受盘古斧所伤,只有我能救她,也是因为只有同为长生璧的我,才能以自身之力弥合她的伤口。"刃玲珑叹口气,"哥,我没有半句假话。"

"那,那你是怎么来到我身边的?"Ken 的心情,已经不是震惊可以形容的了,"还有你身上确确实实的妖气……究竟怎么回事?"

"两百年前,我从一只鱼妖手里得到了一块可以窥视不同空间的奇特水镜,无所事事的我终日抱着它,以观看镜中映出的种种事物为乐。"说到这里,刃玲珑垂下了眼帘,嘴边划过一丝害羞的浅笑,似忆起了什么甜蜜的过往,"有一天,我的镜子里出现了一片蔚蓝的海,海边,坐着一个长着金色头发的男子。阳光洒在他的身上,照得他的面孔那么明亮,那双带着融融暖意的眼睛,专注到深邃……没有任何缘由,就是镜子中的一面,我爱上了这个男人。我不顾一切求姐姐为我卜到他的下落,我越过时间去了挪威海上的隐秘小岛,我想方设法查到了这个男人的底细,知道他是神族后裔,也知道他会收留不被同族容纳的流浪者。所以,我就地从挪威海中数十条鱼妖身上取来了浓浓的妖气,藏在自己身上,掩住了自己本身的灵气,伪装成一条不会游泳的鱼妖,出现在那个男人的面前。"

听罢她的一番话,Ken 半个字都说不出来了。

"对不起,骗了你两百年。"刃玲珑抬起眼,睫毛上挂起了几滴晶亮的泪珠,"我只想永远跟在你身边,哪怕你温柔深情的眼神总是穿过我,看着另外一个人。"

"玲珑……"Ken 的心,突然难以抑止地抽痛起来。

"你和姐姐，都是我最最重要的人。我不允许你们任何一个有事。"刃玲珑的眸子再次被一层清亮的泪水包围了，她的目光移到钟晴身上，笑了笑，"至于那个老爱跟我作对的讨厌家伙，我没有想到他会跟姐姐说要姐姐杀了他那种话，更没想到他还会顾及到我的感受。他这个笨蛋啊，真是让人又恨又爱。留着他在你们身边，日子会变得有趣很多吧……"

"玲珑,不要做傻事！"Ken飞身冲到刃玲珑面前,却被她布下的结界猛然弹开,他发了疯似的狠狠捶打这层隔开了他跟刃玲珑的可恶障碍,含泪喊道,"一切都是我的错，该死的那个是我，我对不起你，我……

"嘘！"刃玲珑将手指放在唇上，打断了他，遗憾的泪光中闪烁着释然的笑容，"别跟我说对不起，跟我说谢谢就好。"

"跟你说谢谢……"Ken看着她巧笑如昔的美丽脸庞，停止了手上的动作，整个人呆住了。

"是的……说谢谢……"恋恋不舍地看了Ken和连天瞳一眼，刃玲珑手掌一动，将那蓝光幽幽的咒往自己口中送去。

"刃玲珑你给我住手！"Ken爆发出狂兽般的吼叫，那是他此生都不曾有过的。

刃玲珑被这几乎撕裂肺腑的声音震住了，手中的动作本能地停顿下来。

趁此间隙，Ken以光一般可怕的速度跃向身后的秦始皇棺椁，他的身体，似在这瞬间快得化成了不可触摸的光影，果断地握住悬在莲花之上的太阿长剑，用力一抽。

咻！

一道雪光，分不清是剑气还是灵气，从莲花之中激迸而出，似长埋地下的莫名力量得了宣泄之口，以势如破竹的气派，将沉寂千年的空气震荡开去，狂浪般涌向四周。

三朵莲花，一反初见时的稳然不动，突然飞速旋转起来，那雪光自盛剑莲花中直飞盛玺莲花，再跟那本该盛放长生璧的莲花相交汇，三朵莲花，瞬间在空中结成一个以光为边的三角形，投射而下的光华，端端照在中央那巨大的棺椁之上，生生将那漆黑的棺木在瞬间染上一层比月光还要银白的颜色。

在场众人，在同一时间感到整个皇陵如同海中之舟，剧烈摇晃起来。

"这是……"连天瞳惊望棺椁之上的三朵莲花，"难道……是封印？"

手握太阿剑的Ken心头虽被这突临的变动震了一番，可他只是略略愣了半秒，双脚朝晃动不止的地上一踏，举剑朝呆立在半空中的刃玲珑纵身跃去，口中大喝一声，那沉睡千年的宝剑似被他这一声大吼惊醒了来，无数道刺骨寒气自剑刃中奔流而出，每一道都有冻却天地的威势。

那剑刃，直劈刃玲珑布下的结界。

作为一个北欧神裔，Ken这辈子都没想到过自己的力量竟然会同一把千年之前的东方神器融合得如此之好。太阿剑如同活了一般，以一股通天彻地的威慑力与悍狠之劲，朝阻挡自己的结界猛劈下去。

"锵"一声脆响，刃玲珑布下的阻挡结界如同不堪一击的玻璃，碎在了空气中，连个残渣都没有留下。

看呆了的刃玲珑尚不曾反应过来，握咒的手腕已经被Ken紧紧捉住，他顺势一拖，逼得身形娇弱的刃玲珑跟他一同降回地面。

"胡闹！"Ken一把将太阿剑插入地下，用力之大，剑身入地两尺有余。

如果眼睛可以真的喷火，刃玲珑只怕早已灰飞烟灭，她眼看着Ken将自己抢来的咒夺了回去，更被他不可遏制的怒意吓得连大气都不敢出一口。

兄妹二人的目光在空中交汇，恍惚中竟激出刀光剑影的错觉。

"你这丫头太乱来了！"连天瞳在山摇地动中冲到刃玲珑面前，再无平日的沉着冷静，又气又急地斥责道，"你怎么可以如此擅做主张？你究竟有没有放我这个姐姐在眼中？怎可以拿自己的性命去……"

刃玲珑的眼泪再度夺眶而出，她拼命挣脱Ken的手，指着他手中妖光熠熠的咒大吼："如果我不吞掉这个该死的东西，姐姐你会死的！我不要那样，我宁可死的那个是我！我已经做错了很多事了，我愿意用这个方式来补偿！不然，你们告诉我，还有什么更好的办法？有吗？"

话既出口，三人之间瞬时爆发出死一般的沉默。

"你现在阻止了我，等于就是要我姐姐的命啊！"刃玲珑的声音，从大喊转为了低泣，"哥……我不想你们之中任何一个有事！"

连天瞳一时无言以对。要救钟晴，牺牲他们之中的一个是唯一办法。是的，现在救下了玲珑，可接下来呢，接下来要怎么做？

Ken侧过头，看着躺在地上，已经没有了生命的钟晴，再藏不住眼中的迷惘。

事情似乎在这一刻，又回到了起点。

"也许……也许会有别的办法。"回过神来的Ken，果断地将咒捏在自己手中，生怕它再被除自己之外的任何一个人夺去。

"先离开皇陵再说。"连天瞳深吸一口气，过去抱起了倾城，望了望四周，"刚刚你拔下太阿剑时，我感觉到皇陵之中的整个气场都产生了异动。那三朵莲花，不止是起盛放宝物的作用，更是某种封印。"

"封印？"Ken把钟晴架起来，愣了愣。

她话音未落，异浪涌动中，一股戾风自棺椁之下奔出，卷起泥土无数，以一股少见的龙卷风之势，托住厚重的棺椁朝半空中升去。整座皇陵，只因这一幕的出现，宏伟神秘之上顿生出了悚人的诡异。

"这是怎么了……"Ken下意识地用手挡住被戾风刮来的尘土，赶紧蹲下来护住钟晴的躯体，努力张开眼望着那副离开了原位，在空中做不规则颤动的棺椁。

似乎从一开始，他们就理所当然地忽略了这具棺椁，哪怕这华丽得深沉的大木匣子里，装的是那位名扬万古的始皇帝。他们全部的注意力，只放在长生璧以及那些被莲花所承载的宝贝上，脑子里想的，也只有如何救钟晴于万劫不复。故而，当这个不被人当作主角的主角，在一个不经意的时刻突然产生如此异变，那感觉是极其复杂且揪心的。

四周与脚下的震动越发厉害，连天瞳甚至觉得身体被瞬间变重的空气以各种角度狠狠地挤压，呼吸越来越困难。这种窒息，像黎明之前最浓的黑暗，在一个濒临死亡的临界点，等候一场破土而出的惊变。

"姐姐，我……好难受……"刁玲珑的脸色越来越不好看，捂住胸口大口喘气，双脚无力地打着颤，一只手费力抬起，指着空中的棺椁道，"那个……好大的……死气！"

死气，对了，就是死气！连天瞳被一语惊醒，这些压迫自己的空气，根本不是空气，是只有死灵才会散发出的独有物质——死气！源头，就是那具秦始皇的棺椁！

在世上走过千年，连天瞳自认见识不浅，所遇过的奇人异事更是多不胜数，可是，她从未感受过这般浓重到足以淹没天地的死亡之气。每一缕，都是一只凶悍的大手，紧紧掐住她的咽喉和心脏。

怎么会这样……连天瞳努力保持着意识的清醒，豆大的冷汗从她的背脊渗出，再被戾风一吹，寒透人心。

虽是神裔，Ken的状况却不比她二人好到哪里，金发早被吹得散乱披开，总是泛着健康光泽的嘴唇，有了发紫的趋势。他全身的力气似乎都被棺椁发出的异力硬封在了体内，只有那只手紧握着咒的手，死死不松，在做最后的努力。

三人像中了毒一般，挪不动步子，使不出力气，只能拼尽自己的意志，保持意识的清醒，呆在原地随机应变。

此时，空中的棺椁突然停止了颤动，凝固了般停在皇陵顶部。晃眼看去，却像一只漆黑不辨瞳孔的眼，冰冷无情地俯瞰着皇陵中的每一个人，每一片角落。

"不对……"连天瞳抬头看着那皇陵顶部的"眼睛"，皱眉道，"不止是死气……还有一种不像生命力的生命力……混在里头……"

听她这么一说，另二人顿如大梦初醒，刃玲珑圆眼一张，气喘吁吁地说："对……还有一种很怪的……气混在里头……是生命……但又不完全是……"

"极度的死亡……和极度的生命……交织成的古怪气场……"Ken费力地挤出一句，"是从那棺材里头发出的……里面……究竟是……什么……"

刚刚自己不过是动了太阿剑而已，那几朵莲花怎么就起了异变，更引出这么巨大的变数？连天瞳说那三朵莲花是封印，难道自己在无意中破坏了某种至关重要的封印？

刚一想到这儿，他们的头顶突然传来若闷雷一般的隆隆声，虽然毫不尖厉，却震得人连心尖儿都在发抖。三人的视线不约而同聚焦到皇陵顶部，惊见那肆虐无边的炭风竟从地底卷起无数黑土，又从四壁上吸出大量河水，水土交绕相缠，在空中形成四注翻滚穿梭的龙形狂流，看似张牙舞爪一片眼花缭乱，实则却极小心地将那静止不动的棺椁护在中心，乍眼一看，如四条土褐色的神龙，奋力护住那一颗绝世宝珠一般。

皇陵之中，原本祥和如仙境的气氛被彻底摧毁，金蓝交织的美丽光影变得犀利而缭乱，照在那四条"巨龙"身上，在极速中闪烁不止，刺眼得让人不敢直视。乱风四起，不止吹乱所有人的发丝衣衫，每一股都从他们的身体里穿刺而出，要将他们甩出这个空间似的。

千年来，这水下皇陵安静得一如世外桃源，此刻的风云突变，超乎所有人的想象。就连连天瞳这堂堂的守陵人，都不曾见过这般光景。

不待他们有眨眼的时间，只听得轰隆一声，那四条水土相成的巨龙竟动作一致地朝棺椁猛地撞了过去。照那汹涌而去的架势，没有人会认为那棺椁能在这样的撞击力下幸存。

然而，让所有人瞠目结舌的事还是发生了。

那四道如龙的狂流，在接触到棺椁的刹那，竟突然失了之前的凶悍，像四条无力的小蛇，被棺椁轻而易举地吸了进去。那四柱怪异的玩意儿，如果失重劈头从空中砸下，足够淹没一半皇陵，可是，它们却一滴不漏地被棺椁全部吸入，好像几道无足轻重的气体一般，穿过漆黑的木板，然后消失。

所有人都感觉，身上那股足以致命的压迫感在此时开始减弱。Ken 呆望着空中，道："棺材……把那么多东西都吞了？"

话音刚落，便听顶上传来一声赛过惊天霹雳的刺响——

四面紧密相接，连刀片都插不进去的棺椁，像被人放了一堆威力十足的雷管在里面，再"轰"一下引爆，这由内而外的爆发力虽然猛烈，却没有把密不透风的棺椁震得支离破碎，只将四面厚实的木板震散开去，纸一样轻飘但迅速地飞了出去，在触到水墙的刹那，失去了重心，"嗵"一声齐齐栽了下来，不过是钝到极致的四块木板，却如刀锋般狠狠插入土中。脚下的每寸土地，都被这轰然落地的木板震得猛跳了一下。

被剥去了"外壳"的棺木，激射出无数道直冲四方的光华，如同最亮的阳光映射在最白的雪地上，根本不可能用眼睛去探视那光华之下所藏的奥秘。

"呀……"

刃玲珑惊叫一声，猛侧过了脸，本能地捂住了眼睛。

几道深刺入骨的寒气突然从天而降，带着触及性命的危险。

"小心！"

心知不妙的连天瞳，猛地将身边的刃玲珑朝一旁推开，自己也抱着倾城就势避到一旁，另一边，Ken 将钟晴沉重的身体朝外一推，自己却连闪避的时间都没有，眼见着一道雪光，裹一身透心寒意，"咻"一下擦着自己的身体没入了旁边的土中。

这一切都发生得太快，快得所有人连袭击自己的敌人究竟是什么都搞不清楚。

待那阵刺眼的雪光渐渐褪去，四周似乎归于宁静时，三人才试着睁开了眼，然后，僵化在原地——

一方一人多高的棺材状容器，斜插在他们三人中间的空地之上，其中一角，离 Ken 来不及避开的左脚，不过半寸之远。此物四壁透明，光滑如镜，有莹光流转其上，每一面都清晰映出了他们惊异的脸孔。更为罕见的是，这块看似冰块般剔透寒冷的固体，它里头竟隐隐跳跃着火焰一般的东西，纯白雪光之下，暗藏涌动的赤红之色，三人映在上头的容颜，在白与红两色中变幻着颜色。

一眼看去，所谓冰中之火，当属此物。

瘫坐在地的刃玲珑望着这块古怪的棺材，喃喃道："这个难道是……"

"寒炙玄棺。"连天瞳缓缓吐出这个名字。

不等 Ken 询问这副奇特棺材的来历，空中忽然传来一个粗如沙石，却壮若洪钟的男人声音，震荡在空气之中，激起一阵阵如浪回音——

"玉玺太阿侍左右，长生一得万世握。徐福，卿果不欺寡人也。哈哈哈！"

三人循声望去，半空中，原本停着棺椁的位置上，不知何时多出了一个身量高大的男人，长髯垂胸，玄衣纁裳，头戴通天冠，脚踏九云靴，那一身上等玄色袍子上，用金线绣成瑞云吉兽，辅以珍珠宝石，一身贵气已到了咄咄逼人的地步。

可是，当所有人把视线聚集到这位不速之客的脸上时，才猛然发觉，这男人的一张脸上，除了一把大胡子之外，再无他物，没有五官，只有一层缓缓流动的光波，时白时红，跟那方被称为寒炙玄棺的外观如出一辙。

震人耳膜的笑声中，男人的胸膛剧烈起伏，"脸上"的两种颜色，交替得更快，令观者无法不骇异。

"这个人……"Ken 的视线几乎黏在了那个男人身上，一贯沉着的他，舌头也有了些失灵的征兆，"不会是……秦始皇吧？！"

"不做他想。"连天瞳警惕地注视着这个从天而降的男人，中国历史上赫赫有名的第一位皇帝，她的眼中，没有惊讶，有的只是深重的防备。

"姐姐……"刃玲珑的声音低到不能再低，"他怎么突然……活过来了？"

在刃玲珑的记忆中，她与连天瞳被徐福送入皇陵之后，少则也在此生活了百年有余，这里的一切，仿若被时间遗弃的净土，任何东西都恒常不变。那方盛有始皇尸身的棺椁，一直安分守己地固守原地，莫说像今天这般生出如此大的变故，就连个小小的晃动都不曾有过。就算里头安放的是秦始皇，那又如何呢，她们只是习惯于将这个大家伙视如生活中一个平淡的摆设而已，根本不曾深究。

一声沉长的大气在空中散开，伴着几声骨骼舒展时发出的脆响，秦始皇若一只被禁锢千年的困兽，一朝松去了捆绑，浑身舒畅，不紧不慢地从空中降下地来，宽大的袖袍被余风鼓动，呼呼作响。

见状，几人朝后退开一步，逼自己以水平的角度，跟对面那个似人非人，似鬼非鬼的始皇帝对视。Ken 小心地挪动身体，一边把钟晴护在自己身后，一边将手悄悄伸向方才插入地下的太阿剑。

这时，没有什么会比抓一把武器在手中更有安全感。他们中的每一个人都很清楚，从这个死而复生的帝王身上，他们感觉到的不止是降伏六国一统天下的霸气，更是焚书坑儒杀人不眨眼的暴戾。

也许是错觉，Ken突然觉得从秦始皇的脸上闪过一丝寒气，在他的手触到太阿剑剑柄的刹那，只见那太阿神剑突地振动起来，发出阵阵蜂鸣之声，剑身发出的力量，竟将Ken的手猛然弹开，没入土中大半的太阿剑，像通了灵性一般，从土中唰一声自行拔出，随后朝秦始皇飞去，端端落入他张开的大掌之中。

"太阿……呵呵……好久不见……"秦始皇横剑在前，凝视着这把伴他身旁多年的利器，手指从发亮的剑刃上缓缓抹过，那专注的神态，似是将面前这几个大活人全不放在眼里。

"没事吧。"连天瞳看看Ken发红的手指，低声问了一句。

Ken摇摇头，说："只是被太阿剑的剑气震了一下。"

"那把剑，简直就跟见了主人的烈马一样……"刃玲珑看着秦始皇手跟他的太阿剑，脑子里跳出了"物归原主"四个大字。

现在，要怎么办？面对一个突然杀出来的千年老怪物，是逃，还是留下来与之对峙？

连天瞳自己都无法下决定，她实在无法看透对面的秦始皇，对他们几个闯入者抱着怎样的心思，是视如无物，还是……杀之后快？

正犹豫间，却见秦始皇转过头，看着不远处那三朵已经停止旋转的莲花，对准其中一朵做了个抓起的姿势，盛放其上的传国玺顿时腾空而起，"嗖"地飞到了他掌中。

右手执剑，左手握玺，看着手中这两件原就属于自己的宝贝，秦始皇仰天大笑："哈哈哈，太阿国玺均在手，这天下，终究还是寡人的！哈哈哈哈！"

此时，他们每个人脑中想到，都是同一件事——如果让这不人不鬼的秦始皇离开皇陵去到地面，以这千年怪物的心思来看，不说赵氏江山会更名换姓，一场惨烈杀戮定是避免不了的。天晓得这老怪物身上藏着怎样可怕的力量！

连天瞳略一思忖，悄声道："趁秦始皇神思不定，我们先出皇陵再说。"她朝他们来时着陆的位置看来看："走到那里，我们就能安全离开。"

另二人当然没有意见，忙架起钟晴，小心翼翼地朝目的地挪过去。而秦始皇，对于他们几人的行动似乎全无反应，准确说，从他一出现在这里，就完全视他们三人为空气。

难道秦始皇看不见他们？Ken一边挪着步子，一边飞速思索着里头的玄妙。而连天瞳想到，却是如何在他们几个安然离开之后，将皇陵彻底封印起来，誓不允许这个危险性为未知的怪物踏出皇陵一步。

就在他们离所来位置不过几步之遥时，一股异样的感觉从背后扑来，虽无声无息，却势同猛虎扑食。

"趴下！"Ken大喊一声，将钟晴一放，又摁住连天瞳姐妹俩朝地上猛趴下去。

前一秒趴下，后一秒便有一道薄不见形的锋利气流擦着他们的头顶飞了出去，前方不到十步的土地，瞬间被轰然推开，铺天盖地的泥块飞散开去，地上形成一方硕大的半月形深坑。

"私闯陵寝，其罪当诛。一个都不可离开！"

背后，传来冰冷的声音，像冻在寒冰之中千年的巨石，一个天生便没有感情的躯体。

连天瞳站起来，面无表情地转过身，就像当初钟晴他们第一次见到她时一样。

"私入者死，叛敌者死，不从寡人者，死！"

太阿剑在秦始皇手中划出一道凌厉的弧线，在剑气尚未杀到时，连天瞳的头发已经被吹得四散飘飞，她柳眉一皱，从袖间抽出红线朝前一抛，只见她这独门武器绵延向前，在空中挽出一个若百花盛放的复杂形状，竟以以柔克刚之势，将太阿剑的剑气困在红影缭绕之中，转眼化为无形。

"老怪物神智癫狂，杀心已起，小心应对！"连天瞳收回红线，对刃玲珑和Ken大声道。

此话刚出，那秦始皇竟已双脚离了地，以罕有的轻捷之姿，悬空冲到了连天瞳面前，举剑便朝她的天灵盖砍下。

只听"咻"一阵风响，另一条红线及时奔来，紧紧绕在秦始皇的右腕上，"砰"一声绷得笔直，将他欲往下劈的手臂暂时制住。红线的另一端，刃玲珑银牙紧咬，双手死死拉住红线，模样甚是吃力。

得此空隙，连天瞳飞身而起，绕到秦始皇背后，抛出红线套住他的脖颈，又暗自念动咒语，催动红线以洪水奔流之速，在瞬间将秦始皇的身体缠了个严严实实，只留了那一个不见脸孔的头颅，在外不断扭动。

见状，Ken一手将咒攥得更紧，另一手在空中一挥，如同抓了一把无形的空气在手，随后朝前摊开，念道："伊米尔创造的大地，飘荡漫天乱云，以芬里斯狼的血液，浸润神的长矛。"

咒语一出，他的掌心突然裂开一道长长的口子，鲜血从里头涌出，没有滴落，却在掌上化作了一团红雾，并以顺时针方向旋动起来，霎时，六道无色而晶亮光线从雾中射出，交织成一个只有 Ken 能看明白的古怪图形，像一支箭，又像一把短矛。

Ken 的双唇几乎紧抿成了一条线，将手掌朝下一翻，即刻紧握成拳，手臂朝外一挥，仿佛在拔出一把久未出鞘的利器。不过这千分之一秒的时间，他的手中竟真的从空无一物里生出了一柄长不过尺许的短矛，通身呈云朵般的半透明状，缓缓流动的血气组成来看起来颇为锋利的边缘。

血矛，是为刃族神裔们使用最少的攻击性咒法，以神血化矛，任何妖魔鬼怪一旦被血矛刺中，轻者灵力全失，重者当场化为灰烬。对向来以救助他人为使命的刃族来说，没有什么比伤害他人更让他们难过的，故而他们族中成员，多是以修习防御性咒法与其他一些能帮助他人的无害咒法为主。只有作为光暗祭司的最优秀的刃族成员才有资格接触这类一出必伤他人的咒法，因为他们最有那分与人为善的定力，懂得妥善处理这个咒法所带来的威力，绝不会滥杀无辜。

Ken 记得自己只用过一次血矛之咒，依稀是好几百年前，在奥斯陆对付一只食人的九头怪蛇时。只是他万没想到，第二次使出血矛，对付的却是生在地球另一端，一个早该在两千年前就化为尘土的秦始皇！

此刻，只见他脚下一用力，忽地飞到空中，举起血矛对准秦始皇的眉心位置刺了下去。

"噗"一声响，血矛从秦始皇的脑门穿了进去。可是，除了这一声响，伤口处没有任何异状，想像中血溅四壁的场面，并没有出现。这一刺，更像是刺进一个没有生命没有感觉的木头中一般。

Ken 落回地上，眼看着血矛的尾部露在敌人脑门之外，却不见他有任何崩溃的迹象。

连天瞳的红线被她收得越来越紧，每一道都深深勒进秦始皇的身体，只差一点就能穿破他的衣衫，直入血肉。刃玲珑亦不敢放松，紧拽着红线限制他双手的行动，生怕他再有机会举起那柄太阿剑。

以为合三人之力，对付这千年怪物应该不是问题，但，真正的结果却超乎他们的预料。

插在秦始皇头上的血矛，在不由自主地微颤两下后，蕴藏在其中的血气在瞬间失去了凝聚力，从矛身中溃散而出，一把难得一见的神族血矛，竟在没有对敌人造成半分伤害之前，便窝窝囊囊地消失了。而在它消失的地方，秦始皇的"眉心"，却连个指头大的小窟窿都看不到，就像它从没出现过一样。

　　就在 Ken 还来不及接受这个很挫败的事实时，缠绕在秦始皇身上的红线，这个以女娲血染成的独特神器，居然冒出了阵阵青烟，紧跟着，竟以熔化之态在瞬间化成了数道微不足道的轻气，在秦始皇依旧光鲜的衣袍上无力地打了几个旋儿，没了。

　　连天瞳和刃玲珑几乎在同一时间，捏着手中已断开的线头，失去重心飞了出去，重重跌在地上。

　　在这个过程中，他们三个再清楚不过地看到，秦始皇连一点反抗的举动都没有，任他们齐齐上阵，再像个旁观者一般看他们的武器自我销毁。这样一个躯体，如同能淹没一切都深海，具有吞噬一切触碰到它的外物的能力，且事后连半点痕迹都找不到。

　　"你们怎样了？" Ken 扶起玲珑，看向自己爬起的连天瞳，焦急地问。

　　"他的身体……已经超越了某种极端……"连天瞳站到 Ken 身边，面色略有些苍白，道，"真正的刀枪不入……百毒不侵……怎会如此……"

　　"我们的咒法对他一点用处都没有，真是棘手得要死！"刃玲珑又急又心疼地看着手里残留的红线。

　　可以不费吹灰之力让神族血矛消失，这秦始皇的本事着实超过他的预算，如果是这样，还有什么办法可以对付他？如果他的身体对一切咒法和攻击都免疫的话！Ken 突然不敢想下去。

　　"忤逆者死，不知天高地厚者，死！"

　　三人束手无策的当口，秦始皇又举起太阿剑，朝他们狠击过来，力道之刚猛，一眼便可洞穿。

　　"你们快走！" Ken 大喊一声，果断地迎上去，闪身避开劈来的太阿剑，用尽全力一掌击在秦始皇胸口上，在对方倒退两步之时，又飞身送上两个漂亮的连环踢。

　　然而，他没有想到的是，他快如闪电的腿法，竟然没有快过那张连双眼都没有的脸庞，就在他最后一腿踢出尚未收回的刹那，秦始皇居然以快过他数倍的动作，突然扣住了他停在自己胸口前的脚踝。

"哥！"刃玲珑惊叫一声，正要冲上前帮忙，却不料 Ken 已如一个沙包一般，从秦始皇面前横飞了出去，狠狠撞到水壁之上，激起一片乱光之后，再弹落在地，赫然吐出了一口鲜血。重撞在地的左手，因为强大的惯性而松开，一直被捏在里头的咒，从中缓缓飞出，漫无方向地飘浮。

见此情景，秦始皇似乎还不解恨，举剑朝 Ken 走去，边走边神经质地大声叨着："天下唯寡人可长生，唯寡人为天子，尔等贱民，死不足惜！"

单论力气，连 Ken 这个男人尚且不是他的对手，何况她们两个女子，用咒法，这个老怪物的身体又会自行吞噬，毫发无伤。如此一来，他们三人今日岂不是要当这秦皇陵现成的陪葬？

连天瞳逼自己冷静再冷静。

那头，气喘吁吁的 Ken 忍住身上的剧痛，摇摇晃晃地站起来，心急如焚地看着那个已经飘到一定高度的咒，那层蓝光已呈减弱之势，如果还不处理，它很快就会回到钟晴体内，届时，后果会比遇到这个秦始皇更坏！

必须拿回咒！Ken 的眼中，此刻只剩下那个至关重要的咒，对于步步逼近的秦始皇，他全然没有放在眼里，此刻的他，已做了最坏打算。

剑拔弩张之际，突听得连天瞳一声高喊："刃公子，千万不要让皇帝拿到长生璧啊！"

一听"长生璧"三字，秦始皇突然停下来逼近 Ken 的步子，回头看着一脸紧张的连天瞳，看她心急火燎地指着空中那团闪着幽幽蓝光的圆球。

Ken 跟刃玲珑都愣了愣，不知道连天瞳为什么会在这个时候说这样的谎话。

"刃公子，你快把长生璧抢回来，千万不能被皇帝抢先一步吞掉啊！"连天瞳继续大喊，神态真实得让人几乎要相信，飘浮在空中的，不是从钟晴体内提炼出的混着他性命的恶咒，而是那块能赐人永恒生命的神物。

见 Ken 还愣在原地，连天瞳急了，几乎以责骂的口气大声吼："我们费尽千辛万苦才偷得长生璧，不能功亏一篑啊！"

"长生璧……长生璧……尔等果真是来盗取长生璧！"秦始皇的"脸"上渐渐升腾起与之前都不一样的光彩。

赶在 Ken 有所行动之前，秦始皇已然飞身直上半空，一把抓住了这个蓝光微闪的圆球，爱不释手地喃喃："玉玺太阿侍左右，长生一得万世握……这便是长生璧……长生璧……哈哈哈哈。"

"老怪物，把长生璧还给我们！不许你吞下去！"连天瞳一飞而起，不顾一切地朝秦始皇奔去，完全是一副要同他拼命的派头。

不等她靠近，秦始皇已经将头一仰，把整个咒给吞下了肚去。

除了连天瞳，所有人都被他这个举动下了一大跳。

连天瞳的嘴角露出了满意而慧黠的笑，在空中灵巧地转了个身，一改要去拼命的架势，稳稳落回地面，扶住 Ken 跑到一旁。

"你……你居然骗他吃下……" Ken 难以置信地看着连天瞳，又指着空中的秦始皇，不无担心地说，"我们谁都不知道，秦始皇这个身体会让咒产生怎样的变化，如果……"

"我不过是赌上一把。"连天瞳坦然说道，"只希望我的推测无误。若上天眷顾，你我当不至于丧命于此。若命中注定……且当你我命薄吧。"

"姐姐……难道你是赌那秦始皇的身体……"刃玲珑似是想到了什么，可是话没说完，便被头顶上爆发而出的一声怒号打断了。

众人抬头一看，方才还停留在空中，为服下了"长生璧"而志得意满的秦始皇，此时再没了之前的稳如磐石，他的衣袍之下，像裹了无数桶沸腾的开水，翻涌而起的气泡前赴后继地将他的袍子顶得此起彼伏，他的"脸"，最初那流动稳定的红白之光，早已乱了章法，在上头胡乱攒动，这"面皮"底下，更潜藏着一股躁动不止的暗力，像要从这张脸上找一个突破口发泄出来。

"啊！"太阿剑从他手中滑落，"当啷"一声倒在地上。痛苦的惨叫声中，秦始皇的双手紧紧捂住了"脸"，上头的光流，如融化的岩浆一般，从他的指缝中淌出。而他袍下那些密集却不见真容的"气泡"，涌动得更夸张，将他整个身体拉扯成一个个怪异的形状。

不管他身上还是脸上的状况，无论怎么看，都是有东西要拼命冲出这个身体的势头。

"痛煞寡人也……"秦始皇捂脸大吼，震得四周的水壁都荡出了不规则的波纹，每一寸空气都在这声绝不属于正常人类的嘶吼中，被割裂成碎片。

连天瞳他们赶忙捂上耳朵，可吼声的威力还是穿过他们的手指直捣大脑，那一瞬间，他们几乎都以为自己的耳朵聋了，除了嗡嗡的回声之外，听不见任何东西。

一阵暴风，裹着冷热相替的温度，从空中席卷而下，恶狠狠地扑到了他们三人身上，力道之大，让刃玲珑当场摔倒在地，连天瞳和 Ken 一个趔趄退后两步。暴风穿过他们的身体，往皇陵的每一个方向扩散而去，所过之处，早已千疮百孔的地面上飞起被扭成麻花状的泥土，混着从四面水壁上渗出的明黄河水，形成了一个巨大的漩涡，将秦始皇和他们三人牢牢围在中心。

暴风未止，耳中轰鸣仍在，几人又觉眼中有一道不寻常的疾光闪过。抬头一望，竟见那秦始皇的手脚突然绷得笔直，脑袋用力地朝天上仰着，用被人拿长钉固定住四肢的标本来形容他此时的姿势，怕是再合适不过。六道乍看间形状颇奇特的光流，一蓝一白，从他的手腕脚踝以及胸口头顶穿刺而出，上下左右飞旋而动，以无比纠缠之势将这个身体困在其中。迷蒙浑浊的空气，被划出壮观而混乱的轨迹。

不消片刻，飞扬激荡的乱光突然集中到秦始皇的头顶，白光如雪，蓝流似海，两股一直以敌对之势出现的力量，在他顶上汇于一点，形成了一团比九个太阳重叠一起所发出的光芒还要亮上百倍的完美圆环。紧跟着，一道壮丽的光柱从圆环之内冲天而起，直射皇陵顶端，轻易穿透了上面那层看似虚无的金蓝光影，霸道地冲出了掩藏水下皇陵千年的汹涌河水，疯狂地奔向天际。

当然，连天瞳他们是看不见皇陵外的情景的，他们只能透过指缝，在一片混乱中，从一道此生不曾见识过的强大光柱里，依稀辨别出两个纠缠在一起的影子，一个蜿蜒柔韧，像蛇；一个敏捷凶悍，像鹰。

"啊……"秦始皇的吼叫，从开始的雄壮渐渐过渡到凄厉，他的身体，被光柱洒下的巨大光晕罩住，如同沉在水中，在折射的光线中扭曲了原状，时而拉宽时而压窄，又像一块硕大的橡皮泥，任无形的大手肆意将其捏成畸形。

"那个老怪物怎么变成这副模样？" Ken 大声问道，逆向而来的风，很快淹没了他的声音。

与此同时，众人突觉眼前爆出一片嫣红血光，再一细看，无法计量数目的血状液体，像细如牛毛的长针，锐利而密集地穿过秦始皇身上的每一寸皮肉，以喷洒之势飙到半空，在直径十米不止的范围里，竟落成了一场血雨，被风一吹，纷纷扬扬地散开，最后落在黑土之上，无迹可寻。

再看秦始皇，四肢渐渐软化，跟他那颗高仰的头颅一道，颓然垂下，在风中缓慢甩动，似一具断了线的提线木偶。

罩住他的光柱，在血雨落尽之时，也渐渐熄灭了光华。只剩几缕微小纤细的残光，在皇陵顶上悠然游离。被暴风卷起的泥土与河水，也像失了力气一般，停止运动，"呼啦"一下掉落回地面，在皇陵四周，形成了一圈高高耸起的黄褐土堆。

所有的异响和异动，都在这场血雨彻底溶解在土地之中后，停止。

四周安静得连一根针落地都可听到。再无半点声息的秦始皇，自半空中徐徐落下，构成他"脸皮"的光流已悉数消失，只留一个黝黑的窟窿。

"扑通"一声，秦始皇的身体，像个被随意扔出的沙包，软软瘫倒在湿润并散发着淡淡腥气的黑泥地上。

压迫、紧张、窒息，所有的不良感觉都在这一刻烟消云散。

"没事了？！"Ken长长吁了口气，抚住心口，像在自言自语，又像在征询同伴。

连天瞳的脸孔，大概因为在太短的时间内经历了太多极端情绪，微微有些涨红，她望着像烂泥一般躺在地上的秦始皇，说："至少，我再未感觉到任何不妥。"

"这里的气场，好像完全恢复了正常！"刃玲珑掩饰不住劫后余生的兴奋，快速环顾四周，"就像我们当年第一次来到这里的感觉一样……寂静又安全……"

连天瞳举步朝秦始皇身边走去，却被Ken一把拉住，提醒道："小心！万一他……"

"不妨事。那老怪物带来的诡异之气已经消散，我看如今的他，真是一具尸体了。"连天瞳拉开他的手，笑笑，走了过去。

几秒钟后，连天瞳的脚步突然停下，整个人仿若被施了定身法一般，凝固在离秦始皇一步之遥的地方，瘦削的双肩，情不自禁地微颤起来。

"姐姐！"

"怎么了？"

落后连天瞳几步的另两人当即发觉了她的不对劲，一个箭步冲到了她身旁，并摆出了要跟人决一死战的姿态。

Ken和刃玲珑二人紧攥的拳头，被目不斜视的连天瞳一把抓住，跟他们俩的如临大敌相比，连天瞳脸上呈现的不是惊讶或警惕，而是惊喜，无上的惊喜。

"你们看……"连天瞳指着秦始皇的脸。

另二人的目光这才汇集到她所指的方向，见到的情景，令他们的瞳孔在瞬间变大了数倍——

那张只剩下一个黑窟窿的脸，不知何时生出了一层清澈灵动的半透明波纹，缓缓流淌之下，完整且完美的眼耳鼻口的轮廓，在上头渐渐成型，流动不止的波纹也渐渐变了颜色，从最初的接近无色，到乳白，到浅黄，再到跟正常人的肤色无二，最后，变成了一张光滑而生动的真正的人类脸孔。

"钟……晴？！"Ken 的眼睛如果再张大一点，眼珠必然有落出的危险。

刃玲珑猛然捂住嘴，连钟晴的名字都喊不出来。

唯有连天瞳做到了面不改色，可是她明显变得急促的呼吸，揭穿了她伪装的镇定。

秦始皇的脸，的的确确在他们眼皮子底下，变成了钟晴的模样。

神啊，秦始皇变成了钟晴，这样的"奇事"，换成谁都不可能坦然接受，没有当场昏厥，已属不易。

Ken 呆看着紧闭双眼倒在地上的秦始皇，或者说是钟晴，或者说是长着钟晴样子的秦始皇，脑中一片混乱，语无伦次地问："这……这……怎么这样？怎么变成钟晴的样子了？"

连天瞳不语，想了想，蹲下身，抓过地上这"奇人"的手腕，半闭双目替他把起脉来。

刃玲珑和 Ken 紧张地看着她，不敢说话，心中急切地等待一个结果。

"脉象平稳，生意盎然。"

片刻之后，连天瞳放下"病人"的手，镇定又暗藏惊喜地说了一句。

"他……他真是钟晴？"Ken 怀疑自己是在做梦，做的还是一个毫无理由的糊涂梦。

"世上每个人的脉象都各有不同，如同人的脸孔一般，只不过寻常人无法通过这个来辨别罢了。"连天瞳镇静且笃定地说，"我曾为钟晴把脉，对他的脉象亦是熟悉，当初他体内有毒咒，故而脉象虽有生意，却暗藏散乱凌厉之气。方才经我察看，这'秦始皇'的脉象，除了没有那股阴毒之气外，与钟晴的一模一样。我当能断定，这条在秦始皇体内出现的生命，必是钟晴无疑！"

"你的意思是，钟晴他……借尸还魂了？"Ken"噌"一下蹲到连天瞳面前，指着"秦始皇"问，尽管他觉得"借尸还魂"这四个字从他嘴里说出来有点滑稽。

"钟晴真的活过来了？他还是他？"刃玲珑依然不敢相信，虽说钟晴能活过来是个天大的好消息，可这好消息也是得建立在他还是"一如既往"的基础之上的，从外形上看去，他的确是钟晴无疑，可谁敢担保他醒过来后，不会变成当时那个只知疯狂杀戮的魔王？

"定然是他！"连天瞳斩钉截铁，"你们看他眉间，若他还是那个被毒咒乱了本性的钟晴，额头上的蛇印，必然不会消失！"

闻言，刃玲珑他们仔细一瞧，钟晴光滑的额头上，除了一层健康的光泽之外，连颗青春痘都没有，更别说什么蛇印了。

钟晴真的活过来了？而且如此完整又健康地活过来了？

如果是真的，那这一切要如何解释？

略一沉思，连天瞳突然动手扯开了钟晴的前襟，目光落在他心口正中，一方拇指大小，呈一片羽毛形状的紫色印记映入眼中。

一见此物，连天瞳顿时恍然大悟，沉默了半晌，才缓缓说了一句："歪打正着，天不亡我。"

"姐姐，你说什么？"刃玲珑急急追问，"你知道秦始皇怎么变成钟晴的原因了？"

"秦始皇并没有变成钟晴，是钟晴的生命，在秦始皇的躯壳内，重生了。"连天瞳纠正着妹妹的话，站起身，看着前方原本摆放棺椁的位置，问，"玲珑，你可还记得，当年徐福将我们从蓬莱仙山带回时，他的车马之中，曾装载了多少自山中得来的宝物？"

"当然记得，我们被吵醒之后，我本来要现身给这擅闯仙山的家伙一点颜色的，你阻止了我。"玲珑努力调动着数千年前的记忆，"当时跟我们一同被装载在马车里的，还有万年肉芝、九生金莲、沉地雪龟、寒炙灵蚣、赤炼枞鸠、火……"

"不错，寒炙灵蚣，还有赤炼枞鸠！"不待刃玲珑说完，连天瞳已经微笑着接过了话头，"正是这两件东西，促成了今日这桩千古难遇的奇事。天机果然玄妙，非我辈可预料也。"

"你们说的，都是些什么玩意儿？徐福带回来的东西，有什么玄妙？"自小生长在北欧的 Ken，根本听不懂她们口中所说的东西是什么。

"在蓬莱山侧峰的最高处有一山洞，名为避天，终年不见阳光，阴寒潮湿，栖息着一种异禽，它们状似飞鹰，天生无目，以山洞中的毒虫恶兽为食，练就一个天下无双的奇毒之身，名为赤炼枞鸠。传说将这种飞鸟炼成丹药，送进死人之口，可为其生出一口早已散尽的真气，若能保证尸身不腐，赤炼枞鸠的毒性便会在尸体内不断生长累积，这口真气也会越来越重，经过百年甚至千年，当这口由奇毒催生的真气遍布到尸体全身时，此人即可起死回生。只不过，以这种方法活过来的人，面目全非，力大无穷，并没有真正的生命，不过是借用那一口至毒的真气撑起一个已死的躯壳罢了，而且，复生之后的神智必然狂乱不受控制，乃是大大的祸害！"连天瞳如是说道，她又看着散落一旁，分了家的四块黑木棺椁，说，"那天，徐福趁夜将我们姐妹送入皇陵后，我记得曾见他私自打开了秦始皇的棺椁，从怀中掏了些玩意儿放进去。封好棺椁之后，他对秦始皇三跪九叩，一脸悲意地说了一句：'玉玺太阿侍左右，长生一得万世握。吾皇当有重生之时！'说罢，他便离开了皇陵，至此杳无踪迹。"

刁玲珑听连天瞳这么一说，似乎也想起了一段早被遗忘的细节："对了对了，徐福走了之后，我还说要打开棺椁看看他放了什么进去，可是姐姐你责备我淘气，不许我乱碰皇陵里的一切，还说什么俗人之事，与我等毫不相干。"

连天瞳点点头："在我看了现在这个钟晴的心口上，那块只有服食了赤炼枺鸠之后才会生出的印记，便完全肯定当年徐福放进秦始皇棺椁里的是这个玩意儿了。"

说着，她走到刚才凌空劈下的那副冰棺之前，笑道："寒炙灵蚣，身长十尺，生性慵懒，冬伏蓬莱山脚冰潭，夏蛰山腰的空焰海，这两处地方，一个极寒，一个炽热，是这怪物最喜欢的地方。若将寒炙灵蚣研磨成粉，洒在尸身之上，四十九天之后，当自行化成一副寒炙玄棺，不但能保尸身千年不腐，还可将尸体复原至少壮之时的形态。可谓神物也！"

"你的意思是，当年徐福抱着最后一丝希望，给秦始皇吃下赤炼枺鸠，再用寒炙灵蚣造了一副保他尸身千年不坏的玄棺，期望有朝一日，他的皇上可以重返人间？"Ken大概理清楚了这层意思，不由得感慨，"这个徐福不简单哪，竟然可以从你们那什么蓬莱仙山搞到这么多宝物回来，而且，难得他竟然对秦始皇忠心到了这个地步，若换了他人，在拥有这么多奇珍异宝的时候，第一个想到的便是占为己有吧。"说到这儿，他突然想到了另外一个问题，忙把话锋一转，"可是，我还是想不明白，钟晴的生命，怎么就能在秦始皇的躯壳里重生呢？就我所知，绝魂咒只有随着染咒的生命一道，被吞入另一个自愿接受的躯体之中，才能被彻底销毁。我们甚至都做好了要放弃钟晴的旧性命，用长生璧给他重造生命的打算。究竟是什么力量把咒跟钟晴的生命分开来，不但销毁了它，还留下钟晴原本那条干干净净的性命？"

刁玲珑抓着头，百思不解，把同样渴望答案的目光转到了连天瞳身上。

"我说过，我也不过是赌一把罢了。"连天瞳轻舒一口气，第一次露出了心有余悸的神态，"当我见到寒炙玄棺的时候，心中已对徐福当年所做之事了然八成。在秦始皇对我们痛下杀手之时，我突发奇想，钟晴所中之咒，由至邪至毒的海妖血而成,而秦始皇在生时,就喜食各种丹药求长生,体内之毒早已根深蒂固,若他死后再服了赤炼枓鸠,又被寒炙玄棺的极冻极寒之气侵蚀千年,这样一个重现人间的活死人,亦算是可媲美蓬莱仙山上任何神物的极品了。重生的秦始皇虽然没有真正的生命,但是却有了超脱生死的独特身份和能力,虽为死气缠绕之身,可你我都知,秦始皇对长生的执念到达了何种地步,这种执念化成的念力,又为他造出了生气充盈的另一面。生为死物,却又向往永生,两种矛盾注定造就出刚才我们所看到的老怪物,蕴藏在他体内的异能深不可测,故而我们的咒法对他全无作用,只会被他的身体吞噬。所以,我才冒险,将计就计,骗他自愿吞下钟晴的毒咒,希望他的身体,能像对付我们的咒法一样,以毒攻毒吞掉那个毒咒。"她顿了顿,回头望着尚未苏醒的钟晴,"只是,我绝未想到,秦始皇身体里的邪力不但跟毒咒两相抵消,那股萦绕在他体内、由求长生的念力而生的生气,竟护住了钟晴的性命,让他借用这具已经无害的身躯,重回人间。"

"我们……算不算运气很好?"刃玲珑双手合十,在心中默念数次多谢老天赏脸。

连天瞳朝她笑笑,说:"当年,我与你从未将这秦始皇的尸身当作一回事,也未作深究。今天若不是你那哥哥情急之下动了太阿剑,破了下在那三朵莲花上的封印,秦始皇也不会从棺材里跳出来了。"连天瞳转头看了看那三朵空空的莲花,还有散落在地的太阿剑与传国玺,过去将它们拾起,重新放回莲花之上,"我想,在我之前的守陵人中,已有人知道秦始皇恐有复生之日,所以才在莲花之中,设下了阻止秦始皇离开棺椁的封印。这个人,也许是我师父,也许是我师父的师父,呵呵,难怪我守秦陵多年,这棺椁一直毫无动静。"

"这……"Ken 端详着面容安详、睡得正酣的钟晴,无奈跟惊喜在脸上交替,"算不算是老天有眼?冥冥之中,似有一条绳索,一路牵扯我们。本来已经做好最坏打算,万没想到真是天无绝人之路,如此棘手的三生绝魂咒,世间罕有的极致毒咒,居然被突然杀出的秦始皇给化解了……而且我们要救的人,还在秦始皇身上重生了……"

闻言,刃玲珑亦不知道要说什么才好,反正脸上的每一个表情都写满了"匪夷所思"四个字,同为长生璧所化,自己除了一些小把戏之外,跟连天瞳的相比,实在是差之千里,在佩服这个姐姐的机智果敢之时,她还是后怕了一把,若当时情况不像连天瞳所推算的那样,秦始皇没有毁掉毒咒,反而跟毒咒合二为一……那……

刃玲珑赶紧甩甩头,让自己不要再想下去了,莎士比亚不是说过么,只要结局是好的,那么一切都是好的!

大家都活着,没有生离,更没有死别。还有什么比如今这个结局更让人欢喜呢?

"此地不宜多留,我们回岸上去。"连天瞳过去抱起了微微张开眼的倾城,轻松之态溢于言表,吻了吻倾城的头,笑道,"待回到岸上,休养几月,你便可以同那聒噪之徒一般,生龙活虎了。"

"等一下,那个怎么办?"刃玲珑拉住了连天瞳,朝躺在另一边,属于钟晴自己的身体努努嘴,"要把他一起带走么?"

"不行!"连天瞳断然拒绝,"那已是一具尸体。"

"啊?那可怎么办?"Ken开始想象,等钟晴醒过来,发现自己的身体不是自己的时候,会抓狂到怎样的地步。

连天瞳看看立在土里的寒炙玄棺,狡黠一笑,说:"我自有办法。"

数日之后,天高云淡,风和日丽,冬季里少见的艳阳天。

渭河河畔,涛声不断,本该是一场令人愉悦的风景,却夹杂了一阵抓狂的抱怨声——

"你怎么能把我的身体封在那个什么玄什么棺里?我连它最后一眼都没看到啊!"穿了一身从半边村村民那里借来的粗布衣裳的钟晴,又气又急地抓着脸上的一把络腮胡子,鬼哭狼嚎,"我不要这个身体!一个死了两千多年的老怪物!我不要啊!还有这个胡子,我怎么能长这样的大胡子,我又不是张飞转世!还有这个肤色,我原来哪里有这么黑?"

坐在岸边钓鱼的连天瞳任由他哭闹,专注地盯着水中的动静,视他为空气。

"习惯就好习惯就好啊!"Ken赔着笑脸,小心安慰着他,"你这么想,如今你的身体,那可不是一般的尊贵呢,始皇帝啊!天之骄子,九五至尊!而且那广告里不是说过么,咱们都要以八十岁的身体,二十岁的心脏为健康目标,你看你,两千年的身体,二十一岁的生命,多么朝气蓬勃啊!!至于胡子,没关系,剃了就是。肤色就更没问题了,黑一点更健康!而且你该庆幸,历史上真正的秦始皇,身形居然如此完美,好像比原来的你还高了几公分呢,比例也……"

"你胡说八道些什么?"钟晴眼泪鼻涕横飞,朝Ken挥舞着拳头,"你喜欢你拿去啊,我跟你换,你个站着说话不腰疼的家伙!"

看着身后两个闹腾不定的男人,刃玲珑小声对连天瞳说:"我早说过,咱们要是一次性把那整个事的来龙去脉讲给他听，他一定会发疯的，果然应验了。"

连天瞳一笑，阳光洒在她净瓷般通透的脸上，在这样的风景，这样的气氛下，看那个抓狂的家伙，竟觉得整个世界头一次变得可爱又快乐。

蹲在她脚下的倾城，脖子上缠着纱布，睁着水汪汪的大眼睛，眼馋地望着在水桶里扑腾的大鱼，吧唧吧唧地咂着嘴，并不时拿爪子挠连天瞳的脚。

"你们有何打算？"连天瞳将钓竿一扬，一条大鱼飞出水面，端端落入了桶中，她转过头，认真地看了钟晴跟Ken一眼，"若要回去你们的时间，我可以帮你们。"

她突然说出这句话，让钟晴跟Ken俱是一愣。

"你……你能送我们回千年之后？"钟晴停止了抓狂，可口气中却没有半点该有的兴奋与欣喜。

"可还记得河畔空地上的红花古树？师父曾与我说过，此树本身并非凡物，它所长之地，暗藏通往各异界空间的捷径。长生璧本是天生灵石，只要稍用力量，便能行穿越时空之举。玲珑便常常借此机会偷跑去别的时间玩耍，否则，她又怎能轻易去到那个挪威海，又轻易回到了我身边？"连天瞳瞪了直吐舌头的刃玲珑一眼，如是说道，"其实，我也去过千年后的世界。不过只留了一天便回到了这里。那里的浮躁嚣攘，并不适合我。"

"难怪你初见我们时，一点都不为我们的怪异装束而惊讶。"Ken笑了笑，"原来心中早已有底了。"

"呵呵，其实还是被吓了一跳的，不过没有表露出来罢了。"连天瞳摇头轻笑。

"那个……你们呢？"闷了半天的钟晴不说自己的想法，倒是突然关心起连天瞳来，"你们姐妹俩以后有什么打算？"

"游荡人间，继续做我的神医，继续守着这座皇陵。"连天瞳答得很干脆，又揶揄道，"可惜呀，现在这皇陵已经改了姓氏了，守得我浑身不自在。"

"哦？对啊，现在躺在皇陵里，代秦始皇值班的那个人是我。"钟晴被她的神态气得不行，反唇相讥，"真是有劳连大小姐做我的保镖了！"

"不客气。"连天瞳抚着倾城的头，笑道。

"我说，你们还是别走了吧。我们几个在一起多热闹啊！"一直不说话的刃玲珑蹲到Ken身边，可怜巴巴地望着他，"哥……我以前错了。"她咬咬嘴唇，突然红了脸，垂眼道："我想……想继续留在你身边。"

Ken看着她的眼睛，慎重地说："如果你保证以后不再偷我的东西，不再乱信别人的话，我同意你终身留在我身边。"

"真的？"刁玲珑的脸上顿时开出了一朵花，兴奋地跳了起来，"哥，你真的要我永远留在你身边？"

"傻丫头……"Ken出人意料地把她拥在了怀里，在她耳畔说道，"我不想再失去你了。感激上天，把你留了下来。"

钟晴被旁边这对兄妹的表现吓了一大跳，很煞风景地插到两人中间，劈头就问Ken："你你你，你不回去了？"

"我本来就居无定所，留在哪里都一样啊。"Ken笑了笑，用一种极郑重的目光将钟晴上下打量了一番，"如今你毒咒已解，平安无事，我多年来的心愿也算了结了。如果你要回去，见到你妈妈，代我说一声抱歉。"

"你……"钟晴看着留意已决的他，又看看背过身继续当姜太公的连天瞳，跟他们在一起时发生的一切，突然潮水般涌到眼前。当"分别"这两个字突然刻上心里的时候，那感觉真是奇怪。

钟晴双眉紧结，心头突然翻江倒海起来。

"虽然给我添了不少麻烦，不过，有了这些日子作回忆，想来以后的日子也不至太乏味。"见钟晴半天不说话，连天瞳亦没有回头，手中的钓竿一动不动，单薄的背影，在这一刹那有点落寞，"千年前的生活，终究不属于你。该了的都了了，回去吧……"

说罢，她转过身，看向前方某处，把钓竿一扔，回头拉起钟晴的手臂："择日不如撞日，早迟都要离开，就今天。"

"等等！"钟晴一把拽住了她的手臂。连天瞳愣了愣，没有回头。

"我不走了！"钟晴一昂头，出奇地坚决，"我陪着你！呃……不是，是陪着你们！"

连天瞳缓缓回过头，看着他严肃认真的脸，喉咙像是被东西哽住了："你……"

"我什么我？我的原装身子还在这里封着呢。让你这女人看着，我可不放心！"钟晴眉毛一扬，故意摆出了他惯有的不正经嘴脸，"还有啊，你师父说过我是你最重要的人，他老人家这么有先见之明，我总不能一走了之让他失望啊。再说，你以后少不了要去皇帝老儿身边小偷小摸，带着我也算有个接应不是？上次不是把名号都想好了吗，咱们立志做一对史上最完美的雌雄怪盗！"

一抹惊喜略过连天瞳的眉梢，但她立刻又板起了脸："你接应我？莫拖我后腿已是天大幸事！"

"雌雄怪盗？"Ken和刃玲珑"扑哧"一笑，"你们什么时候取了这么一个怪名字？"

"喊，这有什么可笑的？你想想，凭我们的本事，再加上可以穿梭时空，咱们能搞到多少宝贝呢！"钟晴白了Ken一眼，随即正色道，"不如，我们几个一起逍遥天下吧！"

"逍遥天下？这词听起来不错！"Ken已经欣欣然在心里盘算起一个美好的将来。

"我们接下来去哪里呢？"刃玲珑兴奋地插话，"去京城么？上次我都还没玩够呢。"

"我同意我同意！"钟晴双手双脚赞成。

"都在废话什么？"连天瞳收拾起渔具，把钓竿扔到钟晴怀里，"走吧，待半边村那些被烧伤的村民们痊愈了，我们再计划去哪里。"

"哦……"钟晴抱着鱼竿快步跟了上去，再次喋喋不休地说开了，"我还是觉得应该再回京城去！之前匆匆而过，好多宝贝我连看都没看够呢！还有那个小王爷，他不是还盼着咱们给他带消息回去吗，正好可以借此机会再敲他一笔！然后咱们再找时间溜去别的朝代，嗯……唐朝怎么样？不不，还是西汉好了，想瞧瞧汉武帝长什么模样，还有马王堆那个辛追，是不是真是个美女啊？"

"异想天开！"连天瞳瞪了他一眼，"时间只会前移不会后退，我没有本事回到过去。"

"啊？"

"不过我可以告诉你，刘彻这个皇帝，威仪出众，确有震撼乾坤之天子相，至于辛追，只是略有闻名，据说是位倾国美人。"

"你见过汉武帝？"

"我师父曾带我去过一次皇宫，一面之缘。"

"什么？你师父是西汉的将军？"

"是。那时玲珑跑去别处游玩，我独自徘徊于渭河河畔，遇到了他。我与他之间，说是奇缘亦不为过。可惜，千年过去了，我曾试图寻找他的下落，但他就像是完全消失了一般。"

"怎么你师父跟我姐姐的情况差不多啊？"

"你姐姐?回去将她的生辰八字报给我,兴许能找到她。"

"真的?"

"尽力而为。"

他们远去的声音,渐渐被翻腾的河流吞没了。

一轮鲜亮的红日,在空中缓慢移动,温暖的光彩笼罩着四个渐行渐远的人影……

十一 尾声

数年后，洛阳。

一个月明风朗的夏夜，暗香浮动，树摇虫鸣，本是无比惬意寂静的一刻。

"啊！不好啦！新娘子不见啦！"

比杀猪还惨的尖叫从城中一座富丽堂皇的宅子里爆发而出，惊得天上的月儿也"嗖"一下躲进了云层中不敢露面。

"哎呀！老爷的七宝金杯也不见了！"

"老天，谢大人送来的一箱金条呢？怎的也不见了？"

"老爷，这儿有张字条！"

"'强抢民女，敛财不义。人财两借，恕不奉还。雌雄怪盗上。'这……这是谁干的……谁干的！"

"啊呀！快来人哪，老爷晕过去啦！"

撕心裂肺的叫嚷响彻夜空，脚步声乱成一片，好好一个夏夜，被糟踏得不像样子。

城外，一条僻静的山路上，一白一黑两匹快马奋蹄飞奔。

马上，两个蒙面黑衣人专注地看着前方，虽看不清面目，但是从两人差别明显的身形上看，应当是一男一女。

两匹马上，一匹上头驮着一个凤冠霞帔做新娘打扮的女子，另一匹则驮着两大包沉甸甸的物事。

还有一只似犬非犬的金毛小兽，稳稳停在驱策着黑马的高大男子肩膀上，瞪着一双圆溜溜的大眼，兴奋地望着前方。

行至一片山坡前时，他们勒住了缰绳。

坡上，早已有两男一女等候在此，女子一身绿衫，身形娇小，秀发如云，身旁的男子身材高大，青衫加身，二人均是面裹黑巾，另一个男子则是位身材纤瘦书生打扮的年轻后生，一见到他们，那书生当即迫不及待地奔了过来。

"秋萍！"

"子浩！"

那新娘忙不迭地从马上跳了下来，直扑进了冲过来的书生怀里，放声大哭。

两个蒙面人下了马，解下马上的包袱，取出一个描金小箱，女子将箱子抱在怀里，走到那对哭泣不住的男女身边，说："这箱金条，够你们日后度日了，快些离开此地吧。"

闻言，这对男女对视一眼，旋即双双跪了下去，感激涕零地朝她用力磕头："多谢大侠搭救之恩！多谢大侠搭救之恩！"

"好了好了，快起来！我们不是什么大侠，只是爱窃东西的怪盗而已。"蒙面男子走过来，将这对年轻人扶了起来，说，"拿上金条赶紧走吧，找个没人认识的地方过你们的小日子去吧！"

"是是！诸位大恩大德，子浩没齿难忘！"

书生扶起泪流满面的新娘，接过女子手中的箱子，互相搀扶着，跌跌撞撞地朝山坡下跑去。

待他们的身影消失在夜色下时，蒙面男子刷一下拉下了面上的黑巾，擦着额头上的汗珠，抱怨道："热死我了！不跟你们说了蒙面的东西要找透气的吗？差点给捂出痱子来！"

"就是就是！"绿衫女子解下面巾，用力扇着风，噘着嘴数落那青衫男子，"你倒是从哪儿弄来的粗布啊？"

"我也是随便从布店里抓来的，谁知道这么厚？"青衫男子拉下面巾，并一把摘下了扣在头上的帽子，委屈地指着暴露在月色下的一头惹眼金发，说，"我不比你们更惨？大热天还得戴着帽子遮我的头发！"

"让你拿墨汁染成黑色你又不肯！"

"墨汁？你又不是不知道，上次下雨，我整张脸都黑了！"

"好了，你们几人有完没完？"骑马的蒙面女子解下黑巾，一张精致动人的美丽脸孔惊现于人前，"收拾一下上路吧，还要把这些财物分给那些灾民呢！"

"哼，没想到那个贪官吞了那么多民脂民膏！那么大一把年纪了，还要抢别人十七八岁的小姑娘做小老婆，简直是个老不死的畜生！"黑衣男子愤愤然地骂道，又转头对女子说道，"要不是你拦着，我不把那老东西扁成半身不遂才怪！"

"盗了他的至宝，还有他垂涎的美人，这老匹夫早晚也被气死，何苦脏了我们的手？"女子笑了笑，而后看向方才那对男女消失的地方，若有所思地感叹道，"又见有情人终成眷属，真好……"

"呵呵，怎么这么感慨。这么些年，咱们成就的有情人也不算少了。"金发男子别有意味地一笑，朝绿衣女子使了使眼色，"怎么偏就自己身边的这对成不了呢？"

"唉，冤家，真是冤家啊！"绿衣女子当即会意，夸张地附和道。

"你们……"女子脸一红，剜了他俩一眼，转身朝自己的马儿走去。

"你们这对电灯泡，胡说什么呢？有本事你们先结婚啊！"黑衣男子支起手肘狠狠撞了撞那一脸狡笑的金发男子，小声说，"你又不是不知道，去年中秋我不是已经跟她摊过牌了吗，我问得那么明白，是她自己不表态嘛！"

"老大，你那也叫求婚吗？"金发男子无奈至极地瞪着他，"问人家死了愿不愿意跟你埋一起？这样的求婚，叫别人姑娘怎么答应你？"

"我也没问错嘛！"黑衣男子挠着脑袋，接着又把嘴凑近对方的耳朵，说，"不过话又说回来，如果真娶了她，将来生个孩子，不知道会是个什么样子。你也知道，这当妈的是块玉璧，生个孩子出来会不会也是个圆不溜溜的怪东西啊？我……哎呀！"

他的悄悄话还没说完，外面那只耳朵已经被人狠狠揪住了。

"钟晴，我告诉你，要是生个孩子，像头蠢驴的机会要大得多！"

那黑衣女子不知何时折回头出现在他们二人身后，扔下这句话后，她一撒手，气鼓鼓地快步走到马前，翻身上去一拉缰绳，转头就朝前奔去。

"哎！你别生气啊！"黑衣男子慌忙追了过去，上马就朝女子那方撵了过去，边追边喊，"连天瞳！你别跑那么快啊！跑丢了我上哪儿娶你去？喂！你听到没有，你嫁给我吧！喂！我很认真的！连天瞳！"

白马在前，黑马在后，追得不亦乐乎。

留在山坡上的金发男子，看着那渐渐消失的一男一女，朗声大笑。

本以为犯下一个不可弥补的错误，到头来却演变成这样一个啼笑皆非的结局，老天的安排，他不得不服。

低下头，他看了看蹲在自己脚边的金毛小兽，笑道："倾城，但愿这回你能有个名正言顺的男主人！"

金毛小兽抬起头，高兴地摇着尾巴，口里发出了笑声一般的呼呼声。

冥界，生死殿。

钟旭靠在椅背上，闭目小憩。

急促的脚步声传来，一个白衣男子气喘吁吁地跑进了殿内。

"王！"

"出什么事了？"钟旭只睁开了眼，身体一动不动。

"是您弟弟……我……我们找到他的下落了！"

"在哪里？"钟旭"腾"一下站了起来。

"就在挪威海上的一艘邮轮上！"白衣男子从怀里抽出一摞照片，恭敬地放到她们面前，"跟他在一起的，还有一男两女……和一个小男孩。"

钟旭一把抓起照片，迫不及待地翻看起来。

照片里的，的确是钟晴没错，旁边那个金发男子，若没记错的话，正是多年不曾谋面的 Ken。

"这是？"

钟旭疑惑地翻着下一张照片。

还是钟晴，不过旁边多了一个黑发黑瞳的女子，相貌出众，灵气逼人，两个人的中间，一个三四岁的毛头小子正顽皮地揪着钟晴的耳朵，咧嘴大笑，那眉眼鼻口，活脱脱是钟晴小时候的翻版。

"这个……"

钟旭惊喜地捂住了嘴，半晌，才急急地对白衣男子喊道："快快快，快去把钟晴的《生死册》拿来！"

"是！"

白衣男子不敢耽误，马上转身出了殿，心头却很是纳闷，因为他已经多年没有看过自己的顶头上司有如此激动的神情了。

很快，他取来《生死册》交到钟旭手里。

快速地翻开册子，钟旭眼前一亮，自语道："果然恢复正常了。你这小子，这么些年究竟干了些什么？"

一边说着，她一边细细翻看着这本不再是一片空白的《生死册》。

"太平兴国四年二月，盗何府白银一万两……三月，盗陈府夜明珠一对……四月，盗丁府丫头两名……太平兴国五年，盗宋太宗枕头一个，被褥一床，袜子一双？"

一路看下来，满篇都是大大的"盗"字。

"啪！"

她合上册子，眉头一皱："这个小子，居然回到了北宋……什么不好学，学人偷东西？"

把册子扔给白衣男子，钟旭扔给他一句："我出去一趟，有事直接到挪威来找我！"

言毕，她一溜烟冲出了生死殿。

挪威海。

一艘名为海拉尔的邮轮上，不少肤色各异的游客聚集在甲板上观看着难得一见的夕阳之景。

一对夫妇模样的中国人夹在人群中，倚在船舷前，看着前方正渐渐沉入地平线的红日。

"十年了吧，不知道老爸老妈是不是还是老样子。"穿着白色大衣的俊朗男子，习惯性地挠着自己的头，笑道，"过几天见到他们，你可要做好心理准备，尤其是我老妈，一定要小心小心再小心！"

"呵呵，你那么怕你父母么？"着了一身淡蓝的女子靠在他的肩上，"难怪你这么久才想到要回来。"

"喊！当年他们不也一声不吭把我扔了七年吗？"男子撇撇嘴，旋即又说，"不过话又说回来，还真有点想他们。还有我那个姐姐……唉，怎么会这样呢？"

"我卜过许多次了，都说她不生不死，三界之内都没有她的下落。"女子直起身子，娥眉微蹙，"我当年卜我师父的下落时，也是这么一个结果，怪哉！"

"不生不死，不在三界，难道还成佛成仙了？"男子叹了口气，"唉，算了吧，也许她哪天会突然从天而降呢？"

"但愿吧，我倒很有兴趣见见她呢！"女子笑了笑，旋即转头看着男子的眼睛，"这次回来，你预备留多久？"

"秦陵那边不是有倾城守着吗，难得回来一次，多留些日子再回去吧？"男子以征询的目光看着自己的妻子,旋即又颇为不满地嘀咕,"说到秦陵我就浑身不自在,一想到自己的身体是那个人的……我就……"

"都十年了你还不习惯么?"女子笑着打断他,"这样多好,你有个千年历史的身体,我们在一起会更登对些。呵呵,至于秦陵我倒不担心,只是许久没有去半边村了,不知那里的村民过得如何,有些挂心呢。而且,现在'那边'连年旱灾,枉死者众,冤魂厉鬼徒生,朝廷里的贪官依然不知收敛……"女子面露忧色。

"放心。"男子拍拍她的肩膀,笑道,"我们是百姓口中传颂的'雌雄怪盗'嘛,劫富济贫斩妖除魔是我们的分内事,他们拿我们当救苦救难的菩萨一样看,我怎么可能不顾着他们呢?见过我老爸老妈之后,咱们就回去。怎么说也得让二老瞧瞧你这没见过面的美若天仙、聪明过人的儿媳啊,还有咱们那个美貌与智慧并重的未来小英雄啊!"

"呵呵,马不知脸长!"女子捶了他一拳,美得炫目的眸子转向白浪翻滚的海面。

"老爸老妈你们在说什么?"这时,一个顽皮的小脑袋突然从夫妻中间挤了进来,嘻嘻一笑,"干爹干妈让我叫你们下去吃饭了!"

"哦,知道了。"男子一把将男孩子抱起,放到自己肩膀上,一手挽着自己的妻子,笑道,"快走吧,饿死我了!"

"一说到吃,你就特别兴奋。这么些年一点改观都没有!"

"人是铁饭是钢,一顿不吃饿得慌!吃饭当然是人生第一大事!"

"老爸你真像个饭桶!"

"……"

三口之家,渐渐消失在甲板上来来往往的人群里。

没有人知道他们的姓名,没有人知道他们的来历,在此时这个世界,他们就是三个再普通不过的人。

可是,在这件普通的外衣下,究竟藏了多少的"不普通",谁又能知道呢?

所以,不要小看你身边那些形似平凡的人,也许,他们才是那些真正有"故事"的人……

太阳已经完全沉下了地平线,笼罩在挪威海上的暖意仍在。

明天,又会是一个新的开始,又会有一个故事,拉开序幕……

(下卷完)

CIXIONG GUAIDAO

雌雄怪盗（下卷）

作 者
袈椤双树

总出品
漫娱文化

总策划
Tom.Li

选题策划
熊 嵩

封面设计
李 婕

封面、插图
麃 菏

特约编辑
颜 燕

运营发行
常蓦尘

出版社
长江出版社

图书在版编目（CIP）数据

雌雄怪盗.下/裟椤双树 著.
—武汉：长江出版社，2015.5
ISBN 978-7-5492-3336-6

Ⅰ．①雌… Ⅱ．①裟… Ⅲ．①长篇小说–中国–当代 Ⅳ．① I247.5

中国版本图书馆 CIP 数据核字（2015）第 111331 号

雌雄怪盗（下）/裟椤双树 著

出　　版	长江出版社
地　　址	武汉市解放大道1863号　邮政编码　430010
E-mail	cjpub@vip.sina.com
电　　话	027-82927763（总编室）
	027-82926806（市场营销部）
市场发行	长江出版社发行部
责任编辑	陈　辉
装帧设计	Yvonne
印　　刷	湖北新华印务有限公司
版　　次	2015年5月第1版
印　　次	2015年6月第1次印刷
开　　本	710mm×1000mm　1/16
印　　张	14.5
字　　数	240千字
书　　号	ISBN 978-7-5492-3336-6
定　　价	29.80元

版权所有，翻版必究。如有质量问题，请联系本社退换。